À PROPOS DE *Beautiful* SECRET DE CHRISTINA LAUREN

« À l'image de son héros britannique Niall, *Beautiful Secret* est chaud comme la braise. »

Joyce Lamb, *USA Today's Happy Ever After*

« Christina Lauren a le pouvoir de déchiffrer nos pensées et de créer, une fois de plus avec Niall, le parfait personnage principal, délicieusement mystérieux, dont les filles seront folles. Ce nouveau tome de la série *Beautiful Bastard* vous convaincra qu'en chaque Britannique coincé se cache celui qui n'attend que vous pour se déchaîner au lit. »

That's Normal

« *Beautiful Secret* est tellement frais, ses personnages touchants, et *waouh*, l'érotisme est *torride* ! »

Rock Stars of Romance

« Un nouveau roman de Christina Lauren à croquer ! Il ne pourrait pas être plus chaud, à moins d'enflammer les pages pour de bon. Personne n'écrit des romances comme Christina Lauren – avec humour, tendresse, sans oublier des scènes de sexe endiablées. »

Kate Spencer

« Est-il possible d'arrêter de tomber amoureuse de chacun des personnages masculins de Christina Lauren ? La réponse est NON. »

Frangirlish

À PROPOS DES SÉRIES *Beautiful* BASTARD ET *Wild* SEASONS DE CHRISTINA LAUREN

Beautiful BELOVED

« Divertissant et hilarant, totalement passionné et profondément émouvant. »

Sensual Reads

Beautiful PLAYER

« Sans aucun doute le meilleur roman de la série de Christina Lauren, et de loin… L'alchimie entre Hanna et Will ravira les lecteurs. »

RT Book Reviews

« *Beautiful Player* remporte le titre du meilleur roman de la série ! »

Biblio Belles

« Décidément, les *Beautiful* sont de plus en plus prenants !… Ce roman, comme le reste de la série, m'a passionnée. Impossible de le reposer. »

The Autumn Review

Beautiful STRANGER

« Torride… Si vous aimez les scènes de sexe décrites dans tous leurs détails. »

EW.com

« Génial… du sexe en public, un héros britannique beau à se damner, une héroïne intelligente qui tente de protéger son cœur. »

RT Book Review

« J'ai vraiment adoré *Beautiful Bastard*. Je ne savais pas s'il serait possible pour Christina Lauren d'inventer un personnage à la hauteur de Bennett… Elles ont réussi. Max est sexy comme personne. »

Bookalicious

« Ce que j'adore dans la série des *Beautiful* de Christina Lauren, c'est leur humour. En plus des moments torrides et des je t'aime les plus touchants qu'on puisse imaginer. »

Books She Reads

« Quand je dis que *Beautiful Stranger* est torride, c'est que *Beautiful Stranger* est TOOOOOOORRRRRRRIIIIIIIIIDDDDDDDE !!! Les scènes et les dialogues de ce livre sont les plus chauds, les plus sexy que j'ai lus de ma vie. »

Live Love Laugh & Read

Beautiful **BASTARD**

« Du sexe torride et une tension brûlante. »

RT Book Reviews

« … délicieusement érotique… »

EW.com

« La confrontation diaboliquement dépravée d'un porno hardcore et d'un épisode très spécial de *The Office* Un bonheur pour les fétichistes ! »

PerezHilton.com

« Intelligent, sexy et plaisant. *Beautiful Bastard* est destiné à devenir un classique de la romance. »

Tara Sue Me, auteur de *The Submissive*

« Un parfait mélange de sexe, d'audace et de sentiment. *Beautiful Bastard* dépeint un duel érotique qui vous fera vibrer. »

S.C. Stephens, auteur de *Thoughtless*

« *Beautiful Bastard* allie le cœur et l'érotisme cru à une réjouissante dose de sarcasme. C'est la friandise sexy par excellence pour les lecteurs de romans d'amour et les amateurs d'intrigues intelligentes ! »

Myra McEntire, auteur de *Hourglass*

« Je recommande ce roman à tous ceux qui sont en âge de lire… Les fans de *Cinquante Nuances, Bared to You* et *On Dublin Street* adoreront cette histoire et entretiendront leur propre relation, d'amour ou de haine, avec Bennett (le Beautiful Bastard). »

Once Upon a Twilight

SÉRIE *Wild* SEASONS

Dirty ROWDY THING

« Lauren parvient à orchestrer la rencontre de héros exquis et d'héroïnes à forte personnalité. Le contraste entre Finn, brut de décoffrage, et la précieuse Harlow débouche sur une romance passionnée. La relation de chacun des personnages avec sa famille donne à l'intrigue toute sa profondeur et prépare les lecteurs à la prochaine histoire… »

RT Book Reviews

« Une suite aussi coquine que pleine de rebondissements… Un roman qui se dévore en une fois. Les détails sont rares mais bien choisis… et les dialogues pleins d'esprit font avancer l'intrigue jusqu'à une fin heureuse. »

Kirkus Reviews

Sweet FILTHY BOY

« Une histoire charmante et sexy. J'en ai aimé chaque page. »

Sylvia Day, numéro 1 dans la liste des auteurs de best-sellers du *New York Times*

« Le duo Christina Lauren a encore frappé ! La parfaite dose de romance que les amateurs de comédies sexy enthousiasmés par la série *Beautiful Bastard* attendent et adorent. »

The Stir

« La charmante et torride introduction à une nouvelle série pleine de promesses. »

Library Journal

« J'ai eu le cœur battant de la première à la dernière page… À lire absolument ! »

Fangirlish

« C'est officiel : je serais capable de lire la liste de courses de Christina Lauren si j'en avais l'occasion. Ces filles ont décrit le fantasme du garçon français que je n'avais jamais eu l'occasion d'imaginer… »

That's Normal

« Christina Lauren est ce que je choisis en priorité quand je suis d'humeur à rire et à m'émouvoir, une romance sexy entre les mains. »

Flirty and Dirty Book Blog

Du même auteur
CHRISTINA LAUREN

Série *Wild Seasons*

Sweet Filthy Boy
Dirty Rowdy Thing
Dark Wild Night
Wicked Sexy Liar

The *Beautiful* Series

Beautiful Bastard
Beautiful Stranger
Beautiful Bitch
Beautiful Sex Bomb
Beautiful Player
Beautiful Beginning
Beautiful Beloved

Beautiful
SECRET

Gallery Books
Division de Simon & Schuster, Inc.
1230 Avenue of the Americas
New York, NY 10020

Cet ouvrage est une fiction. Toute référence à des événements historiques, des personnes réelles ou des lieux réels cités n'a d'autre existence que fictive. Tous les autres noms, personnages, lieux et événements sont le produit de l'imagination de l'auteur et toute ressemblance avec des personnes, des événements ou des lieux existants ou ayant existé, ne peut être que fortuite.

Titre de l'édition originale : *Beautiful Secret*

Première édition en poche de Gallery Books : avril 2015.

Couverture : création John Vairo Jr.
Photographie de l'homme silencieux : © SensorSpot/iStock

Ouvrage dirigé par Isabelle Solal
Collection New Romance dirigée par Hugues de Saint Vincent

Département de Hugo & Cie
38, rue La Condamine
75017 Paris
wwwhugoetcie.fr

ISBN : 9782755617269
Dépôt légal : avril 2015
Imprimé en France par Corlet - N° 170881

NEW ROMANCE

CHRISTINA LAUREN

Beautiful SECRET

Roman

Traduit de l'anglais (États-Unis)
par Margaux Guyon

Hugo Roman

Pour Kresley,
de la première à la dernière ligne,
nous te dédions ce roman.

Chapitre 1

Ruby

– Je ne dis pas que sa bite doit être énorme. Mais...

– *Pippa !*

Je me cache le visage dans les mains. Il est sept heures trente, un jeudi matin, nom de Dieu ! Elle ne peut pas être déjà ivre !

J'adresse un sourire contrit au type qui se trouve avec nous dans l'ascenseur. Il est figé, les yeux écarquillés. J'aimerais faire accélérer la cabine par la seule force de mon esprit.

Je lance un regard noir à Pippa. Elle articule :

– *Quoi ?*

Sans se laisser démonter, elle écarte ses deux index d'une trentaine de centimètres :

– Mais il doit être monté comme un *cheval*, putain !

Au troisième étage, les portes s'ouvrent et nous sortons, ce qui m'évite d'avoir à m'excuser.

– On n'était pas seules, tu t'en es rendu compte ?

Je la suis dans le couloir, m'arrête devant les portes transparentes sur lesquelles est gravé un nom : *Richardson-Corbett.*

Elle cherche les clés dans son énorme sac à main jaune pétard, recouvert de clous métalliques brillants, puis lève les yeux. Les breloques de ses bracelets tintent comme un carillon. Dans la lumière fluorescente, ses longs cheveux rouges flamboient, on dirait des néons.

Avec ma chevelure blond foncé, mes vêtements lambda et mon sac en bandoulière beige, je fais pâle figure à côté d'elle.

–Ah bon ?

–Non ! Il y avait un mec qui travaille à la compta juste en face de toi. Je dois m'y rendre tout à l'heure, alors merci, il n'aura qu'à me regarder pour entendre résonner le mot *bite* dans sa tête.

–J'ai aussi dit « monté comme un cheval ».

Elle esquisse une grimace coupable avant de se concentrer à nouveau sur son sac :

–Les mecs de la compta ont besoin de se décoincer, ça ne leur fera pas de mal.

Elle poursuit, en faisant un geste théâtral vers le bureau encore plongé dans l'obscurité...

–Nous sommes suffisamment seules pour toi, là ?

Je fais une révérence moqueuse à Pippa.

–Je vous en prie, parlez, Madame.

Les sourcils froncés, elle acquiesce.

–Ce que je veux dire, c'est qu'en toute logique, elle *doit* être énorme.

Je répète, en ravalant un sourire :

–*En toute logique.*

Mon cœur bat toujours plus vite quand on parle de *lui*. Discuter de la taille de sa bite n'arrange rien... C'en est fini pour moi.

Victorieuse, Pippa brandit les clés du bureau et introduit la plus grande dans la serrure.

– Ruby, tu as vu ses doigts ? *Ses pieds* ? Sans parler du fait qu'il mesure plus de deux mètres de haut !

– Un mètre quatre-vingt-dix. Et la taille des mains, ça ne veut rien dire. (Nous fermons la porte derrière nous et allumons la lumière.) Beaucoup de mecs ont de grandes mains mais sont mal lotis au niveau de...

L'espace des stagiaires se trouve au fond des bureaux de Richardson-Corbett Consulting, l'une des plus importantes et prestigieuses entreprises européennes de consulting en construction.

Je passe plus de temps ici, à travailler, que chez moi, dans mon minuscule appartement londonien. Et mes efforts semblent porter leurs fruits : après trois mois de dur labeur, une plaque de métal a remplacé l'étiquette scotchée portant le nom *Ruby Miller*. J'ai même troqué mon petit bureau du quatrième étage contre un autre, plus vaste, situé dans l'immense open space du troisième.

J'ai toujours eu des facilités à l'école. Les classes se sont succédé sans effort au lycée, j'ai survécu à la licence avec seulement quelques crises d'angoisse. Mais depuis que je me confronte aux ingénieurs les plus doués d'Angleterre, la donne a changé. Je n'ai jamais travaillé aussi *dur* de ma vie. Si je continue sur ma lancée, je dégotterai une place à Oxford dans le master de mes rêves. Bien sûr, *continuer sur ma lancée* signifie ne pas parler des bites des ingénieurs seniors dans l'ascenseur...

Mais Pippa n'en a manifestement pas fini.

– Je crois avoir lu que la taille de la bite correspond à la distance entre le bout du majeur et le poignet, ajoute-t-elle en utilisant ses doigts pour mesurer sa propre main. Si c'est vrai, l'homme de tes rêves doit être avantagé de sa personne...

Je soupire en accrochant mon manteau derrière la porte.

–Sûrement...

Pippa jette son sac sur sa chaise et me lance un regard de connaisseur :

–Tes efforts pour feindre l'indifférence sont courageux, mais tu ne m'auras pas. Comme si tu ne matais pas son sexe chaque fois que tu le croises !

Je m'efforce de prendre une expression indignée et de trouver un contre-argument.

Rien. Ces six derniers mois, j'ai lancé tant de regards amoureux en direction de Niall Stella que je pourrais me spécialiser dans la topographie de son entrejambe.

Je range mon sac dans le tiroir du bas de mon bureau et le referme avec un soupir résigné. Apparemment, mes coups d'œil furtifs n'ont pas été aussi discrets que je l'imaginais.

–Malheureusement, je pense que son sexe ne s'approchera jamais de moi.

–Si tu ne lui adresses jamais la parole, ça ne risque pas non plus. Franchement, si j'avais la moindre opportunité de choper le type des Ressources humaines, je n'hésiterais pas non plus. Tu devrais au moins oser parler à M. Stella, Ruby. (Je secoue la tête, elle m'envoie son écharpe au visage.) Considère qu'il s'agit de travaux pratiques pour ton cours d'Intégrité structurelle. Dis-lui que tu as besoin de tester la résistance à l'extension de sa poutre métallique !

J'éclate de rire et grogne presque en même temps :

–Je ne crois pas, non.

–Ethan, dans le département des contrats alors. Il est petit, mais *bien foutu*. Et tu l'as vu faire ce truc avec sa langue au pub ?

–Mon Dieu, non. (Je m'assieds sous son regard inquisiteur.) On peut arrêter maintenant ? J'ai un faible pour quelqu'un, ce n'est pas la fin du monde. Je *sors* parfois.

Elle soupire.

–Ne te méprends pas. Stella est sexy en diable, mais il est un peu guindé, non ?

Je caresse mon bureau.

–J'aime ce côté chez lui. Il a l'air stable.

–Coincé.

J'insiste :

–*Réservé*. Comme s'il sortait d'un roman de Jane Austen. C'est Mr. Darcy.

J'espère qu'elle comprendra mieux avec un exemple.

–Je ne comprends pas. Darcy est à la limite de l'impolitesse avec Elizabeth. Qui voudrait sortir avec un type aussi torturé ?

–Torturé ? Darcy ne la couvre pas de faux compliments ni d'éloges qui ne veulent rien dire. Quand il lui dit qu'il l'aime, il le pense au plus profond de lui-même.

Pippa s'affale sur sa chaise et allume son ordinateur.

–Moi, j'adore flirter.

–Mais on peut flirter avec n'importe qui. Darcy est mal à l'aise en société, plein de mystère. Mais si tu conquiers son cœur, c'est pour toujours. S'il draguait un peu tout le monde, ça gâcherait le plaisir. (Je laisse échapper un soupir.) Ces mecs forts mais timides sont une race en voie d'extinction.

L'idée de forcer le héros mélancolique à se déchaîner est tentante. L'imaginer avec moi, sans inhibition, plein de désir et de séduction, m'empêche de réfléchir quand il se trouve à proximité.

–Alors, bats-toi pour lui. Objectivement, il est sublime, et je suis sûre qu'il a plus d'un tour dans sa manche. Parle-lui, oblige-le à sortir de sa carapace. Tu as des mois devant toi avant de recommencer les cours. La vie est courte, vis-la à fond !

–Le problème, c'est que je deviens stupide dès qu'il s'approche de moi.

Ça me fait du bien de parler de lui avec quelqu'un qui le côtoie, quelqu'un d'autre que London et Lola, qui sont à l'autre bout du monde.

–Comment suis-je supposée avoir une conversation avec lui ? Je suis incapable de prononcer *le moindre mot* en sa présence ! La semaine dernière, en réunion, Anthony m'a demandé de présenter des données que j'avais rassemblées pour le projet Diamond Square. Je défonçais tout... jusqu'à ce que je lève les yeux, il était juste derrière Anthony. Tu sais à quel point j'avais travaillé dur. *Des semaines.* Un regard de Niall Stella, et ça a été l'hécatombe.

Je ne sais pas pourquoi, mais je n'arrive pas à l'appeler par son prénom. Impossible de dire Niall sans Stella, comme pour le prince Harry ou Jésus-Christ.

–Je me suis interrompue en plein milieu d'une phrase. Quand il s'approche, je me mets à bafouiller ou je deviens muette.

Pippa éclate de rire et plisse les yeux. Elle m'observe de haut en bas.

–Tu es vraiment jolie aujourd'hui. (Elle se tait un moment.) Il y a une raison particulière ?

–Non.

Je fais mine de vérifier les connexions derrière mon ordinateur.

Pippa attrape le calendrier et le scrute.

–Tu sais, je viens de réaliser que nous étions *jeudi. Tu es une petite menteuse !* Ça explique tes cheveux en bataille et ta jupe friponne.

–Avec mes cheveux courts, j'ai l'air d'une sauvageonne ou d'une bonne sœur. Je n'ai pas beaucoup d'options.

Même si je ne veux pas l'admettre, j'ai passé beaucoup trop de temps à me préparer ce matin.

Quand j'ai obtenu ma licence, j'ai décidé de changer le cours de mon existence en acceptant un stage à Londres, dans l'espoir d'obtenir une place dans un master d'Oxford. J'ai opté pour un changement radical. Je suis allée chez le coiffeur avec Lorelei et, pendant qu'on lui faisait un shampoing, j'ai demandé qu'on me coupe les cheveux : court derrière, au niveau des oreilles, avec une énorme frange que je porte sur le côté. C'est étrange comme une coupe de cheveux peut booster la confiance de quelqu'un. Ça a été le cas pour moi.

Je me sens beaucoup plus sexy. Dangereuse même…

C'est exactement ce dont j'ai besoin aujourd'hui. Parce que, comme Pippa l'a habilement remarqué, aujourd'hui nous sommes jeudi. Mon jour préféré de la semaine. Le jeudi, je le vois.

~

À part ça, les jeudis n'ont vraiment rien de particulier. Aujourd'hui, j'ai tout un tas de choses inintéressantes à faire. Arroser le petit ficus triste que Lola m'a offert, elle a insisté pour que je l'emporte à 9000 kilomètres de San Diego. Imprimer les documents pour une proposition d'achat et les envoyer par la poste. Sortir les poubelles du recyclage. Une vie glamour ! Mais mon Outlook indique, comme tous les jeudis, qu'il y a la réunion du groupe d'ingénieurs avec Anthony Smith. Pendant une heure, chaque semaine, je peux contempler Niall Stella, vice-président, directeur de la planification et, bordel, le mec le plus sexy du monde !

Si seulement je pouvais l'ajouter à ma to-do list…

Une heure avec Niall Stella, c'est une bénédiction *et* une malédiction, parce que toutes les discussions des associés seniors et les projets de l'entreprise sont fascinants. J'ai vingt-trois ans, je ne suis plus une gamine. Je possède un diplôme d'ingénieur, je pourrais être *leur* chef un jour. Mais seul cet homme a le pouvoir d'accaparer mon attention. C'est humiliant. Je n'ai plus douze ans, je ne me laisse pas impressionner facilement *et* je fréquente des garçons. D'ailleurs, j'en fréquente beaucoup plus depuis que je suis à Londres à cause du… charme anglais. Sans commentaire.

Mais ce Britannique-là, malheureusement, est hors de portée. Presque littéralement : Niall Stella est grand, raffiné, avec ses cheveux châtains parfaitement ondulés, ses yeux bruns magnifiques, ses épaules larges et musclées. Son sourire est si ravageur que, lors des rares occasions où il l'affiche, toutes les filles du bureau oublient ce qu'elles voulaient dire.

D'après les potins du bureau, il a obtenu son diplôme avec quelques années d'avance, et c'est un dieu de l'urbanisme. Je n'y croyais pas avant de commencer à travailler chez Richardson-Corbett et de le voir donner son avis sur n'importe quelle règle de construction ou sur la composition chimique des additifs du béton. Il a le dernier mot sur tous les projets. Un jeudi, à mon grand dam, il est même parti en pleine réunion parce qu'un chef de chantier affolé l'avait appelé. Un conducteur de travaux d'une autre entreprise avait mal lu les plans des fondations et avait demandé de couler le béton au mauvais endroit. Rien ne se construit virtuellement à Londres sans que Niall Stella y jette un coup d'œil, de près ou de loin.

Il prend son thé avec du lait, sans sucre. Le lait avant le thé, dans la tasse. Au troisième étage, son bureau est immense. Même s'il n'a jamais le temps de regarder la télé, il soutient les Leeds United. Né à Leeds, il a étudié à Cambridge, puis à Oxford, et vit à Londres. Entre-temps, l'accent de Niall Stella est devenu snob.

J'oubliais : récemment divorcé. J'ai cru que j'allais m'étouffer en apprenant la nouvelle.

Libre.

Nombre de fois où Niall Stella m'a jeté un coup d'œil pendant les réunions du jeudi ? Douze. Nombre de conversations ? Quatre. Nombre de conversations dont il est susceptible de se souvenir ? Aucune. Depuis six mois, je lutte contre mon coup de foudre pour Niall Stella, et je suis certaine qu'il ne sait même pas que je travaille dans son entreprise. Il me prend peut-être pour la fille qui livre les plats chinois.

À ma grande surprise, il n'est pas encore là. Parce qu'en règle générale, il est toujours le premier arrivé. J'ai vérifié *plusieurs fois*, et me suis tordu le cou pour le chercher du regard, parmi tous mes collègues à l'air morne qui entrent dans la salle de conférence.

Cette salle comporte un mur de fenêtres qui donnent sur la rue, toujours animée. Ce matin, il ne pleuvait pas quand je suis arrivée au bureau. Pourtant, presque tous les jours ici, le ciel est lourd de nuages et la pluie menace. C'est le genre de pluie qui ressemble à un brouillard mouillé, mais j'ai appris à ne plus me laisser avoir : en trois minutes dehors, je suis trempée. Même si j'ai grandi dans un État plus pluvieux que la Californie du Sud, je n'aurais jamais pu imaginer que Londres, entre octobre et avril, serait aussi humide. C'est comme si un nuage permanent m'entourait et me mouillait de l'intérieur.

Le printemps commence tout juste à Londres, mais la petite cour de l'autre côté de Southmark Street est toujours aussi vide et lugubre. On m'a raconté que, l'été, elle est envahie par les chaises roses et les petites tables du restaurant mitoyen. Aujourd'hui, on ne voit que du béton, des branches nues, des feuilles marron trempées, éparpillées sur le sol désolé.

Autour de moi, les gens se plaignent du temps en allumant leur ordinateur portable et en finissant leur thé. Je détourne mon regard des fenêtres et fixe les dernières personnes qui se hâtent d'entrer. Tout le monde a envie d'arriver avant Anthony Smith – mon boss, le directeur d'exploitation de l'entreprise – qui descend du sixième étage.

Anthony… Bon, d'accord, c'est un peu un connard. Il mate les stagiaires, aime s'écouter parler et n'a jamais l'air sincère. Tous les jeudis matin, il se plaît à critiquer la dernière personne qui entre, avec une remarque acerbe sur ses vêtements, sa coiffure, pendant que le reste de la salle écoute en silence. Tellement humiliant.

La porte s'ouvre en grinçant. *Emma.*

Emma s'attarde, tient la porte pour quelqu'un. *Ah, Karen.*

Des voix résonnent dans le couloir et approchent rapidement. *Victoria et John.*

Et le voilà.

À côté de moi, Pippa murmure :

– Que la fête commence…

Je distingue le sommet de la tête de Niall Stella, qui entre juste après Anthony. J'ai brusquement l'impression que l'oxygène me manque. Les chuchotements s'assourdissent soudain, et le *voilà,* avec son air discret. Très naturellement, il jette un coup d'œil circulaire pour déterminer qui est là et qui manque. Son costume noir lui va parfaitement, il plonge une main dans la poche de son pantalon.

Je sens ma gorge se serrer.

Niall Stella est le genre de mec qu'on remarque dès qu'il entre dans une pièce. Non pas parce qu'il parle fort ou qu'il fait de grands gestes. C'est justement tout le contraire. Il dégage une assurance tranquille, son allure impose le respect, donne envie de l'écouter ; on sent que lorsqu'il ne parle pas, il regarde et remarque tout, et tout le monde.

Tout le monde sauf moi.

Je suis issue d'une famille de psychologues qui analysent *tout*, donc je n'ai jamais été du genre à rester silencieuse. Mon frère et Lola me surnomment le moulin à paroles. Le fait que je sois incapable d'émettre le moindre son en sa présence n'a vraiment aucun sens. Je ressens pour lui une sorte de passion.

Il n'aurait même pas besoin de venir aux réunions du jeudi, mais il est toujours présent car il veut s'assurer qu'une bonne entente règne entre les départements, que sa planification stratégique « soit clairement exprimée, compréhensible pour chacun et comprise par tous ». Niall Stella doit coordonner les pratiques de l'entreprise avec les politiques publiques et sa propre planification stratégique.

Non, je n'ai pas retenu tout ce qu'il a dit pendant les réunions.

Aujourd'hui, il porte une chemise bleu ciel avec un costume noir. Sa cravate est jaune et bleu et mes yeux sont attirés par son double nœud, par sa pomme d'Adam bien dessinée et sa mâchoire carrée. Sa bouche habituellement impassible est pincée, il a l'air consterné. Je lève les yeux jusqu'aux siens… et remarque avec horreur qu'il me regarde le dévorer du regard comme si je n'étais là que pour ça.

Oh, mon Dieu.

Je baisse les yeux vers mon ordinateur portable. J'en fixe l'écran si intensément que mon regard se brouille. À travers la porte ouverte, je distingue l'effervescence des appels, des imprimantes, tous ces bruits qui contrastent avec le silence de notre salle. Quelqu'un ferme enfin la porte, la réunion commence.

–Monsieur Stella, le salue Karen.

J'ouvre mes mails en réprimant un frisson. Je tends l'oreille pour écouter sa réponse. Je respire. Encore. Je tape mon mot de passe. Si seulement mon cœur pouvait cesser de battre si fort !

– Karen, répond-il finalement de sa voix parfaite, grave et profonde.

Inconsciemment, je me mets à sourire. Le sourire idiot de la fille à qui on vient d'offrir une énorme part de gâteau.

Dieu tout puissant, je suis dans de beaux draps.

Je me mords les lèvres et m'efforce de contrôler l'expression de mon visage. Vu le coup de coude que m'administre Pippa, c'est raté.

Elle se penche vers moi.

– Du calme, ma fille. Il n'a prononcé que deux syllabes !

La porte s'ouvre, Sasha et un autre stagiaire se faufilent à l'intérieur avec une grimace.

– Pardon pour le retard, murmure-t-elle.

Un coup d'œil à mon ordinateur m'apprend qu'elle est parfaitement à l'heure, mais Anthony ne résiste pas à manifester sa réprobation.

– C'est bon, Sasha, dit-il en la regardant slalomer entre les chaises pour atteindre la place libre de l'autre côté de la salle. (Le silence est total.) Joli pull, c'est nouveau ? Le bleu te va très bien. (Écarlate, Sasha s'assied.) Et bonjour, ce n'est pas pour les chiens, lance-t-il avec un sourire hypocrite.

Je ferme les yeux et prends une grande inspiration. Quel connard !

Finalement, la réunion commence pour de bon. Anthony distribue l'ordre du jour à tout le monde, les documents circulent dans la salle, je me tourne pour récupérer la pile à ma droite et lève les yeux. Je manque m'étouffer.

Niall Stella est assis à seulement deux sièges de moi.

Je l'observe discrètement : sa mâchoire dessinée – toujours parfaitement rasée, sans la moindre trace de poils –, ses beaux yeux ourlés de cils épais, ses sourcils bruns, sa chemise et sa cravate impeccables. Ses cheveux chatoient dans la lumière de la salle de conférence. Je fronce les sourcils – ils sont certainement aussi doux qu'ils le paraissent. Quelle sensation éprouverais-je en glissant les doigts dans cette masse brune ? Je crois que je viens de me poser la question pour la centième fois...

– Ruby ? On a eu des nouvelles d'Adams and Avery ou toujours pas ? demande Anthony.

Je me redresse et cligne des yeux. Je me souviens d'avoir passé du temps sur ce dossier hier soir. Je réponds presque sans hésitation :

– Pas encore. Ils ont les plans, tout est prêt pour la signature. Mais je reviendrai vers eux s'ils ne me rappellent pas avant la fin de la journée.

Alors là, j'ai extraordinairement bien articulé. Surtout en prenant en considération le regard de Niall Stella fixé sur moi.

Très contente de moi, je crée une note sur mon ordinateur, j'appuie mon coude sur la table et me caresse les cheveux tout en parcourant mon agenda.

Mais quelque chose est différent. Je m'assieds sur cette chaise chaque semaine pendant une heure, je suis certaine de ne jamais avoir ressenti ça auparavant. Comme une pression sur ma joue, le *poids physique* de l'attention de quelqu'un.

J'enroule une mèche de cheveux autour de mon doigt et jette un coup d'œil à Pippa. Non, rien de son côté.

De la manière la plus subtile possible, je me penche légèrement en avant et étire le cou pour lorgner sur ma droite. Je me fige.

Il me regarde toujours. Niall Stella me regarde. Me regarde *vraiment*. Ses yeux marron clair rencontrent les miens, ce n'est pas un coup d'œil mais un vrai regard. Il a l'air curieux, comme si j'étais un meuble tout neuf qu'on venait de placer dans une pièce.

Mon cœur se met à battre à tout rompre, un afflux de sang chaud envahit mes veines. Je me sens fondre, à deux doigts de m'enflammer. Je ne possède plus aucun contrôle sur mon corps.

– Niall, lance Anthony.

Niall Stella cligne des yeux et détourne enfin le regard.

– Oui ?

– Peux-tu nous donner les détails concrets de l'urbanisme pour Diamond Square ? Je voudrais que mon équipe avance sur le projet d'ici la fin de la semaine, mais nous ne connaissons pas les dimensions de leur espace partagé…

Je décroche. Comme d'habitude, Anthony utilise des formules ampoulées pour poser la question la plus simple alors qu'il aurait pu aller directement à l'essentiel.

Il s'arrête enfin de parler, Niall Stella secoue la tête.

– En ce qui concerne les dimensions… (il fouille dans les documents devant lui)… je ne suis pas tout à fait sûr que nous les ayons…

– Les mesures définitives sont prévues pour ce matin, je réponds, avant d'expliquer que les permis arriveront le lendemain. J'ai demandé à Alexander de nous transmettre un exemplaire des plans cet après-midi.

Le silence envahit la salle. Pendant une seconde, je me demande si je n'ai pas perdu l'ouïe.

Mais tout le monde me dévisage. *Dieu du ciel, qu'ai-je fait ?*

J'ai parlé sans réfléchir.

J'ai répondu à une question qui ne m'était pas adressée.

J'ai répondu à une question dont *il* connaissait forcément la réponse.

Je fronce les sourcils. Pourquoi n'a-t-il pas donné la réponse ?

Je me penche pour le regarder.

– Bien, dit-il de sa voix calme et profonde. (Il bouge sur son siège, rencontre mon regard et me sourit.) Tu me les feras passer ?

Mon cœur a disparu dans une dimension parallèle.

– Bien sûr.

Il me considère toujours, clairement aussi étonné que moi par ce qui vient d'arriver, mais l'air joueur, comme s'il ne savait pas comment juger mon initiative. Pourquoi ai-je ouvert la bouche ? Niall Stella me regardait, et la minute suivante, il cherchait la réponse à une question si évidente qu'il aurait pu y répondre dans son sommeil.

Comme si son esprit était ailleurs. Ça ne lui ressemblait carrément pas.

– Maintenant, la grande nouvelle, lance Anthony en tendant une grosse pile de documents à la personne assise à sa gauche.

Il se lève, sa voix change. Anthony adore devenir le centre de l'attention de tout le monde :

– Le métro new-yorkais a été construit sans considérer le risque croissant de catastrophes naturelles. Malheureusement, ces dernières sont bien une réalité. Des désastres comme l'ouragan Sandy prouvent que les cataclysmes se répètent. Les États-Unis sont prêts à dépenser des *milliards* – on parle de surélever les bouches de métro et de protéger les entrées des inondations. Dans la mesure où nous travaillons main dans la main avec le London Underground depuis des années, ils souhaitent profiter de notre expertise. Je pars donc un mois pour assister au Sommet international sur le plan de préparation d'urgence des transports publics, aériens et des infrastructures urbaines.

– Un *mois* ? demande une ingénieure senior.

Elle vient de mettre le doigt sur la question qui occupe tous les esprits. Tout le monde se réjouit-il vraiment de passer un mois sans Anthony ?

Anthony acquiesce dans sa direction.

– Trois sommets sont prévus. Tout le monde n'est pas invité pendant toute la durée des réunions, mais étant donné que notre entreprise est spécialisée en transport public *et* en infrastructures urbaines, Richard a décidé que nous serions présents pendant toute la durée des discussions.

– Nous ? lance l'un des exécutifs du département de Niall Stella.

– Oui. Niall m'accompagnera.

Je m'exclame :

– Vous partez *tous les deux* pendant un mois ?

Je regrette instantanément d'avoir ouvert la bouche. Je suis une *stagiaire*. L'une des règles non écrites d'Anthony nous interdit de parler pendant les réunions à moins qu'on ne nous pose une question directe. Toute la salle me fixe, pour la deuxième fois aujourd'hui. Et, ce qui est encore bien pire, je sens *son* regard sur moi.

–Euh… oui, Ruby, répond Anthony, surpris. (Il s'approche de moi, les mains enfoncées dans les poches avant de son pantalon.) Mais il n'y a pas d'inquiétude à avoir. Le projet Oxford Street, c'est du tout cuit, et je serai joignable à tout moment. Je ne vais pas cesser de m'intéresser aux affaires en cours parce que je suis de l'autre côté de l'Atlantique.

–Oh… je fais, en sentant la chaleur quitter lentement mes joues. C'est bon à savoir, merci.

Bien sûr, Anthony a pensé que je m'inquiétais parce qu'*il* partait –sûrement parce qu'il est mon *boss*?– et que son absence affecterait mon travail.

–Comme c'est mignon, susurre Pippa en continuant à taper sur son clavier.

–Tais-toi! je marmonne en m'enfonçant plus profondément dans mon siège.

Je ne sais pas si Niall Stella continue à me regarder, mais l'enfant qui sommeille en moi rêve d'attirer Pippa dans les toilettes pour lui faire rejouer la scène, minute par minute.

Je sais que ce serait une erreur. Il vient de me remarquer pour la première fois et je foutrais tout en l'air en agissant comme une psychopathe. Je ne pourrais pas supporter qu'elle me décrive son expression quand il m'a fixée. Et s'il m'avait regardée comme si je venais de renverser du café sur son costume de luxe?

Je crois que je préférais qu'il ignore mon existence.

~

À la fin de la journée, je suis assise devant l'énorme bureau que je partage avec Pippa, occupée à parcourir une pile de permis. Mon Coca light est tiède, je compte les minutes – bientôt, un bain chaud et un livre encore plus torride. Soudain, je reçois un mail et soupire :

– Finalement…

J'ai attendu un numéro de confirmation toute la journée. Je vais peut-être enfin pouvoir rentrer chez moi.

Ou non.

À côté de moi, Pippa bâille et s'étire sur son siège. Il fait déjà nuit, mon court trajet à pied jusqu'au métro sera froid et humide, je le sens.

– On peut y aller maintenant ?

Je relâche les épaules.

– En fait, c'est un mail d'Anthony, je lui dis en plissant les yeux. Il veut que je passe dans son bureau avant de partir. Quelle horreur !

– Quoi ? (Elle jette un coup d'œil à mon écran.) Pourquoi ?

Je secoue la tête.

– Aucune idée.

– Il n'a pas de montre ? On devrait être parties depuis vingt minutes déjà.

Je lui réponds rapidement que j'arrive tout de suite, et rassemble mes affaires.

– Tu m'attends ?

Pippa fronce le nez, l'air ennuyé.

– Je dois filer. Désolée, Ruby, j'ai attendu autant que je pouvais, mais j'ai des tonnes de choses à faire ce soir.

J'acquiesce, mal à l'aise à l'idée de me trouver seule dans le bureau d'Anthony à une heure pareille.

Les couloirs sont vides, je prends l'ascenseur, direction le sixième étage.

~

–Ruby, Ruby, entre.

Anthony est en train de récupérer des affaires dans ses tiroirs pour les ranger dans une boîte sur son bureau. *A-t-il été viré ? Ai-je le droit de rêver ?*

–Ferme la porte et assieds-toi, continue-t-il.

Je grimace légèrement en choisissant de laisser la porte ouverte.

–Il n'y a personne…

–Pourquoi tes parents t'ont-ils appelée Ruby ? demande-t-il en me dévisageant.

Perplexe, je fronce les sourcils. *Quoi ?*

–Euh… Je ne sais pas. Ils aimaient ce prénom, je crois.

Anthony est attaché à certaines traditions, comme la carafe de whisky disposée sur un guéridon derrière son bureau en témoigne. A-t-il bu ?

–T'ai-je déjà dit que ma grand-mère s'appelait Ruby ?

Je jette un coup d'œil au whisky –la carafe était-elle plus remplie la dernière fois que je suis venue ici ?

Anthony fait le tour de son bureau et s'assied à côté de moi. Si près que je me décale sur mon siège.

–Non, Monsieur.

–Non, non ! Ne m'appelle pas « Monsieur », réplique-t-il en faisant un geste de protestation.

Quand tu m'appelles comme ça, j'ai l'impression que je pourrais être ton père. Appelle-moi Anthony.

– D'accord. Désolée… Anthony…

– Et puis, je ne pourrais pas vraiment être ton père, tu sais, dit-il en se penchant. Je ne suis pas si vieux !

J'essaie de réprimer le frisson d'horreur qui m'étreint. Si c'était possible, Anthony disparaîtrait sous le bureau, à mes pieds. Et regarderait sous ma jupe, j'en suis persuadée.

– Mais ce n'est pas pour cela que je t'ai fait venir. (Il se redresse et prend un document sur une pile.) Je t'ai demandé de monter parce qu'il y a eu un changement de dernière minute.

– Ah oui ?

– À cause d'un imprévu, je ne pourrai pas aller à New York.

Quel rapport avec moi ? A-t-il réellement pensé que son absence m'inquiétait tellement qu'il avait besoin de me rassurer en personne ?

J'avale ma salive en faisant de mon mieux pour avoir l'air intéressé.

– Ah bon ?

– Non.

Il sourit, avec un air qui se veut généreux, peut-être même indulgent :

– Mais *toi*, oui.

Chapitre 2

Niall

Je coince mon téléphone entre mon épaule et mon oreille, rassemble des documents épars pour former une pile nette sur mon bureau.

– Je vois…

La ligne grésille.

– Tu *vois* ? demande Portia d'une voix tendue, légèrement plus aiguë. Tu m'écoutes ou quoi ?

A-t-elle toujours été aussi désagréable avec moi ?

Malheureusement, j'ai bien peur que oui.

– Bien sûr, je t'écoute. Tu m'as dit que tu n'avais pas le choix. Mais je ne vois pas ce que je peux faire, Porsh.

– Nous étions d'accord, Niall. Tu as accepté que je garde le chien à la condition que *je* te le laisse quand je pars en vacances. Je pars en vacances et j'ai besoin de quelqu'un pour s'en occuper. Je ne vois pas ce qui est compliqué là dedans…

Portia se tait, mais sa voix résonne encore me faisant l'effet d'un flacon d'acide versé sur du métal.

– Normalement, je m'occupe toujours de Davey avec plaisir.

J'ai répondu calmement. Toujours calme, toujours patient, même quand il s'agit de savoir qui sortira son chien pendant qu'elle passe une semaine à Majorque pour se remettre du stress de notre divorce.

– Le problème, c'est que je ne serai pas en *Angleterre*, chérie.

Je ravale un juron en grimaçant.

Chérie.

Après quinze ans ensemble, j'ai du mal à me défaire de certains tics de langage.

Le silence qui s'ensuit est lourd. Il y a deux ans à peine, le léger grésillement de la ligne téléphonique m'aurait paniqué. Il y a un an, j'en aurais eu mal au ventre.

Mais neuf mois après avoir quitté notre appartement commun, son silence furieux ne me fait plus aucun effet.

Je jette un coup d'œil à ma boîte de réception pleine de courriers électroniques, à la pile de contrats sur mon bureau puis à l'heure. Je devrais déjà être parti. Il fait nuit. Chez moi, il faudra que je prépare ma valise pour New York. Même en travaillant d'arrache-pied, je ne pourrai pas tout régler avant mon départ.

– Portia, je suis désolé. Je dois te laisser. Navré pour le chien, mais je ne peux vraiment pas m'arranger pour la semaine prochaine.

– D'accord. (Elle soupire profondément.) Va te faire *foutre* !

Sur ce, Portia raccroche. Écœuré par son attitude, je fixe mon ordinateur pendant un moment avant de reposer le téléphone. J'ai à peine le temps de dire ouf que ma porte s'ouvre brusquement. Tony fait irruption dans mon bureau.

– Mauvaise nouvelle, mec.

L'air interrogateur, je lève les sourcils.

– Ma femme vient de partir à l'hôpital, les contractions ont commencé.

Compte tenu du nombre d'enfants qu'ont mes frères et sœurs, je suis en mesure de savoir que la grossesse de la femme de Tony n'est pas assez avancée pour que ce soit normal.

– Et tout va bien ?

Il hausse les épaules.

– Elle doit rester allongée jusqu'à la naissance. Par conséquent, je suis coincé à Londres.

Une vague de soulagement m'envahit. Tony est très sympa, mais en voyage d'affaires, il ne jure que par les clubs de strip-tease. C'est honnêtement le dernier lieu où j'ai envie de passer mes soirées pendant un mois à New York.

– J'irai seul, ce n'est pas grave.

Je me sens plus léger. Tony secoue la tête.

– J'envoie Ruby.

Il me faut plusieurs minutes pour comprendre à qui il fait allusion. Richardson-Corbett n'est pas une énorme entreprise, mais Tony engage toujours tellement de stagiaires que, vu leur nombre, je m'y perds. Et je ne m'en sors jamais avec les prénoms.

– La petite brune qui vient de l'Essex ?

Sa moue d'envie et de déception mêlées semble me donner tort.

– Non. La Californienne belle à croquer.

Oh. Celle-là, je m'en souviens. C'est elle qui est venue à ma rescousse aujourd'hui quand j'ai perdu mes moyens - une fois n'est pas coutume.

Ironie de la chose, c'est elle qui m'a rendu nerveux. Elle est vraiment *très jolie.*

Hélas...

- La fille qui s'est inquiétée parce que tu partais un mois ?

Tony relève la tête et sourit fièrement.

- Tout à fait.

- Est-il vraiment nécessaire d'envoyer quelqu'un avec moi ? La plupart des réunions ne porteront que sur des points logistiques. En matière de planification, on donnera simplement quelques conseils.

- Mais oui, andouille ! Et je suis sûr que tu arriveras à la convaincre d'aller dans des bars cochons avec toi.

Je grommelle dans ma barbe.

- Ce n'est pas...

- En outre, me coupe-t-il, elle est éblouissante, bordel ! Tu n'auras peut-être même pas besoin d'aller dans un bar à strip-teaseuses si tu encanailles Ruby. Longues jambes, beaux seins, visage *magnifique,* bon sang !

Je tente de le calmer :

- Tony, je ne compte pas « encanailler » une stagiaire.

- Tu devrais peut-être. Si je n'étais pas pris, je tenterais ma chance. (Il se tait un instant.) Ta dernière aventure date de quand ?

Je cligne des yeux puis baisse le regard vers mon bureau. Je n'ai fréquenté personne depuis mon divorce. Il y a quelques semaines, une fille totalement ivre m'a peloté dans un pub. À part ça, je n'ai pas approché une femme depuis des lustres.

-D'accord. Donc tu restes ici et Ruby part à New York. Tu lui as communiqué le planning?

-Je lui ai dit qu'elle devait prendre l'avion avec toi, boire des coups, être ivre, s'encanailler.

Je me passe une main sur le visage.

-Bordel de merde.

Il éclate de rire et s'éloigne.

-Bien sûr que je lui ai communiqué le planning! Je te taquine. C'est une fille en or, Niall. Vous avez beaucoup de points communs.

~

Enfin décidé à partir, je monte dans l'ascenseur en soupirant. Soudain, Ruby en personne se faufile entre les portes qui se ferment. Je croise son regard, me mets à tousser très fort. Elle retient son souffle. L'ascenseur initie sa descente dans un silence de plomb. C'est vraiment affreux.

L'ascenseur va trop lentement.

Le silence pèse des tonnes.

Et nous partons en voyage d'affaires ensemble! Je lui jette un coup d'œil: jeune, pleine d'énergie et oui, incroyablement belle. Nous serons obligés de parler, de plaisanter, d'apprendre à nous connaître. Tout ce qui me paralyse, avec une fille.

Elle ouvre la bouche pour dire quelque chose, se fige et décide finalement de ne pas briser le mutisme ambiant. Elle me regarde, je la regarde. Elle finit par détourner les yeux. Enfin, les portes s'ouvrent, je lui fais signe de passer devant mais, au lieu d'avancer, elle s'écrie:

– On dirait qu'on va passer du temps ensemble !

– Tout à fait.

Mon sourire ressemble à une grimace.

Fais un effort, Niall. Cesse d'être un robot, juste le temps d'une conversation.

Rien. Mon cerveau est devenu une passoire. Impossible de trouver la phrase anodine requise par la situation. Une plaisanterie quelconque. Et Ruby s'entête à rester dans l'ascenseur.

Il faut faire quelque chose. Je suis horriblement mauvais quand il s'agit de discuter de tout et de rien. Pour couronner le tout, vue de près, elle est encore plus attirante que je l'avais imaginée. Une bonne quinzaine de centimètres de moins que moi, mais pas petite pour autant, Ruby est svelte et musclée. Ses cheveux blonds ébouriffés, coupés court, ses joues roses et sa bouche parfaite lui donnent l'air d'un ange.

Elle est délicieuse. Je retiens mon souffle.

Souriante, elle hausse les épaules.

– Je suis américaine mais je ne suis jamais allée à New York. Je suis tout excitée.

– Ah… Eh bien… (Je cherche une réponse en regardant autour de moi, en vain.) C'est super.

Je me houspille intérieurement. C'est vraiment mauvais, même pour moi.

Ses grands yeux verts sont si clairs qu'il est évident qu'elle ne doit pas savoir mentir. Ses iris d'une couleur étonnante reflètent ses émotions. À cet instant précis, elle a l'air très anxieuse.

Je suis son supérieur. Bien sûr que c'est moi qui la rends nerveuse.

– On se retrouvera à l'aéroport lundi matin ? demande-t-elle en levant la tête vers moi.

Elle s'humecte les lèvres, je fixe mon attention sur son front.

– Oui, j'imagine...

Je me tais soudain. Suis-je censé prévoir une voiture pour nous deux ? Dieu tout puissant, trois minutes dans cet ascenseur, et c'est un carnage. J'ai du mal à envisager les quarante-cinq minutes de transport jusqu'à Heathrow. Pitoyable, je continue :

– À moins que...

– Je ne...

– Vous...

– Oh, désolée ! dit-elle, les joues rouges. Je vous ai interrompu. Allez-y.

Je soupire.

– Non, je vous en prie. Continuez.

C'est épouvantable. Pourquoi ne s'écarte-t-elle pas pour me laisser passer ? Je ne rêve que de ça. Ou que le sol m'engloutisse pour toujours.

– Je peux vous rejoindre à l'aéroport. (Elle remonte son sac sur son épaule et gesticule bizarrement.) À la porte d'embarquement, je veux dire. Je viendrai très tôt comme ça vous n'aurez pas à...

– Ce n'est pas un problème. Je veux dire...

Perplexe, elle cligne des yeux. J'ai totalement perdu le fil.

– D'accord. Très bien.

Je regarde par-dessus son épaule : la liberté me tend les bras.

– Tout se passera bien.

La porte de l'ascenseur vibre, je persiste à la tenir ouverte. Ce bruit désagréable ne fait qu'accentuer le malaise alors que cette discussion est déjà affreusement gênante.

– À lundi, lance-t-elle d'une voix nerveuse. J'ai hâte.

Un filet de transpiration glacée coule dans mon cou.

– Très bien. Super.

Elle hoche la tête, rougit et sort de l'ascenseur.

Au moment où Ruby s'éloigne, je ne peux m'empêcher de regarder ses fesses. Un cul rond, haut, parfaitement moulé dans une jupe noire. J'imagine la sensation de sa peau douce sous mes mains, en inspirant profondément la fragrance d'eau de rose qu'elle laisse dans son sillage.

Comme elle, j'avance dans le lobby, en direction de la sortie. Mon esprit dérive, je rêve à la courbure de ses seins, à la sensation de sa bouche sur moi, à mes mains sur son cul. Je ne suis pas nul au lit, n'est-ce pas ? Même si Portia n'était pas toujours partante pour faire l'amour, elle a toujours eu l'air d'apprécier…

Mais l'irruption de Tony dans l'entrée gâche tout. Il me fait un clin d'œil, lève les sourcils en murmurant : « Ça va baiser ! » Ruby disparaît dans la rue. J'ai honte que les spéculations de Tony aient pris possession de mon esprit à une telle vitesse.

~

J'ai grandi dans une famille nombreuse – dix enfants. Nous prenions très rarement l'avion, nous sommes montés sur un bateau une seule fois, pour aller en Irlande, et quand ma dernière sœur Rebecca et moi étions seuls à la maison, mes parents nous ont emmenés voir le pape à Rome. La maison était sens dessus dessous à cause des préparatifs. Nos habits du dimanche étaient moins élégants que nos tenues pour la messe de minuit, à Noël, elles-mêmes moins raffinées que les vêtements portés pour prendre l'avion. J'ai pris l'habitude de voyager tiré à quatre épingles - c'est donc de la faute de mon éducation si je me retrouve un lundi à Heathrow, en costume, à quatre heures et demie du matin.

Ruby arrive en courant juste à l'heure du début de l'embarquement, vêtue d'une veste à capuche rose, d'un legging noir, des baskets bleues aux pieds. Je l'observe se frayer un chemin parmi la foule. Je ne sais pas si Ruby le remarque ou non, mais presque tous les hommes - et beaucoup de femmes - la suivent des yeux.

Sa tenue décontractée lui va à ravir. Les joues rougies à cause du sprint, les lèvres entrouvertes pour reprendre son souffle, elle a l'air fraîche et dispose.

Elle s'arrête net quand elle me voit enfin et écarquille les yeux.

- Merde ! (Elle place une main sur sa bouche.) Je veux dire, *mince,* marmonne-t-elle. Nous avons une réunion en arrivant ? (Elle commence à regarder son téléphone.) J'ai appris le planning par cœur et j'aurais juré…

Je fronce les sourcils.

- Non…

Elle a appris le planning par cœur ?

- Je… Vous êtes très bien habillé pour prendre l'avion. J'ai l'impression d'être une clocharde, en comparaison.

Est-ce un compliment ou une moquerie ? Je ne sais pas comment prendre son observation.

- Vous n'avez pas l'air d'une clocharde.

Elle soupire en se cachant le visage dans les mains.

– C'est un long vol, je pensais que nous allions *dormir.*

Je lui souris poliment. L'idée de dormir à côté d'elle dans l'avion me rend nerveux, je n'arrive pas à me contrôler.

– Je veux régler quelques questions avant notre arrivée. Je me sens mieux quand je suis habillé pour travailler, c'est tout.

Je ne sais pas qui a raison. Une observation rapide du reste des passagers me donne l'impression que c'est elle.

Après un dernier coup d'œil ennuyé à mon costume, elle avance dans la file d'embarquement. Arrivés devant nos sièges, elle place son sac dans le compartiment au-dessus de nos têtes. Je m'efforce de ne pas regarder ses fesses… échec.

Bon Dieu, son cul est incroyable.

Insouciante, Ruby pivote sur ses talons, je m'efforce de me concentrer sur son visage. Elle fait un signe entre les deux sièges.

– Vous préférez le couloir ou le hublot ?

– Peu importe.

Je retire ma veste de costume et la tend à l'hôtesse de l'air. Ruby s'installe côté hublot, range son iPad et son livre dans le filet du siège devant elle, mais garde un carnet avec elle.

Une fois assis à côté d'elle, malgré la présence des autres passagers qui embarquent, un silence gêné s'installe. *Ciel !* Aujourd'hui, nous avons six heures de vol, mais ensuite, il s'agira de presque quatre semaines à New York ensemble, à cause du sommet.

Quatre semaines. Je suis pris d'un vertige.

J'imagine que je pourrais lui demander si elle se plaît chez Richardson-Corbett ou depuis quand elle vit à Londres. Elle travaille avec Tony, je suis persuadé qu'elle a beaucoup d'anecdotes amusantes à raconter. Je pourrais lui demander d'où elle vient - d'après Tony, elle est californienne, mais c'est vaste - pour briser un peu la glace.

Mais ensuite, nous serons obligés de continuer à parler. Quelle horreur... Il vaut mieux laisser tomber l'idée.

- Puis-je vous proposer quelque chose à boire avant le décollage ? demande une hôtesse de l'air avant de déposer une serviette devant moi.

Je me tourne vers Ruby, elle se penche pour être sûre que la femme l'entende. Quand son sein gauche effleure mon bras, mon corps tout entier se raidit, je m'efforce de ne pas prolonger le contact.

- Du champagne, s'il vous plaît, demande Ruby.

Perplexe, l'hôtesse de l'air acquiesce - ce n'est probablement pas très courant avant cinq heures du matin. Elle se tourne vers moi.

- Je...

Dois-je commander du champagne pour qu'elle ne se sente pas trop seule ? Ou dois-je au contraire montrer l'exemple en demandant le jus de raisin que je voulais prendre au départ ?

- Eh bien, si ce n'est pas un problème, je pourrais peut-être...

Ruby lève une main.

- C'était une blague. Désolée ! Blague ! Boum ! Je veux dire... pas boum... On ne doit pas faire ce genre de plaisanteries dans un avion. (Elle ferme les yeux et grogne.) Un jus d'orange, s'il vous plaît.

Je lève les yeux vers l'hôtesse, mal à l'aise.

– Je prendrai un jus de raisin.

Après avoir noté, elle s'éloigne. Ruby se tourne vers moi. Quelque chose dans son visage, la franchise de son regard peut-être, me met à l'aise comme cela arrive rarement.

Elle détourne le regard vers la tablette baissée devant elle.

– Tout va bien ?

– Oui... Juste... Je suis désolée. Et je... (Elle reprend son souffle.) Je n'allais pas vraiment boire du champagne. Vous y avez cru ?

– Eh bien... (Même pour rire, elle en avait commandé.) Non ?

J'espère que c'est la bonne réponse.

– Et puis ce « boum » débile avec toutes ces alertes à la bombe... (Elle esquisse le geste de se gifler.) Quand je suis avec vous, je deviens idiote.

– Juste avec moi ?

Elle s'affale dans son siège, c'est alors seulement que je mesure la portée de mes paroles.

– Ce n'est pas ce que je voulais dire. Je voulais dire que je ne vous ai jamais vue agir comme une idiote.

– L'ascenseur ?

Je hoche la tête en souriant.

– Certes.

– Et maintenant ?

Je me sens soudain mal pour elle.

– Je peux faire quelque chose ?

Elle me dévisage avec une sorte de tendresse.

Puis elle cligne des yeux, secoue la tête. Son expression redevient neutre.

– Ça ira, merci. Voyager avec le directeur de la planification stratégique et *bla-bla-bla* me rend un peu nerveuse, c'est tout.

Pour la mettre à l'aise, je demande :

– Où avez-vous fait votre stage de licence ?

Elle prend une grande inspiration et se tourne pour me faire face :

– À l'université de San Diego.

– Ingénierie ?

– Oui, avec Emil Santorini.

Je lève les sourcils.

– Il ne rigole pas.

Elle sourit :

– Il est *extraordinaire.*

Sa réponse m'intrigue.

– Seuls les élèves brillants le jugent ainsi.

– Donnez le meilleur de vous-mêmes ou décampez. (Elle hausse les épaules en acceptant avec un grand sourire le jus d'orange que lui tend l'hôtesse de l'air.) C'est ce qu'il nous a dit le premier jour. Il n'avait pas tort. On a commencé à trois, je me suis retrouvée seule à Noël.

Même si je me doute de la réponse, je continue à la questionner :

– Pourquoi être venue à Londres ?

– J'espère entrer dans le programme de génie civil d'Oxford. Je suis déjà le cursus général, mais je ne sais pas encore si je pourrai intégrer le groupe de Margaret Sheffield. Je n'ai toujours pas eu la réponse.

– Elle décide juste avant le début de l'année scolaire. Ça rend les étudiants totalement fous.

– Nous, les ingénieurs, nous aimons les plannings élaborés à l'avance, les feuilles de calcul, les plans. Nous ne sommes pas exactement les personnes les plus patientes du monde.

Je souris.

– Comme je le disais. Totalement dingues.

Elle se mord les lèvres et me rend mon sourire.

– Vous n'avez pas suivi son programme ?

– Pas officiellement, mais elle a joué le rôle de mentor que mon directeur de thèse n'assumait pas vraiment.

– Quand Peterson a-t-il pris sa retraite ?

J'écarquille les yeux. Connaît-elle tout de mes études ? De moi ?

– J'ai l'impression que vous connaissez déjà la réponse.

Elle sirote son jus et s'excuse discrètement.

– Je sais que vous avez été son dernier élève. J'avais envie de connaître les détails...

– C'était horrible. Il était alcoolique, très désagréable avec les gens. Mais c'était il y a dix ans, vous étiez une enfant. Comment savez-vous tout cela ?

Sa moue me réchauffe le corps. *Bon sang.* Elle est tellement belle.

– La première raison, c'est Maggie Sheffield. J'ai appris son existence en deuxième année, quand nous avons visité le Stately building. L'idée d'étudier avec elle avant sa retraite est alors devenue pour moi une obsession. Quand j'ai parlé d'elle à Emil, lui aussi m'a raconté des histoires sur Oxford. (Elle hausse les épaules.) Je connais quelques anecdotes au sujet de Peterson.

Je hoche la tête. Je me demande bien ce qu'on raconte actuellement sur lui.

– Il a vraiment envoyé une bouteille au visage d'un étudiant ?

Ah! Celle-là est manifestement inoubliable.

– Oui, mais ce n'était pas moi. Il m'a engueulé une ou deux fois. Ou dix. Mais rien de plus.

Soulagée, Ruby acquiesce. Elle m'intrigue.

– Et la deuxième raison ?

Elle regarde par le hublot, soupire et continue :

– Quand je suis entrée chez Richardson-Corbett, j'ai appris que vous aviez étudié à Oxford. Je me suis demandé si vous aviez suivi le programme de Maggie. Ce n'était pas le cas mais… j'ai eu vent de votre parcours.

J'ai l'impression qu'elle ne me dit pas tout. Cela expliquerait le regard empreint de douceur qu'elle m'a lancé tout à l'heure. L'air malicieux, elle me sourit.

– On apprend beaucoup en observant et en écoutant, vous seriez impressionné.

– Alors, impressionnez-moi.

– Vous avez quitté la London Underground pour fonder un département de planification stratégique de l'urbanisme. (Elle sourit timidement.) Vous avez obtenu votre licence à Cambridge, vous étiez le plus jeune exécutif de l'histoire du métro. Vous avez failli partir à New York pour travailler à l'Autorité du transport métropolitain, mais vous avez préféré accepter l'offre de R-C.

– Impressionnant… C'est tout ce que vous savez ?

Les joues roses, elle regarde ailleurs.

– Vous avez grandi à Leeds, vous étiez une star du club de football à Cambridge.

A-t-elle fait des recherches hier soir ? Ou connaît-elle tous ces détails depuis plus longtemps ? La chaleur monte dans mon ventre, j'espère secrètement qu'elle s'est intéressée à moi avant de savoir que nous partirions ensemble à New York.

– Et ?

Elle hésite.

– Vous possédez une Ford Fiesta, ce que je trouve très amusant dans la mesure où vous gagnez probablement plus d'argent que la reine, et que vous êtes connu comme défenseur des transports publics que vous n'empruntez jamais. De plus, je ne sais pas comment vous tenez dans une Ford Fiesta. Et vous avez récemment divorcé.

Amusé, je la détaille. Le déballage est terminé.

– Dire que je croyais qu'on ne commentait ma vie privée ni au bureau ni sur Internet…

– Je suis désolée. (Elle grimace et s'enfonce un peu plus dans son siège.) J'ai failli oublier un instant que tout le monde n'a pas été élevé par deux psys. Nous ne sommes pas tous des livres ouverts.

– Je suis tenté de vous demander comment vous avez entendu parler de mon divorce. Les potins probablement…

– J'ai dû arriver à peu près au moment où tout s'est terminé… (Elle se redresse et me fixe avec de grands yeux désolés.) Ce n'est plus un sujet de conversation, je peux vous le promettre.

Je me souviens de mon désarroi, à l'époque où Ruby est entrée dans l'entreprise. J'étais tellement affecté par les caprices de Portia que j'aurais accepté n'importe quoi, comme noyer avec bonheur mon chagrin dans une pinte de bière. Autant changer de sujet.

– Vous avez des frères et sœurs ou vous étiez seule avec les psys ?

-Un frère. (Elle boit une gorgée de son jus.) Et vous?

-Quoi... vous n'êtes pas au courant?

Elle éclate de rire puis s'arrête, légèrement honteuse.

-Si j'avais pris la peine de me renseigner sur votre famille, j'entrerais clairement dans la catégorie *stalker*[1].

Je lui adresse un clin d'œil.

-Possible.

Elle me dévisage, l'avion accélère sur la piste. Tremblante, elle agrippe les accoudoirs. La distraire me semble une bonne idée.

-J'ai neuf frères et sœurs.

Bouche bée, elle souffle:

-*Neuf?*

Je suis tellement habitué à cette réaction que, désormais, je reste impassible.

-Sept sœurs et deux frères, je suis l'avant-dernier.

Pensive, elle hausse les sourcils.

-Ma maison était si calme... Je... je n'arrive pas à imaginer votre enfance.

J'éclate de rire:

-Croyez-moi, c'est impossible.

-Huit frères et sœurs, plus vieux que vous. C'est comme avoir huit parents.

-Parfois. Mon frère aîné, Daniel, a toujours été le médiateur. Il nous surveillait. C'était sûrement plus facile parce qu'il y avait plus de filles que de garçons. On était en général assez tranquilles. Mon deuxième frère, Max, faisait tout le temps des bêtises mais il s'en tirait parce qu'il était extrêmement mignon. En tout cas,

1 *Stalker*: en anglais, un harceleur ou un pervers. (NdT)

c'est ce qu'il raconte. J'étais très sage, très studieux. Un gosse ennuyeux, vraiment.

Elle se fige et demande:

- Et?

Je repose ma tête sur mon siège et prends une grande inspiration. Cela fait des années que je n'ai pas eu une discussion aussi décontractée avec une femme autre que Portia, l'une de mes sœurs ou l'épouse d'un ami. L'intérêt qu'elle me porte est authentique. Elle me donne confiance, une sensation que j'avais oubliée ces dernières années.

- Nous faisions tout ensemble. Former une fanfare, écrire une bande dessinée. Un jour, on a décidé de peindre la maison avec nos doigts.

- J'ai du mal à vous imaginer en train de peindre avec les doigts...

Je hausse les épaules et souris à son air dégoûté. Il y a quelque chose, une ombre dans ses yeux, juste sous la surface, qui me donne envie de la protéger.

Contrairement à mon habitude, je me mets à bavarder. Elle m'écoute avec une attention passionnée, me pose des questions à propos de Max, de ma sœur Rebecca, de nos parents. Elle m'interroge sur ma vie en dehors du travail, je lui lance avec un sourire charmeur qu'elle sait déjà que je suis divorcé. Alors elle me demande comment j'ai rencontré mon ex-femme. Aussi surprenant que cela puisse paraître, je ne me sens pas stupide quand je lui explique que j'ai rencontré Portia à dix ans, suis tombé amoureux d'elle à quatorze et l'ai embrassée à seize.

En revanche, je ne lui avoue pas que la magie a commencé à se dissiper seulement trois ans plus tard, le jour de notre mariage.

– Ça doit être bizarre d'avoir été avec quelqu'un pendant si longtemps et de rompre, dit-elle en regardant par le hublot. Je n'arrive pas à me représenter ce que je ressentirais.

Sa frange tombe devant ses yeux, je remarque le petit diamant qui décore le lobe de son oreille. Elle tourne la tête et reprend :

– Je suis désolée que les gens en discutent au bureau. C'est désagréable de sentir qu'on empiète sur sa vie privée !

Je regarde ailleurs sans répondre. Je ne veux pas être trop franc.

Ce n'est pas si bizarre, c'est peut-être ça qui est le plus étrange.

Je me suis senti seul si longtemps. Pourquoi ai-je mis tant d'années à m'en rendre compte ?

Je n'aurais jamais cru avoir envie d'en parler, mais nous y voilà. Tu pourrais poser plus de questions.

Le silence se fait entre nous, je me sens à nouveau gêné. Détendue sur son siège, elle observe les nuages. Je suis donc le seul à me sentir mal à l'aise – bonne nouvelle. La tension de l'ascenseur a disparu.

Le plaisir que j'éprouve à être près d'elle me surprend.

~

Ruby finit par s'endormir et glisse peu à peu vers moi jusqu'à ce que sa tête s'appuie sur mon épaule. Je fais mine de jeter un coup d'œil par le hublot, l'excuse parfaite pour inhaler l'odeur florale, très légère, de ses cheveux. De si près, je contemple le grain de sa peau parfaite. Son teint pâle, éclatant de santé, son nez constellé de petites taches de rousseur. Ses lèvres sont légèrement humides, ses cils bruns effleurent ses joues.

Elle tient dans sa main un petit cahier Richardson-Corbett et un stylo. Je l'attrape avec délicatesse et ne résiste pas à la curiosité de le feuilleter. Des notes de travail. Notre programme, quelques informations sur les entreprises de BTP, les projets en cours, la liste des gens que nous devrons rencontrer à New York, quelques idées en vrac sur la manière dont elle pourrait tirer profit de cette conférence pour son projet de thèse avec Margaret Sheffield. Elle a pris des notes méticuleuses sur tout ce que Tony lui a appris, c'est visible.

Au bas d'une page, je lis :

Objectif n°1 : ne pas avoir l'air d'une imbécile devant Niall Stella. Ne pas le fixer, ne pas parler tout le temps, ne pas rester muette. Tu peux le faire. Il est humain.

C'est à ce moment-là que je réalise que ce cahier est peut-être une sorte de journal, plus qu'un recueil de remarques professionnelles. Ruby angoissait tellement à l'idée de partir en voyage d'affaires avec un supérieur qu'elle s'est écrit un discours de motivation.

Je replace le cahier entre ses doigts, ferme les yeux et penche la tête vers elle en m'excusant silencieusement d'avoir envahi *son* intimité.

Je rêve de peau douce contre mon torse nu et de baisers au goût de champagne.

Chapitre 3

Ruby

C'est au moment précis où j'entends le steward nous informer dans le haut-parleur que l'avion va bientôt commencer sa descente vers New York que je me réveille en sursaut.

J'écarquille les yeux en grimaçant. Un filet d'air glacé m'arrive en plein visage, le vrombissement de l'avion s'intensifie. Je suis tordue sur mon siège, j'ai très envie d'aller aux toilettes mais…

Je me sens extrêmement bien. Je suis blottie contre quelqu'un qui me réchauffe, sent délicieusement bon et…

Soudain, je me redresse. Je me suis collée au bras de Niall Stella et… *Seigneur !* Ma jambe est-elle réellement appuyée contre *sa cuisse* ?

L'épisode de l'ascenseur m'a traumatisée. Maintenant, ça ? *Mon Dieu*. Ai-je écrasé un chiot dans une vie antérieure ? Pourquoi le karma me punit-il ainsi ?

Je m'écarte le plus discrètement possible de lui et regarde autour de moi. Je n'ai aucune idée de l'heure.

L'avion est toujours plongé dans l'obscurité, la plupart des gens dorment encore, leurs stores baissés bloquent la lumière. Je passe une main dans mes cheveux et tente d'étirer mon corps courbaturé. Mon cou s'en remettra, mais je dois aller aux toilettes. C'est une urgence.

Je me rassieds, essuie mes mains moites sur mes cuisses et prends quelques instants pour réfléchir à ce qui vient de se passer. Hier, Niall Stella ne savait pas que j'existais. Aujourd'hui, j'ai quasiment passé l'intégralité du vol Londres-New York sur ses genoux. En vingt-quatre heures, je suis passée du stade Ruby Miller, mi-admiratrice secrète, mi-*stalker*, à Ruby Miller, copine de voyage à l'autre bout du monde.

Sans parler du fait que si j'ai dormi sur lui, il a aussi dormi sur moi. Je vais devoir tout consigner dans mon journal *ce soir*.

Il n'a toujours pas bougé. C'est gênant à cause de mon problème de vessie et, en même temps, c'est merveilleux. Quand aurai-je à nouveau l'opportunité d'être aussi proche de lui ? En dehors de notre heure de réunion commune une fois par semaine, je n'ai jamais eu l'occasion de le regarder d'aussi près. Pendant les réunions, nous sommes entourés d'une foule de collaborateurs, nous nous croisons à peine dans le couloir. Une fois, j'ai attendu juste derrière lui pour atteindre le buffet d'une réception organisée par l'entreprise. Tout ce que je distinguais, c'était son cul parfait moulé dans son pantalon de costume. Je ne m'étais pas plainte, loin de là. Niall Stella a joué au foot, il rame en équipe sur la Tamise tous les samedis. Son cul est dans le Top Dix de mes parties préférées du corps de Niall Stella. (Je laisse une place vacante, au cas où.)

Je suis si proche de lui que je pourrais compter ses cils, si je voulais. D'ailleurs, je l'ai presque fait.

Niall Stella n'est pas *beaucoup* plus vieux que moi –sept ans seulement–, mais il a l'air tellement jeune comme ça. Ses cheveux emmêlés tombent en cascade soyeuse sur son front. Sa chemise vert pâle est froissée ; sa veste, tachée au niveau de l'épaule.

Là où j'ai bavé.

Oh, Seigneur !

Je me frotte le visage en jurant. Je me sentais si bien contre lui que je me suis endormie assez profondément pour baver sur son élégant costume de quatre heures du matin. À l'aide ! J'observe les alentours, j'avise une serviette en boule sur mon plateau. Je la ramasse et tamponne discrètement son épaule, en espérant pouvoir effacer toute trace de mon méfait et éviter qu'il le remarque. Bien sûr, je n'ai pas cette chance. Non seulement c'est inutile, mais ça le réveille. Ses grands yeux s'ouvrent tout à coup, à quelques centimètres de mon visage.

Je souris.

–Salut.

Confus, il se frotte les yeux puis les écarquille en repérant la serviette dans ma main et la tache sur son épaule.

–Désolée… je marmonne en riant nerveusement. Je ne dors pas très proprement.

Il sourit, sa fossette se creuse.

–Ce sont des choses qui arrivent.

J'ai envie de me gifler : je ne pense qu'à une chose, monter sur ses genoux, entourer ses hanches étroites de mes bras. Bordel de merde, Ruby. Tu as déjà oublié le précepte n°1 ? *Ne pas avoir l'air d'une imbécile devant Niall Stella.*

Il s'étire, sans égard pour mon air bouleversé.

– Je me suis assoupi aussi donc… Désolé.

– Oh mon Dieu, non. Ne vous excusez pas pour ça ! Vous étiez magni… (Je m'arrête en pleine phrase.) Nous atterrissons bientôt, je vais aller me changer.

Sans attendre qu'il se lève, je l'enjambe pour m'extirper de mon siège. Il fait mine de me laisser passer avant de se rendre compte que s'il s'exécute, j'entrerai en contact direct avec ses parties génitales. Il agrippe les accoudoirs comme s'il craignait pour ses jours. Mes fesses sont au niveau de son visage, mais je pense que c'est préférable au contact physique.

Au secours ! Nous avons un gros problème !

Je l'évite du regard en attrapant mon bagage à main dans le compartiment. Je m'éloigne aussi rapidement que possible vers les toilettes proches.

Enfermée dans la minuscule cabine, je prends le temps de respirer profondément. Pourquoi suis-je incapable de me comporter normalement quand il est dans les parages ?

Je lance à mon reflet :

– Reprends-toi !

Et j'ouvre mon sac. Il contient tout ce qu'il faut. Malheureusement, se changer dans les toilettes de l'avion n'est pas aussi simple en réalité.

Je me frappe la tête contre le comptoir en me penchant pour enlever mon legging. Nous entrons dans une zone de turbulences au moment où j'enfile ma jupe ; je manque tomber sur les toilettes et suis projetée contre la porte. Il me faut dix bonnes minutes pour m'habiller et arranger mes cheveux. Il n'y a aucun doute, tous les passagers de première classe, voire de business, ont dû jeter un coup d'œil inquiet aux toilettes au moins une fois, en se demandant ce qui pouvait bien s'y tramer. Mais, la tête haute, je regagne mon siège.

L'impassibilité de Niall Stella ne m'aide pas à me calmer. Absorbé dans la contemplation du dossier du siège devant lui, il ne regarde à aucun moment dans ma direction.

– C'est bon ? murmure-t-il.

Je boucle ma ceinture.

– Oui. Je me suis bien amusée dans les toilettes.

Un petit sourire apparaît sur ses lèvres, il se penche et éclate de rire.

– Moi aussi.

Quelque chose fond en moi, je rassemble toutes mes forces pour ne pas prendre son visage entre mes mains et lui rouler une pelle comme si nous allions mourir demain.

~

L'avion a atterri avec dix minutes d'avance. Les passagers commencent à se lever, à récupérer leurs affaires dans les compartiments à bagages. Je les imite et attends devant Niall que les gens se mettent enfin à avancer dans la queue.

Je lui jette un coup d'œil pour m'assurer qu'il est prêt. Il s'entête à fixer le plafond.

Quelque chose cloche.

Pendant six mois, j'ai travaillé dans le même immeuble que Niall Stella et il ne m'a jamais réellement remarquée. Là, c'est différent. Il choisit délibérément de m'ignorer.

Il est si tendu et agité que s'il pouvait me passer devant et courir jusqu'à un taxi pour fuir la scène du crime, il le ferait. J'en suis persuadée.

La première classe sort par la même porte, je me tourne pour lui sourire, en attendant que les personnes devant nous se mettent en mouvement.

– Nous sommes un peu en avance, notre chauffeur ne sera peut-être pas encore arrivé.

Il me regarde rapidement puis détourne les yeux.

– D'accord.

D'accoooooord.

J'avance dans la rangée quand une inconnue se jette brusquement sur moi et tire sur ma jupe.

– Truc de filles, truc de filles ! murmure-t-elle. (Je lui lance un regard confus.) Votre jupe est coincée dans votre… string.

MON QUOI ?

Elle se penche, le sang quitte mon visage.

– Mais entre nous, je ne pense pas que ça dérange le monsieur derrière vous.

Je passe la main sur mon postérieur et ne sens que ma peau. Affolée, je tire sur ma jupe, effectivement coincée dans mon string,

dévoilant

mon

cul

entièrement

nu.

À l'aide ! C'est moi, Ruby, pour la deuxième fois.

Je la remercie et sors de l'avion en faisant rouler mon bagage à main tout en priant pour qu'une force surnaturelle m'enlève pour me délivrer. Une fois dans le terminal, je fais semblant de chercher avec insistance quelque chose dans mon sac pour que Niall Stella passe devant. Je voudrais arrêter d'angoisser en permanence sur ma jupe.

Il a vu ton cul.

Pourquoi avoir mis un string ficelle ?

Il a vu ton cul nu, *Ruby.*

Nous nous tenons l'un à côté de l'autre pour attendre nos bagages. Honnêtement, je ne sais pas lequel d'entre nous est le plus mortifié. Il n'a pas pu ne pas le remarquer. Je sais qu'il a vu mon cul. Et je sais qu'il sait que je sais qu'il a vu mon cul.

Je fixe le carrousel à bagages, en espérant voir apparaître mon sac au plus vite. Je le sens se pencher sur moi.

Son odeur de savon frais et de crème après-rasage me surprend, même son haleine a l'odeur de menthe.

– Ruby ? Désolé pour le… Je ne suis pas très doué…

Il se tait et je le regarde dans les yeux. Nous sommes si proches. Ses yeux marron ont des reflets verts et jaunes, je sens mon cœur battre plus fort, parce qu'il fixe ma bouche.

– … Je ne suis pas très doué avec les femmes.

Mon sentiment d'humiliation est remplacé par un sentiment plus chaud, plus serein et tellement plus agréable.

~

Je suis déjà allée dans de grandes villes – San Diego, San Francisco, Los Angeles, Londres –, mais New York est réellement un cas à part.

Tout est impressionnant, les gratte-ciel nous écrasent de leur hauteur, ils semblent peupler l'horizon, laissant seulement apparaître une petite portion bleu-gris au-dessus de nos têtes. Et l'ambiance est *oppressante*. Je n'ai jamais entendu autant de klaxons retentir, de bruits, de hurlements dans la rue. Les piétons ne semblent même pas y faire attention. Nous nous frayons un chemin du terminal 4 de JFK à notre voiture, puis de notre voiture aux portes du Parker Méridien dans le vacarme, et personne ne semble gêné par la cacophonie.

Niall me suit à une distance respectable, nous avançons dans le hall de la réception –assez proches l'un de l'autre pour qu'il soit évident que nous sommes ensemble sans être *ensemble*. Nous récupérons les clés de nos chambres respectives. Je suis ici en qualité de collègue de travail de Niall, ni son employée, son assistante, ni… même son amie, donc je n'ai aucune idée de la localisation de sa chambre, ou disons, de la taille de son lit. Je n'ai même pas le droit à un au revoir en bonne et due forme. Son téléphone sonne, il me fait un signe poli de la main et disparaît dans le couloir.

J'ai la tête d'une fille qui vient de se prendre une gifle. L'employé de l'hôtel tousse à côté de moi, attendant avec mes bagages de me montrer ma chambre.

Une fois dans l'ascenseur, les émotions de la journée me reviennent en force. Je me suis réveillée à trois heures du matin, j'ai seulement fait une sieste sur l'épaule de Niall. Un écran incrusté dans l'une des parois de la cabine diffuse un vieux dessin animé : Tom attrape Jerry et lui donne des coups de marteau sur la tête, ils se courent après autour d'un bâton. L'ascenseur arrive au dixième étage, mes paupières sont de plus en plus lourdes.

Je suis l'homme dans le couloir, il ouvre ma porte. Au centre de la chambre, le lit est gigantesque, assez grand pour que quatre personnes puissent y dormir. Un énorme écran plat lui fait face. Dans un coin, quelques chaises design et une fenêtre qui occupe tout le mur, devant lequel se trouve le bureau.

Le lit me fait fantasmer – des draps immaculés, des oreillers moelleux. Je frissonne : je n'ai qu'une envie, me jeter dedans, la tête la première. Malheureusement, je connais les dangers du décalage horaire. Même si j'en rêve, faire une sieste est exactement ce que je dois *éviter*.

~

Merde.

Pour la deuxième fois dans la même journée, je me réveille en sursaut. La bouche baveuse.

La chambre est plongée dans l'obscurité, il me faut quelques secondes pour me rappeler où je suis. Ça y est : New York. L'hôtel.

Niall Stella.

Je me rappelle avoir pris une douche, enfilé le peignoir et décidé de laisser reposer mes yeux le temps que le room service arrive et… je me suis endormie.

Je me redresse, grogne en sentant mon corps affreusement courbaturé. Je m'essuie le visage sur la manche de mon peignoir. Seigneur, quand je dors, je dors *vraiment*.

Mes yeux s'accoutument à l'obscurité, j'ouvre les draps et me force à chercher mon téléphone. Deux messages de ma mère me demandant si je suis arrivée, un texto de Lola qui veut de mes nouvelles. J'ai été déconnectée toute la journée : je retiens mon souffle avant d'ouvrir mes mails.

Réunion de demain : *à lire absolument.*

Remarques de Tony : *peuvent attendre demain matin.*

Soldes chez Victoria Secret's : *ooooh, je garde ce mail pour une autre fois.*

Assistante de Niall *: attends, quoi ?*

Elle a mis la dernière version de notre programme de demain en pièce jointe, l'heure du rendez-vous à la réception, les quelques remarques dont il lui a fait part. Il y a aussi son numéro de portable, *« en cas d'urgence ».*

Je fixe l'écran de mon Smartphone.

J'ai le numéro de portable de Niall Stella.

Oserai-je l'utiliser ? Puisque je me suis endormie au moment où mon repas allait arriver, je pourrais lui proposer d'aller manger un morceau. J'ai beau être affamée, ce n'est pas à proprement parler une *urgence.* S'il n'a pas demandé à son assistante de me faire part de ces plans pour le dîner, je dois supposer qu'il est occupé de son côté.

Ma naïveté me frappe soudain. J'ai commencé à envisager les quatre prochaines semaines avec Niall Stella, *tous les deux*, au sein de notre bureau new-yorkais temporaire, nous promenant sur Broadway ou discutant avec passion de travail dans des restaurants huppés. Inconsciemment, je suis allée jusqu'à imaginer ses éclats de rire à mes plaisanteries pleines d'esprit, autour d'une bière, en fin de journée ; nos regards en coin pendant la frénésie des réunions.

Mais je dois me préparer à la réalité : j'ai beaucoup plus de chances de passer mes journées à prendre des notes au fond d'une salle pleine à craquer et mes soirées seule dans cette chambre d'hôtel, à écrémer le menu du room service.

Je ne *peux* pas lui envoyer de message. Et je n'ai vraiment pas envie de rappeler le room service.

Je jette un coup d'œil à mon reflet dans le miroir de la salle de bains. *Hum,* ce n'est pas brillant : les cheveux comme de la paille, des coulures de mascara et des traces d'oreiller sur la joue. En licence, j'étais rayonnante même après une nuit blanche. Malheureusement, cette époque est révolue. Je doute d'avoir le courage de me redonner figure humaine, je vais donc me rabattre sur un distributeur automatique : chips et Coca light en perspective.

Quelques billets en main et des pièces de monnaie dans la poche de mon peignoir, j'ouvre lentement la porte et regarde dans le couloir. À ma grande surprise, il est quasiment plongé dans l'obscurité. En arrivant, je n'avais pas fait attention à la tapisserie aux motifs sombres ni à l'applique qui éclaire chaque porte de chambre.

Je repère la pancarte désignant un distributeur au loin et sors de ma chambre à pas de loup, en laissant la porte se refermer derrière moi. Mes pieds s'enfoncent dans la moquette épaisse et moelleuse, je me rappelle soudain que je suis totalement nue sous mon peignoir. On n'entend rien, même pas des voix dans une chambre voisine ou le bruit d'une télévision. Tout est trop calme, trop silencieux. Menaçant, le couloir s'étire devant moi. J'avance en plissant les yeux pour affiner mon acuité visuelle.

– Ruby ?

Je laisse échapper un petit cri de surprise, sursaute, et puis ferme les yeux en reconnaissant sa voix. Dois-je me retourner ? Et si je partais en courant ? Je pourrais faire semblant d'être quelqu'un d'autre, il réaliserait qu'il s'est trompé, rentrerait dans sa chambre.

Impossible.

– Ruby ? répète-t-il, d'une voix mal assurée.

Parce que les gens normaux ne se promènent pas dans les couloirs des hôtels de luxe uniquement vêtus d'un peignoir et pieds nus. De plus, l'air conditionné soulève le tissu éponge. Super.

Merci, l'univers.

– Salut ! je lance, trop fort, bien trop fort.

Je me retourne lentement.

Étonné, Niall Stella fait un pas en arrière et manque heurter sa porte ouverte, qui, par pure coïncidence, se trouve juste à côté de la mienne.

Nous partageons un mur… peut-être le mur de la salle de bains… où il se lave… nu.

Concentre-toi, Ruby !

J'opte pour la question la plus naturelle possible :

– Vous faites quoi ? J'allais chercher quelque chose à manger…

Je triture la ceinture de mon peignoir avant de réaliser ce que je suis en train de faire. Je la lâche comme si elle me brûlait les doigts.

– Quelque chose à manger ?

Avec une nonchalance étudiée, je m'appuie contre le mur.

– Ouais.

Niall Stella jette un coup d'œil dans le couloir puis me regarde, en s'attardant sur mon peignoir. Et peut-être, juste peut-être, à moins que ce soit pure imagination de ma part, sur ma poitrine. Là où mon peignoir bâille, laissant entrevoir un morceau de sein.

Nous avons dû y penser en même temps.

Ses yeux reviennent sur mon front, je triture le tissu éponge. À ce rythme, Niall Stella m'aura vue totalement nue avant la fin de la semaine.

– Dans le distributeur automatique, j'explique en replaçant une mèche derrière mon oreille. J'allais acheter des chips. Des chips américaines.

Il fait mine d'observer les alentours.

– Je ne pense pas qu'ils vendent des chips ici. (Il sourit en rougissant légèrement.) Des barres énergétiques, peut-être ? Du caviar, à coup sûr. Vous êtes habillée pour l'occasion, c'est parfait.

Il me *taquine*.

Mon frère est mon meilleur ami, ses amis sont mes amis, et ça je connais. Badiner avec des garçons, leur faire des blagues. Je peux jouer ce jeu sans avoir l'air d'une parfaite idiote. Et en oubliant que je rêve de le baiser. Peut-être. Mais il porte son costume anthracite – mon préféré – et une chemise noire sans cravate. Je ne l'ai jamais vu sans cravate, je dois user de mes superpouvoirs pour le regarder dans les yeux et ne pas me concentrer sur le petit morceau de peau exposé dans son cou.

J'aperçois les poils de son torse, mes doigts me démangent. Je meurs d'envie de les caresser. Hélas, il attend toujours que je réponde.

– Et encore, je suis habillée. Habituellement, je mange des chips toute nue sur le canapé.

Son visage reste impassible, mais ses sourcils frémissent d'amusement. Il est tellement mignon.

– Ça doit faire partie des instructions sur le paquet, je n'en doute pas. Malheureusement, ce n'est pas la même chose pour le caviar.

– Ou les barres énergétiques.

Il rit.

– Tout à fait.

Je hausse les épaules en jetant un regard vers la porte de ma chambre.

– Je crois que je vais jeter un nouveau coup d'œil au menu du room service.

– J'allais justement te poser la question, tu as envie de moi ?

J'écarquille les yeux.

– Quoi ?

Il fronce les sourcils et répète :

– J'allais justement te poser la question, tu veux te joindre à moi ?

– Oh ! je fais, en reprenant mon souffle. Vous allez dîner ?

– C'est ta première fois ?

Nous levons tous les deux nos sourcils en même temps. Il ajoute, le souffle court :

– À New York ? Ta première fois à New York ?

– Hum, ouais, je réponds en croisant les bras sur la poitrine.

– Peut-être que tu…

Niall se tait, effleure son cou comme pour resserrer une cravate qu'il ne porte pas.

– Je dois retrouver mon frère. Il vit avec sa femme à New York, je dîne avec lui et ses associés. Tu pourrais te joindre à nous.

Son frère vit ici ? J'enregistre tout de suite l'information et réalise à quel point j'ai envie de l'accompagner – mais même si je risque de me détester par la suite, je secoue la tête. Hors de question de m'imposer.

– Je pense que je vais…

– Ce serait une faveur, en fait. Mon frère Max est souvent un peu lourd… (Il réfléchit, hoche la tête et continue.) Tu serais une distraction bienvenue.

Mais comme je suis particulièrement nulle chaque fois que je m'approche à moins de cinquante mètres de lui, je me tiens là, incapable de prononcer un mot, pendant beaucoup trop longtemps.

– Bien sûr, si tu préfères…

– Non, non ! Désolée ! Si je… pouvez-vous me laisser dix minutes pour me changer et…

Je fais un geste vague vers mon visage et mes cheveux en bataille.

– Seulement dix minutes ?

Seigneur, il continue à me taquiner.

Je confirme avec un sourire goguenard :

– Dix minutes. Douze si vous ne voulez pas voir ma jupe coincée dans ma culotte.

Niall éclate d'un gros rire qui nous surprend tous les deux avant de reprendre ses esprits.

– Très bien. Rendez-vous à la réception. Dans *dix* minutes.

~

Personne, dans l'histoire de l'humanité, ne s'est changé aussi vite que moi.

À l'instant où les portes de l'ascenseur se referment sur lui, je cours dans ma chambre. Je laisse tomber mon peignoir par terre, attrape une robe de coton bleu, sprinte dans la salle de bains. Je me nettoie le visage, fouille dans ma trousse de toilette. M'hydrate la peau, étale du fond de teint sur mes joues, me poudre le nez à la vitesse de la lumière. Une noisette de lotion dans les cheveux et j'allume le sèche-cheveux pour leur redonner du volume. Je repasse ma robe en quelques secondes, me brosse les dents, applique du blush sur mes joues, m'allonge les cils avec du mascara et finis par une touche gloss sur les lèvres. Enfin, j'enfile ma robe. Il me reste cinq minutes. Malheureusement, j'ai oublié les sous-vêtements, j'utilise le temps imparti pour trouver un ensemble dans ma valise, mon chargeur de téléphone, puis j'enfile une paire de talons.

J'attrape mon sac, vérifie que ma robe est bien en place et, avec une grande inspiration et une prière rapide, j'avance vers l'ascenseur.

Chapitre 4

Niall

J'attends devant les ascenseurs. Quand Ruby en sort, je suis sans voix. Elle s'est préparée en moins de dix minutes, le résultat est éblouissant. Je suis ravi d'être avec elle, mais je ne peux m'empêcher de me sentir coupable à cause du petit frisson que je ressens à ses côtés. La présence de Ruby a envahi ce qui aurait dû être un sommet professionnel ennuyeux, prévisible mais *rassurant*.

J'avale ma salive et désigne l'entrée de Knave.

– On y va ?

– Avec plaisir ! (Son grand sourire, sa silhouette élancée et son attitude dynamique ont raison de mes derniers doutes.) Je serais capable d'avaler un bœuf. J'espère qu'ils ont des steaks de la taille de votre poitrine !

Je lève un sourcil amusé. Elle éclate de rire en cherchant quelque chose dans sa pochette. Je l'entends murmurer :

– Je jure que je suis plus intelligente que ça en temps normal.

J'ai envie de lui dire qu'elle est rafraîchissante et pleine de vie. Mais je tiens ma langue. Cette fois, malgré sa remarque, elle n'a pas l'air trop mortifiée.

– Mon frère sera là. Et ses amis. J'espère que ça ne te dérange pas. Ce sont des gens sympas mais…

– Ce sont des mecs ? conclut-elle pour moi.

– En quelque sorte, oui.

Je lui souris.

– Oh ! ça, j'ai l'habitude.

Elle marche à côté de moi. Je note, peut-être pour la première fois, qu'elle a le don d'exprimer des choses qui sembleraient mesquines dans ma bouche. Tout ce qu'elle dit est amusant, plein de bonne humeur.

– Je n'en doute pas.

Devant l'entrée du restaurant, elle se tourne vers moi.

– C'est un compliment ?

Ses yeux pétillants semblent concentrer toute la lumière du bar. Une fois de plus, elle semble déjà connaître la réponse. Impossible de prendre ça pour une remarque désobligeante. En réalité, c'est bien un compliment. Ce que j'aurais dû dire, c'est que j'ai l'impression que rien ne lui fait peur.

– Jamais je n'oserais mettre en doute tes qualités.

– Tu vois ? (Elle secoue la tête et sourit, taquine.) Je n'arrive pas à savoir si tu te moques de moi. Je suis tellement premier degré. Tu devrais peut-être sortir une pancarte pour que je sois sûre.

J'acquiesce et lui fais un clin d'œil avant de me tourner vers la serveuse.

– Nous allons retrouver des gens. (Tout à coup, je repère mon frère et ses amis.) Ah, ils sont là.

Sans réfléchir, j'attrape Ruby par le bras et la guide jusqu'à une table entourée de sofas et d'ottomanes confortables recouverts de velours. Son bras est chaud et musclé. Soudain, je réalise que cette marque d'affection n'est pas convenable entre nous et je le lâche. C'est ainsi que j'amènerais ma copine à la table, pas une collègue de travail.

Alors que nous sommes à quelques tables d'eux, mon frère et ses amis nous repèrent – Max, Will, Bennett et George s'interrompent en pleine conversation. Ruby est grande, fine ; ses longues jambes lui donnent un air dégingandé, mais elle se tient parfaitement droite, le menton toujours haut. Elle a la grâce d'une jeune fille et la classe d'une femme.

Quatre paires d'yeux se déplacent du visage de Ruby à son corps svelte et reviennent vers moi, brillants d'espièglerie.

Bordel.

Je n'ai pas besoin qu'il ouvre la bouche pour savoir ce que mon branleur de frère pense. Je secoue discrètement la tête, mais son sourire s'agrandit encore.

Tout le monde se lève pour me saluer ainsi que Ruby. Poignées de mains, salutations et plaisanteries sont échangées. Je suis soudain nerveux. Ce dîner ne ressemble plus du tout à un dîner professionnel ni même à un dîner entre amis. Je viens de jeter Ruby dans la fosse aux lions, comme si je l'exhibais devant mes proches. C'est une *présentation,* en bonne et due forme.

– J'ai l'impression de passer un entretien d'embauche, lance-t-elle en s'asseyant à côté de George sur un canapé en velours rouge. Tous ces *costumes...*

Je rougis et déglutis, embarrassé, soulagé qu'elle n'ait pas eu la même idée que moi. Elle n'a donc pas eu l'impression que je flirtais avec elle. Après tout, on ne flirtait peut-être que dans mon imagination.

Je suis vraiment nul pour déchiffrer les pensées des femmes.

– Les aléas de Manhattan, j'en ai peur, dit Bennett avec un sourire assuré.

Il fait signe à une serveuse pour qu'elle passe prendre notre commande.

– Un gin tonic avec autant de citron que possible, commence Ruby avant de jeter un coup d'œil au menu limité du bar. Et un sandwich au prosciutto, s'il vous plaît.

Une amatrice de gin tonic, mon cocktail préféré ? Dieu tout puissant ! Même Max me jette un coup d'œil, les sourcils relevés, comme pour dire *bien, bien, bien.*

– La même chose. Mais avec un seul citron.

– Donc, vous vous connaissez tous ? demande Ruby à Max.

– Eh bien, répond-il en me désignant de la tête, Niall est mon petit frère, comme tu t'en doutes.

Ruby sourit.

– L'un des nombreux Stella.

– Tout à fait ! (Max éclate de rire.) Dix frères et sœurs. (Il désigne l'homme assis à côté de lui.) J'ai rencontré Bennett à l'université et Will quand j'ai emménagé à New York. Nous avons pris la folle décision de monter une entreprise ensemble…

– Ton portefeuille en pleure de regret, lâche Will.

– George travaille avec ma femme, Sara, termine Max.

– Je suis un peu son homme à tout faire. Responsable du planning, chargé de remplir la flasque dans le tiroir de son bureau et de cacher le magazine *Page Six* quand elle et Max sont pris en flagrant délit par les paparazzis.

Les présentations faites, l'attention revient sur Ruby -en vérité, la mienne ne l'a pas quittée. Dans ce décor cossu, lumière tamisée des bougies, grands miroirs, luxueux rideaux de velours et bois poli, elle rayonne.

-Depuis quand vis-tu à Londres ? Tu n'es clairement pas britannique, remarque Bennett.

-Je viens de San Diego.

Elle replace une de ses mèches derrière l'oreille. Bennett lève les sourcils.

-Ma femme et moi nous sommes mariés à l'hôtel Del Coronado.

-Splendide ! s'exclame Ruby, dont le sourire pourrait éclairer toute la pièce. J'ai assisté à un ou deux mariages là-bas, c'était toujours magnifique. (Ruby remercie la serveuse et commence à siroter son verre.) J'ai obtenu ma licence en juin dernier, je me suis installée à Londres en septembre. Ça fait donc six mois. Je suis stagiaire chez Richardson-Corbett, et dois entrer à Oxford pour mon master.

-Aménagement urbain, toi aussi ? demande Max en me jetant un coup d'œil.

-Non, ingénieur en génie civil.

Mon frère soupire d'un soulagement feint.

-Tu seras donc d'accord avec moi quand je dis que l'aménagement urbain est le domaine le plus ennuyeux de la Terre.

Ruby éclate de rire et secoue la tête.

-Désolée de te décevoir, mais j'ai suivi un programme en mineur, de politiques publiques d'aménagement urbain… (Max grogne.) J'espère revenir en Californie du Sud dans un costume de super-héros pour révolutionner le système des transports publics. Ou plutôt, le créer de toutes pièces.

Je me penche vers la table pour mieux l'entendre.

– En Californie du Sud, tout le monde possède une voiture. Les gens passent d'une ville à l'autre en voiture ou en train, mais il est quasiment impossible de se déplacer à l'intérieur des villes sans son propre véhicule. Los Angeles s'est étendue si vite sans intégrer de système de transport qu'il faudra presque tout réaménager, dans un espace urbain déjà très complexe.

Ruby me jette un coup d'œil et ajoute dans un murmure à mon intention :

– C'est pour ça que je veux travailler avec Maggie.

Elle boit une gorgée de son cocktail et explique pour les autres :

– Margaret Sheffield, ma future directrice de mémoire, enfin j'espère, a contribué à la conception des infrastructures des stations du métro londonien dans des espaces urbains minuscules. C'est un génie.

Max, Will, George – même Bennett – et moi, la contemplons avec un mélange de curiosité et d'admiration passionnée.

– Bon sang, quel âge as-tu, Ruby ? s'exclame George.

Je suis heureux que George soit présent. Il pose toutes les questions dont je brûle de connaître les réponses.

Elle se redresse, replace sa mèche folle derrière son oreille dans un geste que je traduis comme l'unique indice de sa gêne.

– Vingt-trois ans.

– Tu es impressionnante. Même pas un quart de siècle, et quelle ambition !

– Et toi, quel âge as-tu ? demande-t-elle en souriant. Tu n'as pas l'air beaucoup plus vieux que moi.

– Je ne veux pas en parler, minaude George. C'est déprimant, je vais bientôt devoir me mettre au Viagra.

– Il a *vingt-sept* ans, répond Will en lui donnant une tape amicale sur l'épaule.

– Mais plus sérieusement, abordons le seul sujet qui nous intéresse vraiment, dit George. L'adorable Ruby de vingt-trois ans a-t-elle un petit ami ? (Incapable de la regarder, je me concentre sur mon verre.) Aurait-elle par hasard un ami gay beau à croquer à me présenter ?

– J'ai un frère, lance-t-elle. Personnellement, je le trouve plutôt mignon, malheureusement, il est hétérosexuel. J'aurais pu gagner une fortune en taxant les copines du lycée qui voulaient venir dormir chez moi.

Bennett acquiesce.

– J'apprécie ton esprit d'entreprise.

George s'appuie sur un coude et commente :

– Ne crois pas m'avoir en évitant la question du petit copain. Dois-je jouer à la mère maquerelle pendant ton séjour à New York ?

– Alors ça ! (Ruby lève son verre, plante la paille entre ses lèvres en me regardant.) Comme Niall pourra en attester, il y a seulement une demi-heure, je ressemblais à une droguée au crack.

– Au contraire, personne n'a jamais porté un peignoir avec autant d'élégance.

Elle glousse et s'étouffe en avalant.

– Tu es mon menteur favori.

– Je suis sincère. Tes cheveux partaient vraiment dans tous les sens, c'était impressionnant. Peu de gens parviennent à un tel résultat en faisant une simple sieste à l'hôtel.

Elle hausse les épaules et me sourit, comme prise de vertige.

– On a essayé de m'expliquer pas mal de fois comment éviter d'emmêler mes cheveux. Un échec cuisant.

Je jette un coup d'œil aux hommes autour de la table, qui nous observent intensément. Tout à l'heure, Max me passera au fer rouge.

– Donc, pas de petit ami, conclut George avec un sourire conquérant.

– Non.

– Quelqu'un en vue ?

La bouche de Ruby s'ouvre et se referme immédiatement. Ses joues virent à l'écarlate. Elle bat des paupières.

– Vous n'allez quand même pas me dire que vous vous retrouvez entre mecs pour parler d'histoires de cœur ! C'est quoi le prochain sujet de discussion, les talons aiguilles ?

Bennett hoche la tête vers George.

– C'est de sa faute. Il suffit de l'amener dans un bar et c'est parti.

– Je te l'ai répété cent fois, Ben-Ben. La journée, c'est toi le boss, mais je prends les commandes à la nuit tombée.

Bennett lui lance un regard glacial, George lutte pour le soutenir.

– George, lâche-t-il finalement en se forçant pour ne pas éclater de rire, tu ne m'as jamais dit ça.

George glousse.

– C'était tellement bon… J'essaie simplement d'impressionner Ruby.

– Ruby, tu vas me voler George, lance Will en souriant.

– Aucune chance. (George tapote le nez de Will.) Elle. N'a. Pas. Les. Bonnes. Parties. Génitales.

– D'accord, les interrompt Bennett en levant son verre. Maintenant, on passe au thème « parties génitales ». Tout va bien.

~

Le silence se fait autour de la table, nous regardons Ruby quitter le bar et reprendre les escaliers pour se diriger vers sa chambre. Pendant tout le dîner, elle nous a charmés. Nous avons tous maugréé de déception quand elle nous a dit qu'elle tombait de fatigue. J'étais triste de la voir partir se coucher.

– Alors, alors ?

Je dévisage mon frère, qui semble particulièrement content de lui.

– Maintenant que nous sommes seuls… commence Will. Je crois qu'il est temps d'avoir une conversation normale. (Tout le monde hoche la tête. À côté de moi, Will avale une gorgée de whisky.) À mon avis, Bennett sera un consultant de la plus haute importance sur cette affaire épineuse.

Max ricane. Je demande, perplexe :

– Tu parles du sommet ?

– C'est une situation délicate qui n'a pourtant rien d'exceptionnel, renchérit Bennett. La stagiaire canon.

Le boss en plein déni. J'esquisserai les grandes lignes d'un plan de maîtrise de la situation dans la semaine.

Je cligne des yeux, déglutis difficilement, j'ai enfin compris le sujet de la conversation.

– Ce n'est pas *ma* stagiaire. Je n'ai absolument aucune influence sur sa carrière. (Je secoue la tête, irrité parce que c'est exactement ce que je ne devais pas dire.) Je ne... dans tous les cas, je ne lui plais pas. Et elle ne me plaît pas non plus.

Les trois hommes éclatent de rire.

– Niall... lance Will en posant les coudes sur ses genoux. Elle t'a pratiquement renversé son verre dessus quand George lui a demandé si elle avait quelqu'un en vue.

– J'allais faire la même remarque, poursuit Bennett.

– Mon petit doigt me dit qu'elle serait la première à se proposer de nettoyer... ajoute Will.

– C'est peut-être parce qu'elle a quelqu'un d'autre en vue, qui travaille avec nous chez R-C.

– Ouais. *Toi.*

Max lève son verre pour boire la dernière gorgée de liquide ambré.

– Sincèrement. (Je lutte pour ne pas sourire.) C'est une fille géniale, mais elle ne correspond pas du tout à mon type de femme.

Bennett me scrute avec intensité.

– De quelle couleur sont ses yeux ?

Verts. Mais je secoue la tête comme si je n'avais pas remarqué.

– Elle portait quoi ? m'interroge Will.

Une robe bleue juste au-dessus du genou. Une chaîne en or autour du cou et une bague à la main droite qui m'avait donné envie de lui poser la question du petit copain avant que George ne s'en charge.

Je roule des yeux, mon frère éclate de rire et me pointant du doigt.

– Les mecs ne remarquent jamais ces détails à moins que la fille leur *plaise* vraiment.

– Ou d'être George, ajoute Will.

George l'attrape par le cou et tente de l'embrasser.

– Eh bien, de toute façon je n'ai pas le choix. Vous avez tous décidé pour moi.

– C'est notre politique, continue Will en ajustant le col de sa chemise. L'amour est une maladie, tu sais.

– Je pensais que nous avions perdu notre corde sensible, honnêtement, ajoute George.

– Quel soulagement de savoir que nous l'avons toujours en nous. Nos femmes vont être tellement fières. (Max pose les mains sur la table et se lève.) Hélas, je dois y aller. Nouvelle répartition des tâches : Sara endort le bébé, je lui donne le biberon à minuit.

– Anna accepte que tu lui donnes le biberon ? Tu dois sentir la femme, toi aussi !

Je suis ravi de rappeler à mon frère sa vanne de la dernière fois.

Max éclate de rire et me donne une tape dans le dos. Nous nous levons tous, d'accord pour mettre fin à la soirée. Max rassemble ses affaires et salue tout le monde. Je ressens un mélange de fierté et d'envie, il rentre voir sa femme et sa fille. Il retrouve un vrai foyer.

– Embrasse les filles pour moi !

Il s'éloigne, esquisse un signe de la main et disparaît de mon champ de vision. Le bar de l'hôtel semble soudain désert et silencieux, depuis que les quatre hommes l'ont quitté.

Je réfléchis au désir que j'ai ressenti en le regardant partir. Ce n'est pas un sentiment négatif ou amer. Mais j'ai réalisé, en rendant visite à Max et Sara il y a quelques semaines, que je *sais* ce que je veux – la stabilité, une femme, une famille. Exactement ce qui me semble désormais hors de portée. Je n'ai jamais aimé le changement. Et toutes mes aspirations ont changé depuis le divorce.

Je ne m'en étais pas rendu compte jusqu'à ce jour. Ces derniers temps, je me suis efforcé de ne plus penser à ce à quoi la vie ressemblait ni aux moyens de la faire correspondre à mes attentes. J'ai pressé le bouton pause. Pendant sept mois, je me suis plongé dans le travail, le sport (footing la semaine, aviron le week-end), je me suis concentré sur mes soirées entre copains, avec Archie et Ian.

Mais pour obtenir ce que je veux, je dois faire un effort et rencontrer quelqu'un.

Maintenant, à cause du pouvoir de suggestion – Tony, Max, Will, Bennett et même George – ou simplement parce que Ruby est aussi belle que douce, me voilà obligé de me demander si Ruby *pourrait* être mon type de femme.

Mais je ne veux pas me rapprocher de Ruby simplement parce que d'autres trouvent que c'est une bonne idée, ou parce qu'il manque quelque chose à ma vie. Bien sûr qu'elle me plaît et qu'au fond de moi, j'ai envie de me laisser aller.

Mais pourrai-je connaître un jour une relation aussi passionnelle qu'honnête, avec le degré de loyauté à mon égard qui faisait tant défaut à Portia ? Pour moi, elle passait avant tout le reste. La loyauté de Portia était destinée en priorité à ses parents, à sa famille. Au départ, je n'y ai pas prêté attention, mais rapidement, j'ai compris que nous ne serions jamais de véritables partenaires, même unis par les liens sacrés du mariage.

Ces deux dernières années, j'ai réalisé que je m'étais résigné à l'idée que Portia fasse partie de ma vie à cause de notre passé commun. Cependant, malgré mes hésitations et ma réserve, j'ai été élevé dans une famille pleine de câlins, de baisers, d'enfants turbulents, d'aventures absurdes. Même si je ne suis pas le plus spontané ni le plus fou des Stella, j'ai besoin de retrouver le parfum de mon enfance, tout comme j'ai besoin d'air pour respirer.

Le visage malicieux de Ruby flotte dans mon esprit, je monte dans l'ascenseur.

On l'a placée au travers de ma route au meilleur moment possible. Pas nécessairement pour que j'aie une aventure mais pour me permettre de prendre du recul sur les différents types de femmes qui existent – ce ne sont pas toutes des Portia.

Quitter Portia, laisser derrière moi notre vie commune, a été un processus long et épuisant. D'abord, l'appartement : nous avons décidé presque tout de suite qu'elle le conserverait. Même chose pour la voiture. Elle a gardé le chien, les meubles et une grande partie de nos économies. J'ai lui ai tout laissé. Ainsi, je me sentais plus libre.

Portia, c'est la première fille que j'ai embrassée, mon premier amour, mon premier tout. Marié à dix-neuf ans, je me suis accroché à l'idée de rester avec elle malgré les difficultés, même si cela ne correspond pas vraiment à notre époque.

Mais, un jour, nous sommes devenus si malheureux que ce n'était plus possible.

J'ai compris que la passion ne reviendrait jamais. Faire l'amour avec elle était mécanique, une étreinte sans réel plaisir. Nous ne parlions plus de bébé depuis des années et, pour être honnête, je n'arrivais pas à croire que Portia puisse aimer ses enfants comme ma mère nous a aimés. Les aurait-elle embrassés, câlinés comme une mère dévouée ? Des mois après le divorce, je me demande comment j'ai pu imaginer une vie avec elle : tout était tellement froid, organisé, planifié.

La décision du divorce s'est imposée à l'occasion d'un déjeuner reporté. Une réunion impromptue empiétait sur ma pause déjeuner. J'en ai informé Portia qui travaillait souvent chez nous – mais décaler d'une heure, c'était déjà trop demander.

– Et à ma journée, tu y penses ? Je crois que tu oublies que je prends *moi aussi* du temps sur *ma* journée pour toi.

Alors j'ai repensé aux vacances romantiques qu'elle avait annulées, aux dîners d'anniversaire qu'elle avait manqués parce qu'elle passait la soirée avec des amis, ou pire, qu'elle avait oubliés. Une autre fois, elle avait prolongé ses vacances entre copines parce qu'elle s'amusait tellement qu'elle ne voulait pas rentrer.

– Bien sûr, je lui avais répondu.

– Non, c'est faux, Niall. Et honnêtement, ça me rend malade.

Portia devait toujours avoir le dernier mot. Ce jour là, j'avais eu une illumination, j'avais compris que c'était le dernier mot. J'étais enfin prêt à me libérer.

– Je comprends, Portia. Tu ne peux pas donner ce que tu n'as pas.

Elle avait hésité parce que je l'avais appelée par son prénom. Depuis des années, je l'appelais exclusivement « chérie ».

– C'est ça. Niall, je suis submergée. Je ne peux pas vivre ainsi et porter un tel poids sur mes épaules.

Le *poids*, c'était nous. Le fardeau d'un mariage sans amour.

Elle avait levé les yeux vers moi, m'avait dévisagé de haut en bas, en s'arrêtant sur mes mains enfoncées dans les poches de mon pantalon.

J'ai toujours pensé qu'elle me comparait à quelqu'un. Un mec plus élégant, moins grand, plus américain, moins patient avec elle.

Après ce qui m'avait semblé des minutes de silence, elle avait ouvert la bouche.

– Nous n'allons... plus très bien ensemble, avait-elle lâché avec un art abouti de l'euphémisme.

Ça s'était fini comme ça.

Chapitre 5

Ruby

À six heures, quand la sonnerie de mon réveil se déclenche, j'ai l'impression d'avoir à peine fermé les yeux.

Même enfouie dans les oreillers, je sens qu'il fait toujours nuit. Et bien qu'il fasse toujours nuit, des klaxons retentissent dans la rue, une foule de citadins brave le froid matinal pour aller au travail, à l'école, ou Dieu sait où.

Je roule sur le côté en calculant rapidement combien de fois je pourrai appuyer sur « répéter » sans me mettre en retard. Soudain, je me rappelle où je suis…

Avec qui je suis…

Ma soirée géniale, hier soir.

Le lit de qui se trouve de l'autre côté de la cloison, séparé par un mur insignifiant, de l'épaisseur d'une feuille de papier.

Il est peut-être encore au lit. Je ferme les yeux en l'imaginant et décide soudain que la perspective d'une journée avec lui est plus excitante que le sommeil.

Je sors de mon lit, cours dans la salle de bains en évitant les miroirs sur le chemin. Le sommet débute aujourd'hui. C'est mon premier jour de travail aux côtés de Niall Stella, le premier jour où je vais réellement apprendre quelque chose de lui, participer à son programme, cesser de n'être qu'un objet mouvant au loin.

Après la nuit dernière, je le perçois tellement différemment. D'un tempérament réservé, il passe son temps à observer les alentours, à prendre note de ce qui se dit, et *comment*. Mais il peut aussi être détendu, drôle, apprécier de boire un verre avec des copains, dans un bar. Il peut se dévoiler, se révéler sociable, se moquer de lui-même et des autres avec bienveillance.

Devant son frère, il n'a pas arrêté de me taquiner. Ses yeux bruns pétillaient de bonheur et de tendresse. À ce seul souvenir, mon ventre se serre, mon cœur bat plus vite. Sera-t-il aussi ouvert pendant tout le séjour ? Si c'est le cas, comment parviendrai-je à m'empêcher de tomber à ses pieds pour lui avouer mon amour ?

Ah.

Je me connais : en temps normal, je serais capable de faire foirer cette journée d'une centaine de manières. Aujourd'hui, avec la fatigue *et* le décalage horaire, je crains le pire.

Mes yeux sont lourds, je dois avoir des poches monumentales, pourtant je ressens une bouffée d'adrénaline. Je frémis en nous imaginant travailler ensemble tous les deux, penchés sur des dossiers, nos épaules si proches, ses cheveux dans les yeux…

La catastrophe assurée.

Je n'ai absolument pas faim, mais je dois être au meilleur de ma forme aujourd'hui. Je commande un petit déjeuner au room-service, ravie d'entendre la petite cloche tinter quand je sors de la douche.

L'odeur de bacon et de toasts me parvient du couloir. Tout à coup, je suis prête à tout dévorer. J'arrive devant la porte, vérifie que mon peignoir est bien fermé avant de laisser entrer le serveur. Hors de question de commencer la journée par une bourde.

Je signe la facture et m'apprête à fermer la porte quand j'aperçois Niall Stella qui sort de l'ascenseur.

Dieu tout puissant ! Il est allé faire du sport.

– Bonjour Ruby !

Du calme, Ruby. Tu peux le faire.

– Bonjour ! Tu t'es levé tôt, on dirait.

Nombre de Fois où J'ai Vu Niall Stella Transpirant : Une.

Je tente de l'observer avec discrétion, mais c'est raté. Si le costume va à Niall Stella comme un gant, le T-shirt n'est pas mal non plus. Je veux prier sur l'autel de son T-shirt moulant bleu marine. Il le porte avec une telle insouciance… sans imaginer une seule seconde l'effet produit sur les femmes de son entourage. Le connaissant, il a dû le choisir pour une raison purement pratique. Mais, Seigneur, ce simple T-shirt lui va tellement bien.

Niall Stella se tient très droit, le ventre rentré, les muscles du torse dessinés, bien plus imposants que je ne m'y attendais. Il porte une sorte de short de foot, ses jambes sont aussi musclées que je le pensais. Sa haute taille me frappe une fois encore. Je suis plutôt grande pour une fille, mais je n'ai jamais côtoyé un homme à côté de qui je me sente si frêle, si féminine. À cette distance, l'odeur agréable de sa transpiration me submerge. Je prends soudain conscience de chaque centimètre carré de mon corps, chaque courbe, ma bouche humide, la manière dont il me dépasse de plusieurs centimètres. Sans effort, il est tellement viril.

– Un room-service de chips ? me taquine-t-il en désignant mon peignoir.

J'éclate de rire.

– Je compte bien porter ce peignoir pendant un mois. J'espère que tu n'y vois pas d'inconvénient.

Je triture la ceinture, ses yeux suivent le mouvement de mes mains.

Seigneur !

Je voudrais l'attirer contre moi, saisir son T-shirt et le pousser sur le lit. Ou peut-être m'agripper au tissu mouillé pendant qu'il me prend par-derrière…

Oh !

Je me sens rougir.

Il s'appuie au mur.

– J'ai bien aimé la robe que tu portais hier soir. Tu pourrais peut-être alterner un jour sur deux.

Je glousse.

– Je…

Attends, quoi ?

J'écarquille les yeux en réfléchissant à ce qu'il vient de dire. Il a légèrement rougi, lui aussi, mais il soutient mon regard sans difficulté. *Ne perds pas tes moyens, Ruby. Ne perds pas tes moyens.*

– C'est une proposition intéressante… (Je souris en effleurant l'ourlet du peignoir sur mes cuisses.) J'aurais peur des courants d'air, habillée comme ça.

Il acquiesce, semble se mordre l'intérieur de la joue pour s'empêcher de sourire.

–Les aléas de la tenue…

Je désigne ma chambre.

–Bon… je vais peut-être aller m'habiller pour de bon.

–Très bien. Je prends une douche et on se retrouve en bas ?

Secrétaire imaginaire, notez s'il vous plaît : Regarder Niall Stella Prendre Sa Douche au bas de ma liste de vœux. Ou plutôt, tout en haut, si ça ne vous fait rien.

–Parfait.

Il hoche la tête.

–Je ferai vite.

–Non ! je m'exclame trop fort. (Je ferme les yeux et respire calmement.) Prends ton temps.

Carte en main, il se fige devant sa porte et me jette un coup d'œil. Son petit sourire m'apprend qu'il déchiffre toutes mes pensées avant que j'aie le temps de les dissimuler.

–Ça va ?

–Oui. J'ai besoin d'un café.

Ses yeux brillent. Comme s'il appréciait de me voir en pleine tourmente intérieure.

–Très bien alors. On se voit en bas.

J'y serai sans faute, Darcy.

~

Cet ascenseur est le plus lent du monde. J'ai le temps de lire le numéro de chaque étage sur l'écran, mes nerfs sont de plus en plus à vif. Niall m'attend pour que l'on aille ensemble s'installer dans notre bureau temporaire. Juste tous les deux. Personne entre nous. Seuls. Rien d'impressionnant.

En réalité, *si*. C'est le début de l'une des expériences professionnelles les plus excitantes de ma vie, également une journée entière à côté du mec qui est, j'en suis persuadée, le Type le Plus Merveilleux de la Planète.

Je lisse ma robe et le col de ma veste, vérifie que je n'ai rien oublié : mon sac, mon ordinateur portable, mon téléphone, la robe. Malgré ma nervosité, je suis déjà épuisée. Ma pochette d'ordinateur me semble plus lourde qu'à l'ordinaire, elle pèse sur mon épaule droite. Fatiguée, angoissée, je vacille.

Je jette un coup d'œil à mon reflet dans les portes étincelantes en me demandant soudain si j'ai bien choisi ma tenue. Il fera froid dehors, mais sûrement trop chaud à l'intérieur. Le chauffage sera monté au maximum pour compenser la fraîcheur du mois de mars. J'ai choisi des bottes au genou avec un talon raisonnable, elles seront assez confortables et chaudes pour marcher en ville ou si nous visitons l'une des stations de métro qui nous intéressent. J'ai imprimé tous les documents dont j'aurai besoin. Je suis prête.

Et pourtant, toujours terrifiée.

J'arrive à la réception et cherche Niall des yeux. Je le repère tout de suite derrière moi, près du comptoir. *Bon sang*, dans ce costume, avec ce manteau négligemment jeté sur l'avant-bras, il pourrait être la star d'un porno au bureau.

– Bordel, tu es beau en costume.

Ces derniers mois, j'ai pensé la même chose une bonne centaine de fois. Ou mille. J'ai murmuré discrètement cette phrase en le croisant dans les couloirs et je crois bien avoir commencé un ou deux fantasmes par ces mots. Mais jamais, dans mes rêves les plus fous, je n'ai imaginé qu'il me regarderait langoureusement avant de répondre :

– Toi, tu dois être belle quoi que tu portes.

Il a immédiatement l'air de vouloir retirer ses paroles. Peut-être même de mourir.

Pardon ?

Quand j'étais petite, on m'a offert un écran magique. Je passais des heures à fixer le cadre rouge, l'écran gris clair, je le sortais chaque fois que le bus avait du retard ou pour me distraire sur le chemin du retour à la maison. La plupart des gens dessinaient ou jouaient à des jeux dessus. Moi, j'écrivais mon nom, avec des calligraphies de plus en plus sophistiquées.

Ma mère me conseillait de dessiner autre chose, elle m'expliquait que les lettres ne partiraient plus si je persistais à écrire toujours la même chose. Elle avait raison. À la fin, j'avais beau secouer l'écran pour effacer l'image, l'ombre des lettres subsistait.

Je savais que cet instant resterait gravé – dans mon esprit cette fois – pour le restant de mes jours.

Toi, tu dois être belle quoi que tu portes.

Niall Stella a-t-il réellement prononcé ces mots ? Suis-je en train de faire une attaque ? Pourrai-je un jour penser à autre chose ?

Quand je reviens à moi, il est quasiment parti. Je presse le pas pour le rattraper sur la 56e rue.

Toi, tu dois être belle quoi que tu portes.

– Ça va ? demande-t-il.

– Pardon, quoi ?

J'accélère encore le pas pour le rattraper.

Franchement, marcher derrière lui ressemble à galoper à côté d'une girafe.

– Jo, mon assistante, t'a envoyé tous les documents ? Tu as tout reçu ? En temps normal, je n'ai pas à t'envoyer de documents comme tu ne travailles pas pour moi, mais je pensais que ce serait plus efficace si tu avais tous les éléments en main.

J'acquiesce frénétiquement.

– Oh oui ! Oui. J'ai reçu les mails à l'atterrissage. Elle est très… efficace.

Niall Stella bat des paupières, ses longs cils indécents lui caressent la joue.

– Depuis quand travaille-t-elle pour toi ?

Ma voix est un peu bizarre, j'en ai conscience. Je n'ai jamais marché à côté de lui en plein jour et sa simple beauté me donne le vertige. Il a une peau magnifique, claire et douce, absolument sans défaut. Il est évident qu'il prend son temps pour se raser et le résultat s'avère toujours parfait, jusqu'aux pattes. Les mesure-t-il avec une règle ?

Il réfléchit.

– Ça fera quatre ans le 12 septembre.

– Waouh, c'est précis.

Il sourit, jette un coup d'œil à son téléphone.

Toi, tu dois être belle quoi que tu portes.

L'air frais du matin me fouette le visage, je ferme les yeux, reconnaissante au vent qui pique ce matin. Il m'aide à m'éclaircir les idées. À un bloc de l'hôtel, nous empruntons l'Avenue of the Americas.

À cet instant seulement, je réalise que je suis à New York. Londres a l'air d'une capitale et oui, c'est une ville gigantesque. Mais j'ai toujours eu l'impression de me promener dans une cité existant depuis des siècles, dans laquelle les arbres, les immeubles, même les routes que j'emprunte n'ont pas changé. À New York, il y a de vieux bâtiments, bien sûr, mais la plupart comportent de nombreux matériaux modernes, flambant neuf. L'acier et le verre grimpent vers le ciel. Un constant cycle de renouvellement. La plupart des trottoirs sont encombrés d'échafaudages, de panneaux « attention travaux ».

Je tente de profiter de notre courte marche pour réfléchir à ce qui nous attend aujourd'hui : prendre des rendez-vous avec les managers locaux, obtenir le programme complet des conférences, compiler la liste des stations qui nécessitent le plus de travaux.

Mais impossible de me concentrer, chaque fois que le bruit des voitures faiblit, que mon cerveau se remet en marche, Niall contourne quelqu'un et effleure mon épaule. Ou alors, il remarque quelque chose sur le trottoir, me touche le coude pour m'avertir. Nous marchons depuis cinq minutes, si quelqu'un me demandait à quoi je pense, je bafouillerais des paroles incohérentes. Ce serait gênant.

Au coin de la rue, nous attendons que le signal blanc pour piéton s'affiche pour traverser. Niall sort son téléphone de sa poche à une distance respectable, mais assez près pour que la manche de son manteau effleure la mienne quand je remonte mon sac sur mon épaule. Il fait froid, à chaque expiration de la fumée sort de sa bouche. Je dois me forcer à ne pas regarder ses lèvres, sa langue qui pointe pour les humecter.

La foule se met en mouvement devant nous, sa main se pose sur le bas de mon dos pour me faire signe d'avancer.

Sa main… à quelques centimètres de mon cul. C'est comme s'il le caressait, ce qui serait exactement comme s'il me caressait entre les jambes. Donc oui, mon cerveau réagit comme si Niall Stella me touchait le clitoris. Je trébuche et manque m'étaler sur la route.

Nous atteignons le trottoir d'en face. Il s'efforce de marcher plus lentement.

– Tu n'as pas à ralentir le pas. Je peux te suivre.

Niall Stella secoue la tête.

– Comment ? demande-t-il en feignant l'innocence.

Un : il essaie d'être poli et de ne pas me faire sentir que mes jambes beaucoup plus courtes que les siennes ont du mal à tenir la distance. Deux : il ment très mal.

– Tu fais deux mètres de haut, tes jambes sont deux fois plus longues que les miennes. Bien sûr que tu marches plus vite que moi. Mais je vais faire un effort, je promets de ne pas te ralentir.

Il rougit légèrement et sourit.

– Tu as failli tomber, me taquine-t-il.

Mon cœur bat plus vite, et ce n'est pas parce que nous avons accéléré le pas.

– J'essayais de faire comme si de rien n'était, dis-je en riant.

Je suis heureuse qu'il regarde devant lui, parce que mon sourire est si énorme que mon visage pourrait se fendre en deux à tout moment.

– Fini les talons, la prochaine fois je porterai des Nike.

– Ces bottes ne sont pas mal. Vraiment jolies. Portia portait toujours des talons beaucoup trop hauts, même en voyage. Elle…

Il se tait soudain, me jette un coup d'œil avec l'air de réaliser que je ne sais pas de quoi il parle.

–Désolé. Je ne veux pas t'ennuyer avec ce genre de détail.

Euh, quoi ?

Niall Stella a l'air soucieux. Il ne s'attendait clairement pas à une plongée au pays des souvenirs, mais je ne peux nier qu'une part de moi a follement apprécié ce détour. J'aime le fait qu'il se sente assez à l'aise avec moi pour baisser la garde.

–Portia, c'était ta femme ?

Je m'efforce d'adopter un ton léger. Je ne dois pas lui montrer que je bois ses paroles. Il l'a mentionnée dans l'avion, mais sans me préciser son prénom.

Nous faisons encore quelques pas avant qu'il hoche la tête, sans rien ajouter. J'ai seulement entraperçu l'ex-madame Stella une fois sans savoir que c'était elle. Je n'ai donc pas pu l'observer bien en détail. Je sais si peu de choses d'elle. Les potins au bureau sont régis par une règle tacite : un petit peu, d'accord, mais trop de bavardage serait de mauvais goût.

Nous dépassons un trio de statues en bronze vert de gris, dépourvues de têtes, situées en face d'un gratte-ciel. L'une d'un côté de l'immeuble, les deux autres en face.

Je les désigne de la tête :

–Elles sont censées s'inspirer de la Vénus de Milo. On les appelle « Looking Toward the Avenue », les statues qui contemplent l'avenue.

Il suit mon regard.

–Mais elles n'ont pas de tête, note-t-il. Elles ne regardent nulle part !

–Je n'y avais jamais pensé. Mais elles ont de beaux seins, il faut le leur accorder.

Niall laisse échapper un petit cri.

– Quoi ? (Je ris en le dévisageant.) C'est vrai ! Beaucoup de plaintes sont déposées à cause de ces statues.

– Les seins ou l'absence de tête ?

– Peut-être les deux.

– Comment peux-tu connaître ce détail ? Tu m'as bien dit que tu n'étais jamais venue à New York avant ?

– Ma mère adore New York. Je pourrais jouer au guide et t'ennuyer avec des détails semblables une journée entière.

– Ce serait chouette.

Son ton est étrange. Est-il sarcastique ou bien…

Mon Dieu !

Je me fige en pleine rue, Niall Stella doit se retourner.

– Qu'y a-t-il ? demande-t-il comme s'il venait de comprendre ce qui avait attiré mon attention. Tout va bien ?

– Radio City Music Hall…

Tout excitée, je marche plus vite.

– Emblématique, renchérit-il, l'air interrogateur et amusé.

Il retrouve ses enjambées normales alors que je sprinte presque derrière lui.

– Il y a un spectacle de Noël ici tous les ans, ma mère va mourir quand elle saura que je suis si près… (Je fouille dans la poche de ma veste pour trouver mon téléphone, mais avec mes gants, c'est difficile.) Tu veux bien prendre une photo de moi ?

Il a la tête de quelqu'un à qui j'ai demandé de faire mon portrait nue.

– Impossible… (Il secoue la tête en regardant autour de nous.) Je veux dire, impossible de *rester* ici.

– Pourquoi ?

– Parce que c'est…

Il ne dit pas « ringard », mais son visage le crie pour lui.

Je jette un regard à tous ces gens, autour, qui font exactement la même chose.

– Personne ne fait attention à nous. On pourrait se rouler des pelles sur le trottoir, personne ne serait choqué.

Il écarquille les yeux, soupire et sort son téléphone.

– Je prends la photo avec mon Smartphone et je te l'envoie. Ta coque est couverte de strass affreusement féminins. (Un petit sourire étire le coin de sa bouche.) Regarde-moi. Je suis un mec, je ne peux quand même pas tenir dans ma main un objet pareil.

J'ai entrevu ce versant de sa personnalité la veille et je ne m'en lasse pas. Niall Stella est poli, brillant, raffiné, bien éduqué, mais Niall Stella est capable de jouer au *mec* et, dans ces cas-là, il est encore plus craquant.

Je sais que je tire sur la corde mais, bordel, il est tellement mignon quand il joue au touriste. Certes, il a protesté mais quand il prend la première photo, il a l'air presque… charmé ?

– Très bien. (Il tourne l'écran pour me le montrer.) Très mignon.

– D'accord, maintenant viens là.

Il avance vers moi, je prends son téléphone, examine la photo :

– On en fait une tous les deux.

Je tends le bras.

– Euh… (Il se fige.) Tes bras ne sont pas assez longs.

– Tu te moques de moi ? Je suis très forte en selfie. Tu… fléchis un peu les genoux parce que sinon c'est ma tête et tes épaules, ce qui n'est pas si mal mais…

– Je n'arrive pas à croire que tu m'obliges à faire une chose pareille.

Il m'arrache le téléphone des mains.

– Je promets que je ne dirai pas à Max que tu as fait un selfie sur la Sixième Avenue, je murmure, et il me regarde dans les yeux.

Son visage se trouve à seulement quelques centimètres du mien. Comme si nous venions de nous marier. Il soutient mon regard puis s'éclaircit la gorge.

– J'espère bien.

Il lui faut quelques essais pour trouver le bon angle. À la dernière photo, il me prend par la taille et me serre contre lui.

Voilà. J'inscris mentalement un bâton dans la colonne du Nombre de Fois où Niall Stella A Entouré Ma Taille et M'a Attirée Contre Lui. J'ai l'impression de célébrer simultanément Noël, mon anniversaire, une promotion et le meilleur orgasme de ma vie.

Il jette un coup d'œil à la photo et me la montre. Elle est bien, géniale, même. Nous sourions tous les deux, nous sommes sur le point d'éclater de rire parce qu'il essaie de faire la photo sans enlever ses gants.

– Tu me donnes ton numéro ?

Ses joues rougissent encore plus et ce n'est pas à cause du froid.

Je récite les chiffres, il tape. Il appuie sur « envoyer » et me sourit : un brin timide, joueur, avec un quelque chose auquel je n'ose pas encore croire. À cet instant, il n'a pas l'air d'un vice-président, d'un beau gosse pressé et intimidant ou d'un type qui a obtenu son diplôme à vingt ans à peine. Il a l'air d'un mec splendide qui visite la ville avec moi.

La poche de mon manteau vibre.

Je m'efforce de ne pas penser au fait qu'il possède désormais des photos de moi, de nous deux ensemble, sur son *téléphone*. Je m'efforce de ne pas penser qu'il a mon numéro. Je m'efforce d'oublier à quel point tout est facile entre nous, quand je cesse de m'inquiéter de la présence de Niall Stella et que j'apprécie tout simplement les moments privilégiés avec Niall. Juste Niall.

Il remet son téléphone dans sa poche et me fait signe de le suivre. Il sourit comme un enfant.

Je m'efforce de ne pas noter à quel point il a l'air excité, lui aussi.

~

Notre bureau temporaire est situé dans un énorme immeuble commercial, sur tout un étage divisé en espaces de travail provisoires pour les consultants de l'Autorité de transport métropolitain. C'est vrai, à cheval donné on ne regarde pas les dents mais, honnêtement, ce bureau est aussi grand que le bac à douche de l'hôtel et le chauffage est si fort qu'on a l'impression d'être léché par les flammes de l'enfer. Niall bataille cinq minutes pour ouvrir la fenêtre, mais elle est bloquée. Je l'observe intensément. Ses épaules larges et sensuelles… Niall et les Épaules.

Toi, tu dois être belle quoi que tu portes.

Un bureau trop petit, ça signifie que je suis à côté de Niall toute la journée, ce qui rend difficile tout effort de concentration. Il fait chaud : une heure après notre arrivée, il retire sa veste de costume. En grimaçant de consternation, il desserre sa cravate et ouvre le dernier bouton de sa chemise. Il relève aussi les manches de sa chemise sur ses avant-bras. Si j'en avais eu la possibilité, j'aurais encore augmenté le thermostat pour le voir torse nu. Autrement dit, heureusement que je n'ai aucun pouvoir de décision.

Je n'ai jamais vu ses avant-bras (une croix dans la colonne du Nombre de Fois Où J'ai Vu les Avant-Bras Nus de Niall Stella). Comme je m'y attendais, sa peau est parfaite, ses avant-bras musclés, ses poignets puissants. Aussi discrètement que possible, j'observe la manière dont ses muscles se crispent quand il tape à l'ordinateur, les mouvements de ses avant-bras quand il fait tourner un stylo tout en réfléchissant, les tendons de sa main quand il tripote nerveusement sa chaise.

Niall Stella est du genre à gigoter tout le temps.

Nous ne discutons pas beaucoup, nous travaillons chacun à notre bureau, fouillons dans des classeurs, organisons des rendez-vous. Pour le déjeuner, nous sortons et nous arrêtons devant un vendeur de hot dogs au coin de la rue.

– On devrait plutôt aller à celui-là, il y a plus de queue, j'explique en désignant un autre stand. Tu n'as jamais regardé le Food Network ? Les gens se battent pour attendre là-bas, alors qu'il n'y a que deux personnes à celui que tu as choisi. Ses hot dogs doivent être faits à la viande de chat sauvage.

Il soupire, murmure quelque chose dans sa barbe, avec cet accent délicieux. Du genre, je vais mourir avant la fin de la journée.

– Et tu appelles ça des frites ? lance-t-il.

– Comment *fait* ton frère pour survivre dans une ville où il est si dur de se procurer de la bonne nourriture ?

–Aucune idée.

–Attends !

Je l'arrête au moment où il s'apprête à verser de la moutarde couleur de vomi sur le pain. Il est saupoudré de graines, bon sang.

Il me fait un clin d'œil et continue de verser la sauce, comme si nous ne parlions pas le même langage.

–Tu ne peux pas mettre ça sur le hot dog d'un vendeur ambulant ! Il y a des règles à respecter sur le sujet.

–Moi je ne t'empêche pas d'apprécier ta *moutarde* classique, artificiellement colorée, alors laisse-moi tranquille.

Oh Ciel, nous avons déjà besoin d'un thérapeute de couple.

Je gémis beaucoup en engloutissant mon hot dog, histoire de lui prouver qu'il est meilleur que le sien.

Amusé, il ferme les yeux et secoue la tête.

–Tu sais, je lance après une énorme bouchée, si je ne te surprenais pas parfois en train de sourire en secret, je pourrais croire que tu es soit l'être humain aux émotions les plus disciplinées de l'univers, soit un androïde ou encore un « botoxé ».

–C'est le Botox.

Il avale une bouchée de hot dog.

–Je le savais… J'ai repéré les seringues dans ta trousse de toilettes.

Il éclate de rire, manque s'étouffer et subtilise la serviette que je tenais dans la main.

–Oh ça oui !

~

Nous retournons au bureau, mais les lignes téléphoniques n'ont pas encore été installées et avec la chaleur (je commence à fondre, littéralement), nous n'arrivons à rien. Les conférences débuteront demain, nous avons ouvert quelques boîtes remplies de dossiers mais nous sommes tous les deux distraits – même si nos raisons doivent être tout à fait différentes pour l'un et l'autre. À deux heures de l'après-midi, il prépare ses affaires pour partir.

Niall a des choses à faire, des coups de téléphone à passer, et il peut le faire de l'hôtel.

Nous rentrons en silence, sur le trottoir opposé à Radio City, mais j'aurais juré que ses lèvres se sont serrées quand nous sommes passés devant.

~

Le lendemain matin, je me réveille avant l'alarme. J'ai hâte de commencer ma journée et (parce que je suis pathétique) de marcher jusqu'au bureau avec une certaine personne. Mais en ouvrant mes messages, après avoir jeté un coup d'œil à celui de mon frère et aux trois romans de Lola, j'en trouve justement un venant de cette Personne :

PRENDS UN TAXI ET VA AU BUREAU SANS MOI. J'AI DES CHOSES À FAIRE, JE TE REJOINS PLUS TARD.

Quelque chose craque dans ma poitrine. Je lui réponds : À TOUT À L'HEURE, et choisis de marcher au lieu de prendre un taxi, en prenant un chemin différent. Je fais des dizaines de photos pour ma mère. Au bureau, c'est toujours la canicule, je me remercie intérieurement d'avoir choisi de mettre des manches courtes et d'avoir laissé tomber la lingerie sculptante Aubade. Ce n'est pas comme si je devais avoir l'air plus mince pour quelqu'un ici.

Seule, je m'ennuie horriblement, mais les téléphones fonctionnent désormais, je peux donc travailler, rassurer Tony – nous sommes bien arrivés, tout sera prêt dans les plus brefs délais. Je rencontre quelques personnes travaillant dans le bureau à côté. Niall arrive à midi, les bras chargés.

Il déverse ses sacs sur son bureau et son fauteuil, je le dévisage, étonnée.

– Salut ! (Il pend son manteau près de la porte.) Il fait toujours plus chaud qu'en enfer ici, à ce que je vois. Toujours pas réparé ?

– J'ai appelé quelqu'un, ils règleront ça demain. Tu as de la chance que je n'aie pas encore retiré mon pantalon.

– Tout est une question de point de vue.

Ai-je bien entendu ?

– *Pardon ?*

Il m'ignore et fouille dans l'énorme sac de shopping qu'il a posé sur le bureau. Il porte ses lunettes, aujourd'hui. Bon Dieu ! Sur quelqu'un d'autre, cette monture (noire, aux branches chromées) serait la preuve d'un intérêt réel pour la mode. Je sais que Niall Stella s'habille parfaitement parce qu'il achète les produits de la meilleure qualité possible, et doit avoir un tailleur très très perfectionniste. Mais je ne le vois pas s'intéresser à la mode.

– C'est une femme qui a choisi tes lunettes ?

Il lève les yeux de son sac, pose un dossier sur son bureau, l'air perplexe.

– Pardon ?

– C'est une vendeuse qui a choisi cette monture. Tu es entré dans la boutique, elle t'a sauté dessus et a insisté pour te trouver « la paire parfaite pour toi ».

En prononçant cette phrase, je fais un geste vers lui qui signifie *regarde-toi, c'est évident.*

Il me dévisage pendant plusieurs secondes, en baissant ses lunettes :

– Qu'est-ce que *ça* veut dire ? demande-t-il en répétant mon geste, les yeux fixés sur mon corps et ravalant un petit sourire.

– Ça veut dire : un type sexy en costume entre dans une boutique, et il ne porte pas d'alliance. Même effet que le coup de feu de départ dans une course de lévriers.

– Comment sais-tu que je ne portais plus mon alliance quand j'ai changé de lunettes ?

Il me teste. Il s'amuse. Bon sang, Niall Stella continue à flirter, aujourd'hui.

– Tu as compris que mes qualités de limier étaient exceptionnelles. Je ne vais pas faire semblant de ne pas avoir établi ta chronologie personnelle. Je suis un *stalker*, tu te souviens ?

Interrogateur, il lève les sourcils.

– Tu portes ces lunettes depuis novembre. (Il attend la dernière information, celle qui finira de me donner l'air d'une folle.) Bon d'accord… Tu as cessé de porter ton alliance en septembre.

Il éclate de rire, remet ses lunettes et fouille dans le sac.

– Tu penses que je suis tarée ? je murmure d'une voix plus faible que je ne voudrais.

Il tripote encore ses lunettes sur son nez, ses yeux viennent se poser sur mon visage.

– Ouais, tarée dans le sens où tu es imprévisible alors que les gens m'étonnent rarement. À vrai dire, je te trouve exquise.

Exquise ? C'est un adjectif intéressant.

Avant de me laisser la possibilité de répondre à ça –j'en aurais eu pour dix ans au moins–, il se redresse et sourit :

–Je t'ai apporté quelque chose. C'est presque l'heure du déjeuner donc…

Il sort un sac en papier blanc plein de graisse, exhibe un hot dog recouvert de véritable moutarde.

–Ça y est, tu consens à te rabaisser aux hot dogs nappés de moutarde classique…

–Je ne pouvais raisonnablement pas t'en priver… Ton plaisir était si visible hier, à chaque bouchée.

Je réalise seulement maintenant que j'ai dû avoir l'air particulièrement indécente.

–Je…

–En attendant que le réparateur arrive…

Il sort d'un sac un énorme ventilateur.

–Tu as acheté un ventilateur ?

–Je ne pouvais pas te laisser fondre.

C'est le moment idéal. Prenant mon courage à deux mains, je me lève, fais le tour de son bureau et ose entreprendre ce dont je rêve depuis six mois ; effleurer sa cravate. Je prends mon temps, en profite pour rectifier le nœud et lisser la soie de la cravate sur sa poitrine.

Il inspire profondément. J'attends. Ai-je franchi une limite ? Gâché tous les petits progrès que nous avons accumulés ces dernières heures ? Le silence s'étire entre nous, s'alourdissant à chaque tic-tac de l'horloge.

Je murmure :

–Merci pour le déjeuner.

–Je t'en prie.

Finalement, il me prend les mains et les remonte le long de son corps. Je sens les muscles de son torse, ses abdominaux, ses pectoraux en acier, sous sa chemise.

À mon tour de retenir mon souffle. La possibilité que quelque chose arrive entre nous est passée du statut de fantasme absolu à une croix dans la colonne Nombre de Fois Où Niall Stella A Passé Mes Mains sur Sa Poitrine. Que se passe-t-il ?

Une senteur légère d'eau de Cologne envahit la pièce alors qu'une odeur de café et de peinture fraîche émane d'un autre bureau. Je me penche lentement, mon corps est en mode autopilotage, mon cerveau ne contrôle plus rien du tout.

Lui aussi, il se penche. Nos mouvements discrets réduisent l'espace entre nous. Son nez effleure le mien, je regarde ses cils, sens son haleine sur mes lèvres. Je ferme les yeux, j'ai l'impression que cet instant changera ma vie à jamais.

– Tu vas m'embrasser ? je demande, surprise par mon audace.

Son torse est collé contre ma poitrine, mais il ne fait pas ce à quoi je m'attends. Il s'écarte juste assez pour me regarder dans les yeux.

– J'ai peur de ne pas être capable de m'arrêter, murmure-t-il.

À l'aide ! Ce n'est pas un entraînement.

– Je n'ai peut-être pas envie que tu arrêtes. (Il lève les sourcils mais attend que je continue. Je ne suis pas certaine d'en être capable.) J'ai imaginé ce moment précis tant de fois. Ce que je dirais, ce que je ferais…

Il me dévisage.

– Ah bon ?

Je ferme les yeux en avouant :

– Depuis des mois.

Il hausse les sourcils, je continue :

– Je pensais que ça resterait un amour platonique. Je ne me suis jamais attendue à avoir l'occasion de te parler. Mais nous sommes ici, tous les deux, et j'aime flirter avec toi, mais je suis sur le point de perdre la tête.

Je lève les yeux, il me regarde, étonné. Ma bouche a sprinté très loin de mon cerveau, le laissant dans la poussière. Je ferme les yeux et grogne :

– Et maintenant, je t'ai mis mal à l'aise.

Le regard doux, il étudie mon expression.

– Non pas du tout. Vraiment pas. Mais je ne suis pas… habitué à ce genre de déclaration.

– Pas habitué à ce que les filles te déclarent leur flamme ? (J'essaie de rire, un petit rire léger mais c'est plutôt un aboiement.) J'ai du mal à te croire.

– Eh bien. (Il hausse les épaules, comme pour s'excuser.) C'est pourtant vrai. Portia est la seule femme avec qui… il n'y a jamais eu personne d'autre. Même en dehors du sommet et du fait que je te connais à peine… je me sens un peu désarmé.

Je le dévisage, bouche bée. Le corps de Niall Stella crie *J'ai Couché avec Toutes les Filles de la Planète*, et le voilà qui m'avoue qu'il n'a eu qu'une femme dans sa vie ? Pas de flirts de lycée. Pas de baises à l'université. Jamais une fille différente touts les soirs. Je suis sur le cul.

Mes synapses se réorganisent lentement.

– Donc, tu comprendras (il parle avec un petit sourire) que si je te plais, tu devras tout reprendre du début, parce que je suis une terre vierge.

À cet instant, je m'attends à ce qu'il me regarde dans les yeux, me prenne la main, la serre, n'importe quel réflexe humain qui aurait semblé naturel sur le moment. Un signe pour m'assurer que je n'ai pas *tout* imaginé. Mais il se tourne vers son bureau et commence à lire un rapport. Je marmonne que j'ai besoin de passer aux toilettes, et je m'éloigne.

Chapitre 6

Niall

Tu viens boire une bière avec nous ?

Je suis à peine arrivé dans ma chambre, tendu, les pensées en pagaille, que je reçois le texto de Max. Et même si m'enfoncer tête la première dans mon lit est tentant, je rêve d'une pinte.

En réalité, ce dont j'ai *le plus* envie à l'instant même, c'est d'être avec Ruby.

Comment quelques jours seulement ont-ils pu suffire à me rendre fou d'elle ? Un laps de temps qui se compte encore en heures ?

Je me découvre un nouveau trait de caractère, qui grandit chaque jour. Cette facette secrète de ma personnalité, un romantisme insoupçonné, explique pourquoi Ruby a pris aussi facilement possession de mon esprit et de ma peau. Ce n'est pas un bouche-trou ou une distraction. Elle me convient. J'ai envie de faire confiance à cette sensation étrange que je ressens avec elle parce que ce sentiment m'est totalement *inconnu.*

Et pourtant, au moment de faire un pas vers elle, je me suis affolé.

Une bière me fera le plus grand bien.

Les mecs sont encore au Knave, comme si c'était leur repaire habituel. Mais je connais mon frère : il veut garder discrètement un œil sur moi. Comme s'il sentait que je suis en proie à une montagne russe d'émotions.

Ils sont installés à la même table que l'autre soir, chacun sirote un cocktail et picore les amuse-bouches sur la table. Il est presque onze heures, je n'ai pas mangé.

Je plaisante, en m'installant à côté de Max et en attrapant une poignée de cacahouètes :

– Soyez gentils, regardez ailleurs pendant que je rafle tout. J'ai une faim de loup.

Max éclate de rire.

– Je savais que tu serais affamé.

– Quoi ? lance tout de suite Bennett en regardant autour de lui. Ruby n'est pas là ? Je suis déçu...

– Ah...

Je commence à enfourner une bruschetta dans ma bouche pour ne pas avoir à finir ma phrase.

– Elle a peut-être faim, elle aussi ? demande Will.

– Bon sang, vous êtes tous très subtils. Elle a déjà commandé au room service, c'est sûr. Et puisqu'on parle de femmes : pourquoi êtes-vous obsédés par mes histoires ? Je ne vois vos dulcinées nulle part.

– Ne parle pas trop vite, réplique George. Chloé le Barbare arrive.

– Chloé le... ? Désolé, tu parles de la *femme* de Bennett ?

Je suis sûr d'avoir mal compris. Mais Bennett fait un geste vague.

– Sara et Hanna sont à une soirée. Chloé ne va pas tarder à venir nous rejoindre. Et je te préviens, ces deux-là se donnent des noms d'oiseaux bien pires que ça.

George hausse les épaules.

– Chloé et moi avons un lien spécial. Parce que nous sommes si insupportables l'un et l'autre que personne ne veut de nous. (Bennett s'éclaircit la gorge.). En dehors de lui, mais c'est un cas très sérieux.

Comme si on venait de prononcer une formule magique, l'une des plus belles femmes de la planète entre dans le bar. Elle n'est pas grande, mais elle se tient comme si elle s'apprêtait à écraser tout le monde autour d'elle. Ses longs cheveux bruns tombent en cascade dans son dos, elle porte une robe noire ajustée et des talons si hauts que je crains pour ses chevilles.

– Quand on parle du diable…

Bennett se lève et contemple sa femme avec fierté.

– Regarde ailleurs, me lance George à l'instant où Chloé arrive à notre niveau.

Perplexe, je lui jette un coup d'œil avant de tourner mon regard en direction de Chloé et Bennett. Effectivement, je détourne les yeux. Ils s'embrassent avec une telle passion que c'en est indécent. Une fois de plus, je repense à Portia. Je me rappelle à quel point j'étais enfermé dans un couple sans amour. La passion nous était inconnue.

Will grommelle :

– Il y a des chambres pour ça.

Chloé embrasse encore son mari avant de se retourner.

– Tu es jaloux parce que ta fiancée est en train de discuter livres avec d'autres filles au lieu d'être ici à te lancer des regards amoureux.

– Dit comme ça… oui, en effet. Pourquoi n'es-tu pas avec elles, d'ailleurs ?

Chloé commande un verre et s'assoit.

– Parce que c'est ma seule soirée de liberté cette semaine et que je compte bien baiser mon mari. À ce propos d'ailleurs… (Elle jette un regard terrible à Bennett.) Finis ton verre.

Bennett lève son verre.

– Oui, Madame.

– Dégoûtant, lance George.

– George, dit Chloé en souriant.

– Maîtresse des forces du mal, réplique-t-il.

– Tu dois être Niall, fait-elle en fixant son attention sur moi.

– Oui. (Je lui tends la main.) Ravi de te rencontrer.

Chloé a de la poigne.

– Toi aussi. Où est la fille ?

– La fille ?

Je leur jette un regard circulaire.

Chloé me sourit, je dois admettre que l'effet est saisissant – un peu effrayant en même temps. J'ose à peine songer avec quelle facilité elle torturerait une âme en peine si ça lui chantait.

– J'imagine qu'elle parle de ta Ruby, glisse Max.

– Ce n'est pas *ma* Ruby.

– Bien sûr que non, coupe Chloé. C'est ce qu'ils disent tous.

Je manque m'étouffer avec un amuse-gueule. Je réalise que je l'ai presque *embrassée au bureau.*

– C'est vrai, vous l'avez tous décidé l'autre soir.

– Bien sûr ! acquiesce George. Tu es le seul à avoir des doutes. À côté d'elle, tu te comportes comme un robot.

– Pour tout dire, il se comporte toujours un peu comme un robot, ajoute Max.

Sarcastique, je lance :

– À la tienne, mec. Comme si je n'étais pas au courant.

Le cocktail de Chloé arrive.

– Les mecs sont des idiots. Même si les femmes peuvent être de vraies pétasses, aussi capables que les mecs de tout foutre en l'air, dans mon expérience, c'est le porteur du pénis qui fait tout foirer. (Elle me lance un regard de glace.) Sans vouloir t'offenser.

– Bien dit, réplique Max.

Ils m'observent pendant quelques secondes avant de se tourner les uns vers les autres pour continuer la discussion que j'ai interrompue. Tous sauf Chloé, qui continue à me dévisager.

– Tu ne m'as pas dit pourquoi les filles et toi ne pouvez venir à Catskills ce week-end, lance Bennett à Max.

– Sara est en train de refaire la décoration entière de l'appartement. (Max se frappe la tête.) Son architecte d'intérieur est censé venir. Des murs vont tomber et… *aïe.*

– Max, tu ferais mieux de garder un œil là-dessus, l'avertit Bennett. Tu te souviens quand Chloé a repeint l'appartement ? Un gosse aurait mieux fait avec des crayons de couleur.

– Attention à ce que tu dis, Mills.

– Ne commence pas, *Ryan.*

– Je suis complètement perdu.

La cuisine verte ? Même toi, tu es obligée d'avouer que c'était immonde.

– Non. Il s'agissait d'un processus d'élimination, pour savoir ce que je voulais vraiment.

Elle lui sourit avec douceur, et il est clair qu'ils ne parlent plus de la couleur des murs.

George fait des gestes affolés :

– Non, non, non, pas de préliminaires devant tout le monde !

– La décoration avec Sara c'est... (Max choisit ses mots, il ne critique jamais sa femme.) Un peu tous les jours en fait.

– Délicat, ajoute Will.

Éclatant de rire, mon frère conclut :

– Une touche par-ci, une touche par-là.

Le serveur m'apporte ma pinte et nous demande si nous avons besoin d'autre chose. J'en commande une deuxième, histoire de couvrir mes arrières. Le serveur nous regarde un à un, puis s'éloigne.

Le silence se fait autour de la table. Will chuchote.

– Et notre *George ?* Il est mignon... n'est-ce pas ?

– Non ! siffle ce dernier. Ce serait comme baiser de la viande séchée.

– Bon sang, personne ne parle de baiser. C'est une réception, commente Bennett.

– Attends, dit Will en secouant la tête. George, tu es actif ou passif ?

Max grogne :

– Pour l'amour du ciel, tais-toi, William.

Je n'en peux plus de ne rien comprendre.

– Que se passe-t-il ?

George nous ignore.

– Sérieusement, c'est un beauf ! Il est si bronzé que son foie doit être atteint.

– J'aimerais comprendre ce qui se passe, je répète.

– Ces deux-là sont des idiots, m'explique Chloé. George a besoin de se trouver quelqu'un pour aller à une réception de RMG. Will suggère qu'il propose l'invitation au serveur. Mais George pense que ce n'est pas un candidat satisfaisant.

– Pardon, RMG ?

– Ryan Media Group, dit George. Bennett a décidé d'organiser une soirée et je n'ai personne pour m'accompagner. Les mecs essaient de m'aider, mais c'est plus gênant qu'autre chose. Je préférerais parler de ce qui va se passer avec Ruby.

Je savais qu'on y reviendrait. Une part de moi-même a envie d'en parler… étrangement. Je n'ai nul besoin d'évoquer mon divorce, mais cette histoire me torture comme je n'aurais jamais pu l'imaginer.

Je fixe mon verre :

– Je… Je ne sais vraiment pas.

Le silence revient. Finalement, j'avoue :

– Elle m'a dit qu'elle avait des sentiments pour moi. En fait, ça fait un petit bout de temps.

– Il suffisait de la regarder pour le deviner, dit Bennett.

– Idem, lance George.

– Pareil, commente Will.

Max est le seul qui n'a pas renchéri.

– Je n'ai rien besoin de dire, là maintenant, si ?

– On s'est presque embrassés aujourd'hui au bureau. (Pour une raison que je ne comprends pas, toutes les têtes se tournent vers Bennett.) Autant dire que c'est un peu trop rapide pour moi. Ça fait seulement quelques mois que nous travaillons ensemble, mais je ne la *connais* que depuis quelques jours.

– Alors, que vas-tu faire ? demande Chloé.

– Eh bien… (Elle me dévisage avec intensité.) Comme je l'ai dit, je…

– Elle t'a avoué ses sentiments pour toi, vous avez failli vous embrasser. Pour toi, ça va trop vite. C'est pour ça que tu es ici sans elle.

– Oui.

– Donc, soit elle te plaît soit elle ne te plaît pas.

– Ce n'est pas si simple. Nous travaillons ensemble.

Chloé fait un geste de la main.

– Ça n'a aucune importance ! (Tout le monde ouvre la bouche.) Quoi ? C'est vrai ! Même si je ne connais pas les détails, elle est jolie, intelligente, elle sera donc probablement remarquée par quelqu'un de plus intelligent que toi. Ne joue pas au con.

J'éclate de rire et bois une gorgée de bière.

– À la tienne !

– Comme d'habitude, Chloé n'y va pas par quatre chemins. (Mon frère pose la main sur mon bras.) Appelle-la. Propose-lui de descendre et de se joindre à nous.

J'acquiesce, me lève et avance vers une zone plus calme du bar pour composer son numéro.

Tonalité. Je réalise que je ne l'ai jamais appelée.

Que nous ne nous sommes rien dit à propos de ce soir.

Qu'elle a sûrement prévu quelque chose. Chloé a raison, quelqu'un de plus intelligent lui a peut-être déjà mis le grappin dessus.

– Allô ?

Je sursaute – je ne m'attendais pas à ce qu'elle décroche. J'ai l'impression de m'être pris un énorme coup de poing dans le ventre.

– Allô ? (Pause.) M. Stella ?

Je frissonne au son de sa voix.

– Ruby. Appelle-moi Niall, d'accord.

– Tout va bien ?

– Tu veux descendre manger quelque chose ?

Elle hésite pendant ce qui me semble une éternité.

– À moins que tu ne sois… (Je cherche mes mots.) occupée… à te faire plaisir… dans ta chambre.

Mon Dieu, qu'ai-je dit ?

– *Occupée à me faire plaisir ?*

Elle se retient d'éclater de rire. Sa langue est légèrement pâteuse, sûrement à cause de l'alcool.

Je marmonne.

– Je veux dire, si tu as de la compagnie. Ou quelque chose de prévu. Ruby, je n'ai pas envie que tu te sentes obligée. Je ne sais même pas si tu…

Elle me coupe en riant.

– Il est presque minuit. Je suis seule, je le promets. Je sors tout juste de mon bain, j'ai bu un ou deux cocktails et commandé un plat au room service.

L'image de Ruby dans la baignoire. Nue. Pompette. Mouillée. Peau douce et chaude. Muscles détendus.

– Ah ! très bien.

Ruby se tait.

– Je pense… Je pourrais…

– Non Ruby, je ne veux pas que tu te sentes obligée… Je voulais simplement m'assurer que tu aies dîné. Ç'a été une longue journée et nous… (Je ferme les yeux et murmure.) Nous… ou plutôt, *j'ai* peur que tu sois trop fatiguée.

Sa respiration est saccadée. Je ressens un pincement dans la poitrine à l'idée qu'elle s'angoisse encore, qu'elle souffre à cause de moi. Je sais que je peux faire quelque chose pour elle… Mais par où commencer?

– Tout va bien. Merci.

Le silence se fait pendant de longues secondes.

– Très bien, alors. Bonne nuit, Ruby.

– Bonne nuit… Monsieur Stella.

Je reviens à la table, me rassieds et porte ma seconde pinte à mes lèvres. Je me sens encore plus mal que tout à l'heure. Je ne suis pas très à l'aise en général, mais là, je me suis surpassé au téléphone… Catastrophe. Max me demande d'un geste si Ruby nous rejoint – il lève le sourcil, avec l'air d'attendre quelque chose –, je secoue la tête. Je n'arrive pas à savoir si je me sens soulagé ou triste. J'opte pour soulagé, parce que je n'aurais pas pu m'empêcher de la dévisager, d'attendre que sa main se pose sur ma jambe, d'essayer de croiser son regard pour vérifier que son désir pour moi ne s'est pas envolé, tout en restant incapable de prendre les choses en main.

Bordel de merde.

Chloé et Bennett partent, chassés par George qui leur lance qu'il préférerait être sur un bûcher plutôt que de les voir se rouler des pelles. Je commande un gin tonic, puis un autre, en discutant avec animation, avant de me perdre dans mes pensées. Je suis d'abord perturbé, soudain calme, puis ivre. À la fin de la soirée, je suis convaincu qu'aller la voir à une heure du matin est une bonne idée.

– Tu vas te coucher? demande Max. C'est ma seule soirée de liberté du mois, tu n'as pas intérêt à partir si tôt.

– Réunions toute la journée demain, mec. Bonne nuit…

J'ignore leurs chuchotements et avance vers l'ascenseur, qui m'amène au dixième étage, jusqu'à la porte de sa chambre.

Je frappe lourdement à sa porte. J'ai l'air ivre.

Au bout de quelques secondes, elle ouvre. Ruby est là, devant moi, vêtue d'un petit débardeur de soie et du short assorti qui la couvre à peine…

Seigneur!

Elle s'appuie légèrement au chambranle.

– Tout va bien, M. Stella?

Je me racle la gorge.

– Bon sang. Tu dors toujours dans des pyjamas aussi mignons et… sexy?

– Oui…

J'entends le sourire dans sa voix, elle continue:

– Surtout quand je suis *occupée à me faire plaisir.*

Je parviens difficilement à quitter ses seins des yeux, nus sous le débardeur.

– Tu aimes me taquiner.

Elle passe la langue sur ses lèvres.

– Ouais.

Je me tiens dans l'entrée et la regarde comme si je n'avais pas mangé, dormi ou ne m'étais pas branlé depuis des jours.

– Tu veux entrer? Je te préviens, j'ai bu quelques cocktails. Mais il doit rester des bouteilles dans le minibar si tu aimes le Midori ou le Jägermeister…

– Je ne devrais pas te toucher. (Je ferme les yeux.) Désolé, j'ai bu, moi aussi et… (Je la regarde. Elle sourit, l'air… *soulagé.*) Je ne sais pas ce que je fais ici. Je n'arrivais pas à cesser de penser à ce qui est arrivé aujourd'hui, à quel point j'avais envie de te voir. Mais, vraiment, je ne devrais pas te toucher, Ruby.

Elle tremble comme une feuille.

– Tu ne *devrais* pas ? Ou tu ne veux pas ?

Sans répondre, sans réfléchir à ce que je fais, j'entre dans sa chambre. Elle recule d'un pas, la porte se ferme.

– Ce que tu as dit tout à l'heure, c'était la vérité ? Tu as déjà pensé à ça ? Avec moi ?

Elle rougit jusqu'à la racine des cheveux mais parvient à avoir l'air sûre d'elle :

– En effet.

Elle cesse de bouger mais pas moi. Instinctivement, je m'approche d'elle. Je sens son haleine dans mon cou. Le goût sucré du jus d'orange, la pointe de vodka sur ses lèvres.

C'est stupide, Niall. Sors de cette chambre !

– À quoi penses-tu ?

– À être avec toi dans ma chambre. (Elle sourit, regarde mes lèvres.) Pour me donner du plaisir.

Je glousse et avoue :

– Ces derniers jours... j'y ai pensé, moi aussi. Tu as pris possession de mon esprit.

– Et c'est mal ?

Je lui jette un coup d'œil. Elle est nerveuse mais pleine de confiance. Je suis dans sa chambre, sur son territoire.

– Non, ce n'est pas mal. Mais je ne sais pas quoi faire.

Pourquoi ai-je dit ça ? Heureusement, elle n'a pas l'air perturbée.

– On pourra le décider ensemble.

Je croise son regard :

– Ah oui ?

Ruby acquiesce, pose une main sur ma poitrine.

-Je te comprends. Et je crois, je suis sûre, que tu me comprends aussi.

Je déglutis -je n'ai plus de mots.

-Je te dirai ce que je veux. Tu me diras ce dont tu as besoin.

Elle passe la main sur mon torse, mon ventre et... juste avant d'atteindre ma ceinture, elle s'écarte.

Je devrais y aller. Je devrais retourner dans ma chambre. La nuit porte conseil.

Elle lève les yeux vers moi:

-Tu veux quoi?

-Ça. Cette certitude étrange que je ressens près de toi. Ton regard électrique sur moi.

Elle écarquille les yeux.

-Énormément de femmes te regardent comme ça.

-Non, tu te trompes. Elles me regardent peut-être comme les hommes te regardent -ils ont envie de toi, ils y pensent sexuellement-, mais ça n'a rien à voir. Quand tu poses les yeux sur moi, j'ai l'impression que tu peux voir sous ma peau. D'ailleurs, je n'ai jamais été du genre à désirer «énormément de femmes».

Son sourire est tellement magnifique que j'en oublie ce que j'allais dire.

Mon cœur bat si fort dans ma poitrine, je me sens presque mal. Avec l'alcool, c'est un cocktail explosif. Pourtant, je voudrais que ce moment dure toujours. Je n'ai jamais été aussi frénétique. Elle est si proche de moi, son odeur d'eau de rose, de femme, me submerge. Elle serait parfaite contre ma poitrine. Ou empalée sur ma queue, les jambes autour de ma taille, la poitrine glissante de transpiration.

– Ruby, que faisons-nous ?

Elle tortille une mèche de cheveux.

– C'est toi qui es venu dans ma chambre. Nous sommes un peu ivres tous les deux. À toi de me le dire...

– J'aimerais... explorer.

Son sourire gagne en intensité.

– Moi aussi.

– Mais ce soir n'est peut-être pas le bon soir. Je ne devrais pas te toucher. (*Peut-être qu'en le répétant cent fois, j'arriverai à y croire.*) On a bu. Je veux être sobre si...

La déception se peint sur le visage de Ruby, elle ferme les yeux. Puis, elle les rouvre et passe de la réserve à la malice. Nonchalante, elle traverse la chambre, ramasse une culotte sur le lit et la plie avant de la ranger dans un tiroir.

– Mais si tu le *faisais*, comment me toucherais-tu ?

J'ai à peine le temps de considérer la question, la réponse jaillit d'elle-même.

– Avec désespoir.

J'avance d'un pas vers elle.

– Avec brutalité ?

– Je... non... je ne ferais pas...

Elle récupère un autre vêtement sur le lit – un débardeur, je crois –, l'inspecte et le range dans le tiroir.

– J'aime l'idée que tu me caresses avec brutalité. Tes grandes mains frémissent de désir, tu m'étreins, parce que tu es tellement impatient...

– Je le serais. (Elle me jette un regard suppliant.) Je le *suis.* (J'ai du mal à reprendre ma respiration. Mes mains tremblent.) J'essaie d'être délicat, mais c'est impossible.

Elle referme la commode d'un coup de hanche et s'approche de moi.

– Tu retires mes vêtements avant même qu'on soit arrivés jusqu'au lit.

À cet instant, elle glisse la main dans son débardeur, attendant que je l'arrête.

Hors de question.

Elle passe les mains sur ses seins et, plus bas, relève le débardeur, le passe au-dessus de sa tête et… l'enlève.

Mon cœur s'arrête de battre, puis les palpitations reprennent, mille fois trop fort.

Sans me quitter des yeux, Ruby laisse tomber le top en soie par terre.

Elle vient de dénuder sa poitrine. Des courbes sexy, de petits seins ronds, des tétons roses, une peau pâle, parfaite. Luttant pour me calmer, j'avale ma salive. Je rêve de la toucher, de l'embrasser. Je veux être sur elle et la prendre, fort.

Elle fait un pas en arrière, se tourne et marche jusqu'au lit.

– Ruby…

Je n'ai rien à dire. Mais je ne peux m'empêcher de murmurer son prénom. Comme une plainte.

– Tu me caresses les seins comme si tu les connaissais par cœur. (Elle passe les mains sur sa poitrine en me regardant, joue avec, pince ses tétons.) Tu les *suces.* Comme si tu étais insatiable.

Seigneur.

– Je *suis* insatiable.

– Tu adores mes seins. Tu les baises parfois.

Ma respiration se coupe. De toute ma vie, je n'ai jamais joué à un jeu pareil.

– Vraiment ?

– Oui. Tu te frottes entre mes seins.

Je me sens rougir, mon pantalon se tend.

– Je me… ?

– Ta bite.

Ma bouche s'humidifie, je fixe ses lèvres, en l'imaginant me sucer.

– Mais là, maintenant, tu veux me voir nue ?

C'est une question, qu'elle masque sous une assurance feinte. Elle effleure la ceinture de son short, me défiant encore une fois de l'arrêter.

Je dois quasiment m'enfoncer mon poing dans la gorge pour m'empêcher de grogner. L'alcool me donne du courage.

– Oui.

De la manière la plus sexy possible, elle fait glisser son short sur ses hanches puis sur ses cuisses. Elle ne porte pas de culotte dessous. Nue, elle est éblouissante. Je n'ai rien vu de plus beau de ma vie.

– Tu aimes me regarder.

Ce n'est pas une question. D'ailleurs, mon expression ne laisse aucun doute là-dessus.

J'ai envie de lui monter dessus, d'être aussi coquin, aussi libéré avec son corps qu'elle m'y a invité.

J'ai envie de la toucher entre les jambes, là où elle doit être toute mouillée.

J'avale ma salive.

– Tu es la seule chose que j'ai envie de regarder, mon cœur.

Ruby s'installe au milieu du lit, s'allonge sur le dos, écarte les cuisses.

– Donc… regarde.

Sans aucune fausse honte, je fixe entre ses jambes écartées. Le sang tape à mes tempes, je m'appuie contre l'armoire pour ne pas tomber à la renverse.

– *Seigneur.*

Elle se caresse les jambes, des genoux aux cuisses. Enfin, tandis que je la contemple, elle effleure son sexe trempé.

– Tu as envie de me goûter.

J'avale ma salive et acquiesce. *Rien ne me donnerait plus de plaisir.*

– Mais tu commences par me titiller.

Je lève les yeux vers elle, mes sourcils se lèvent.

– Ah bon ?

– Oui. C'est terrible, tu m'obliges à te supplier de lécher mon clitoris.

Son… clitoris ? Étourdi, je me passe une main sur le visage. Je n'ai plus aucun contrôle sur la situation.

– C'est-à-dire… comment je fais ça ?

Elle hausse les épaules.

– Tu m'embrasses les cuisses et les lèvres, juste ici. (Elle dessine un cercle entre ses jambes.) Tu me lèches là où je suis trempée. (Elle glisse un doigt plus bas, il sort de sa chatte, brillant de son intimité.) Tu vois ?

Je manque m'effondrer sur le lit. Ma voix n'est plus qu'un murmure :

– Oh oui.

– C'est comme ça que tu m'excites. Tu ne me lèches jamais ici. (Elle désigne son clitoris.) Du moins, pas avant que je te supplie en criant.

Je m'approche du lit.

– Ça me semble peu galant de ma part.

Ruby glousse et me sourit.

– N'est-ce pas !

Le sang bat dans mes veines, je ressens le pouvoir que je détiens sur son corps. *Il n'y a qu'à la regarder.* Impossible de manquer les manifestations de son excitation.

– Mais c'est simplement parce que j'adore quand ta peau rougit comme ça, mon cœur.

Elle halète.

– Parce que j'ai besoin de te sentir en moi.

– Non... Tu en as simplement envie. Et je préfère le goût de tes cuisses.

Elle relève les hanches, place les mains sur les cuisses.

Mon cœur bat la chamade. Je ne rêve que d'une chose, participer à ce jeu.

– Tes seins sont parfaits.

Elle gémit en fermant les yeux.

– Je garderai toujours une main sur tes seins pendant que je t'embrasserai ici.

– Oui... (Elle saisit l'un de ses seins.) J'adore ça. Mais ta manière de m'exciter me rend folle. Je t'en supplie, je veux te sentir.

– Juste un petit baiser, mon cœur.

Avec un gémissement soulagé, Ruby caresse son clitoris, crie.

– Laisse-moi te pénétrer du bout de la langue.

Ses yeux s'ouvrent grand, elle me dévisage en enfonçant un doigt en elle. Je l'observe disparaître, puis ressortir, et me concentre sur les sentiments qui passent sur son visage. Quelle intensité !

Je suis plongé dans notre jeu, obsédé par son corps nu. Je ne suis plus moi-même. Je ne me reconnais plus.

– Est-ce que j'aime ton goût ?

Avec un effort apparent, elle lance :

– Tu sais que oui.

– Ça me rend fou, n'est-ce pas ? Ça me fait…

– … Bander, finit-elle pour moi.

Je glousse, me mets à genoux sur le matelas, à quelques centimètres d'elle. Je me penche, m'appuie, une main de chaque côté de ses hanches, en prenant garde de ne pas la toucher.

– Je bande déjà tellement fort que ça fait mal, mon cœur. J'allais dire que ça me rend *possessif.* Et ça me donne envie de casser la figure de tous les mecs qui t'ont déjà léchée.

Elle soupire :

– Tu bandes ?

– Regarde par toi-même.

Ses yeux tombent sur ma fermeture Éclair, tendue par ma queue.

– Laisse-moi regarder, dit-elle en se léchant les lèvres.

Je secoue la tête mais passe une main sur ma fermeture Éclair pour qu'elle repère distinctement la bosse.

Seigneur. Que se passe-t-il ? Que suis-je en train de faire ?

– Pas ce soir.

L'air mortifié, elle s'assied.

– Parce que je ne serais pas capable de me contrôler. C'est déjà très dur, Ruby, mais n'arrête pas.

– Ça va ?

Les joues rouges, elle semble mal à l'aise.

J'acquiesce rapidement, je ne veux pas briser ce moment.

– Bien sûr ! Je vis un fantasme.

– J'ai envie de te toucher, murmure-t-elle.

– Impossible.

Elle me dévisage.

– Jamais ?

– Chut... Je t'embrasse entre les jambes, comment peux-tu penser à autre chose ?

Les yeux rivés aux miens, elle se caresse, lentement, comme si elle attendait que je lui dise exactement quoi faire.

– C'est ça. Laisse-moi te sucer, oui... comme ça. Je veux t'entendre jouir.

Ruby se cambre sur le lit, ses doigts se crispent sur son clitoris.

– Je... je...

– Déjà ?

Je dois combattre le réflexe de me pencher, de l'embrasser dans le cou, et partout.

– Je suis folle de toi, crie-t-elle.

– Tu as tellement bon goût. Je te sens dans tout mon corps.

Cette image est inoubliable. C'est le moment le plus érotique de ma vie. Ses cuisses sont douces, toniques, ouvertes devant moi. Il me suffirait de poser la bouche sur elle pour passer du fantasme à la réalité. J'effleure la bosse de mon pantalon en grognant.

Elle jouit et ouvre soudain les yeux, en gémissant d'une petite voix désespérée.

Désormais, son cri de jouissance est gravé en moi pour toujours. Ainsi que ses petits bruits, ses halètements, sa respiration saccadée.

Son torse tout entier rougit, ses tétons se dressent. Elle continue à se caresser en me souriant. J'envie ses doigts, couverts de cette humidité luxuriante.

– Tu me laisses te caresser ? S'il te plaît ?

– Tu es *en train.* Tu me branles.

Taquine, elle me sourit.

– Te *branler* ? Tu crois ? Ce n'est pas une réciproque très sympathique.

– Eh bien. (Je hausse les épaules.) Il se trouve qu'à cet instant, tu as très envie de m'embrasser.

– Oh.

– Tu adores sentir ton goût sur ma langue.

Ses yeux s'enflamment, elle entrouvre les lèvres.

– Oui...

– Et j'adore te faire plaisir. (Elle acquiesce.) À part ça, tu adores me sentir dans ta main.

Ruby secoue légèrement la tête.

– Oui... murmure-t-elle, le souffle court. Et je pourrais embrasser ta bouche impérieuse pendant des jours et des jours.

– Tu le fais parfois.

– Seigneur, pourquoi n'es-tu pas en moi ?

Je souris à son gémissement plaintif.

– Parce que nous n'avons pas encore fait l'amour.

Elle écarquille les yeux après cette révélation, dans notre étrange petit jeu.

– Ah non ?

Je secoue la tête.

– On a décidé d'attendre.

Elle éclate de rire, c'est si mignon que j'ai envie de l'embrasser pour en sentir l'écho sur mes lèvres.

– On a fait tout le reste ?

J'acquiesce.

– Presque.

Elle ouvre grand les yeux, avec un désir si flagrant que j'en ai des frissons.

– Pourquoi attendre ?

– Pour être sûr.

Finalement, j'ose effleurer sa hanche nue.

– Sûr de moi ?

Je fixe ses lèvres épanouies, ses sourcils froncés d'irritation avant de lui dire :

– Sûr de *moi.* Sûr de tout, avant qu'il ne soit plus possible de faire machine arrière. Je ne prends pas les choses à la légère.

– Je sais. Je peux attendre.

La réalité reprend ses droits. Comme c'est étrange, juste après la vision la plus érotique de ma vie. Je me sens mal à l'aise, comme si les vingt dernières minutes avaient été un rêve.

Ç'aurait pu être bizarre ; nous sommes collègues de travail, je ne l'ai vraiment rencontrée que la semaine dernière. Maintenant, elle est complètement nue, elle vient de se masturber en m'écoutant lui parler. Ç'aurait pu être le moment le plus angoissant de ma vie. Mais grâce à l'alcool qui court dans nos veines, à son corps repus, ce n'est pas le cas.

Je suis assez courageux pour continuer à lui caresser la hanche.

Elle couvre ma main des siennes.

– Comment dort-on ensemble après ça ?

– En petite cuillère. (J'avale difficilement ma salive.)

Tu es parfaitement bien installée dans mes bras.

– Donc tu ne me réveilles jamais pour faire l'amour.

– Je te réveille pour te caresser, parce que tu me rends fou, mais pas encore pour le reste.

Me comprend-elle ? Est-ce si étrange que le sexe change tout pour moi, à notre époque ? Que le sexe signifie quelque chose ?

Elle ferme les yeux, pose les mains sur son cœur battant.

– Sais-tu à quel point j'ai envie de te sentir en moi ?

– Je sais.

– J'espère que tu m'embrasseras un jour.

La réalité revient, encore une fois.

– Moi aussi.

– Est-ce que tu m'embrasses toujours pour me dire bonne nuit, avant de partir ? demande-t-elle en revenant à notre jeu.

Son regard, si vulnérable, m'avertit de faire attention. Peut-être Ruby ne sait pas elle-même à quel point je dois prendre soin de son cœur.

– Toujours.

Mais hors de question ce soir. Je ne peux pas, surtout pas sur la bouche. À la place, je me penche et l'embrasse sur le nombril. Ses mains plongent dans mes cheveux, une vague de chaleur me submerge.

Je me lève au moment où elle s'assied. J'attrape mon manteau, mais elle ne fait pas l'effort de récupérer ses vêtements.

– Ce sera bizarre demain ? Ai-je déjà tout gâché ?

Au prix d'un effort surhumain, je me force à ne pas aller vers elle et l'embrasser à pleine bouche pour la rassurer.

– Au contraire.

Elle sourit un peu, mais je me doute qu'elle désire ce que je désire aussi : que je dorme avec elle. Même sans nous toucher, je rêve de passer tout mon temps avec elle.

– Bonne nuit, Ruby, mon cœur.

– Bonne nuit, M. Stella.

Son prénom est un mantra constant dans mes pensées. Je réalise que je ne l'ai jamais entendue m'appeler Niall.

Chapitre 7

Ruby

Le soleil illumine la chambre quand mon réveil sonne. Soudain, le souvenir de la veille me revient. *Bon sang, mais qu'est-ce que j'ai fait ?*

C'est un matin comme les autres, à ceci près qu'hier soir, à moitié ivre, je me suis masturbée devant Niall Stella.

Je m'enfonce dans mon oreiller en gémissant.

Malheureusement, tous les détails me reviennent… Pourtant, je ne me sens pas tout à fait honteuse. Je me rappelle notre conversation. Son érection, son souffle court. Son regard fixé sur ma main entre mes jambes, sans aucune vergogne. Il m'a *contemplée.* Le voir ainsi, excité, plein de désir… j'ai été *possédée.*

Après des heures de solitude, je ne crains qu'une chose : que *lui* se sente mortifié. Si la seule suggestion d'un baiser au bureau lui a ôté la parole et le sens de l'humour, ce qui est arrivé hier soir pourrait bien l'inciter à rentrer dans sa carapace et à ne plus jamais en sortir.

Combien de fois ai-je fantasmé sur ce qui pourrait se passer entre nous ? Impossible à dénombrer. Et dans chaque fantasme, j'étais assez courageuse pour lui dire ce que je voulais. Pour le persuader qu'il n'a aucune crainte à avoir avec moi.

Lui prouver que je comprends sa réserve et que je lui laisserai toujours de l'espace.

Et soudain, la nuit dernière, il *était* là. Pour une fois, je n'étais pas muette. Au contraire, je ne pouvais plus m'arrêter de parler.

Les paupières lourdes, les joues rougies par l'alcool, il était magnifique. Son masque de mec distant, collet monté, ne tenait plus qu'à un fil. Il s'inquiétait de son audace, il avait peur de profiter de moi, mais il avait tort.

Je voulais voir ce fil se rompre. *Le* voir se déchaîner. J'en avais tellement envie que j'avais du mal à respirer. Ma peau brûlante avait atteint un niveau de sensibilité tel que j'aurais pu me transformer en petit tas de cendres d'un instant à l'autre. Il a gardé ses distances pour ne pas se mettre en danger et parce que nous avions bu. Il m'a dit qu'il voulait avoir le contrôle quand nous irions plus loin, mais au fond, c'était exactement ce dont j'avais besoin.

Je suis certaine qu'il a une conception très classique des relations : se regarder de loin, flirter, avouer ses sentiments – sans trop en faire –, puis se caresser, s'embrasser, enlever le haut, retirer le bas, dire je t'aime et, finalement, baiser. Ce que nous avons fait (ou ce que nous n'avons pas fait) hier soir devait être une manière de prendre du recul.

Pourtant, j'ai vécu avec lui le moment le plus intime de ma vie. Comment n'a-t-il pas pu le remarquer ?

Comment puis-je le lui montrer ?

Je sais que je dois me lever, me dépêcher, mais impossible de m'y résoudre. Le ventre noué, le corps tendu, je me sens beaucoup trop nerveuse. Mes amis me manquent, j'aimerais avoir quelqu'un à qui parler. Je rêve de faire irruption dans le salon, comme tous les dimanches matin, pour prendre le café avec les filles. Des tasses fumantes, des discussions à propos de nos vies, de notre travail, des études, des hommes.

Blottie dans la couverture, je cherche mon téléphone à tâtons. Le décalage horaire avec la Californie est de trois heures, ce qui est toujours mieux que le décalage avec Londres. Au moment où je me lève, là-bas tout le monde va se coucher. J'ai veillé tellement de fois pour écouter London ou Lola se défouler, c'est leur tour de le faire pour moi. *J'ai besoin de parler à quelqu'un.*

Sans réfléchir, j'envoie un message groupé. Peu de chances que Lola réponde. Sa série de bande dessinée a explosé, elle travaille énormément. C'est la plus raisonnable de mes amies, la fille sur des rails depuis son enfance, en route vers le succès, dont le téléphone sera probablement en silencieux depuis des heures. Mia et Ansel répondent rarement après le coucher du soleil. Harlow passe de plus en plus souvent de temps à Vancouver avec Finn.

London, ma meilleure amie, est ma meilleure option.

VOUS ÊTES RÉVEILLÉES ? J'AI BESOIN D'AIDE :(

Mon téléphone vibre immédiatement.

TU AS UN TÉLÉPHONE DONC TU SAIS QUELLE HEURE IL EST, me répond London.

JE SAIS, JE SUIS DÉSOLÉE... MAIS QUELQUE CHOSE EST ARRIVÉ.

Je retiens mon souffle en appuyant sur « envoyer ».

QUELQUE CHOSE OU ~QUELQUE CHOSE~ ?

JE NE SAIS PAS QUEL QUELQUE CHOSE JE DOIS UTILISER !

Quelques secondes plus tard, mon téléphone vibre. Je réponds avant la fin de la première sonnerie.

– J'imagine qu'il y a un rapport avec Niall Stella.

Je grogne.

– Bien sûr.

– Donc quand tu dis, *quelque chose*… commence London, qui a l'air épuisée.

Elle est barmaid, je me demande à quelle heure elle a fini ce matin. Elle s'éclaircit la gorge et si je ne lui étais pas tellement reconnaissante de me parler, je me sentirais légèrement coupable de l'avoir réveillée.

– … quelque chose comme boire un café ensemble ? Ou *quelque chose* comme il a vu ta chatte ?

Je roule sur le dos en fixant le plafond.

– Euh…

Elle est dangereusement proche de la vérité. L'entend-elle dans ma voix ? Y a-t-il quelque chose chez moi qui crie *je me suis déshabillée devant lui hier soir mais, ouais, il a surtout regardé ma chatte.*

– Oh mon Dieu, petite merde ! Tu as couché avec lui ?

Je me frappe le front.

– Pas exactement.

– Pas exactement ? Ruby, ma chérie. Tu sais que je t'adore, mais je me suis couchée tard tous les soirs de la semaine à cause de mon boulot. J'ai besoin de dormir, aucune envie de jouer aux devinettes.

– D'accord. (Je cherche les mots pour lui expliquer ce qui s'est passé.) Imagine du sexe au téléphone, mais en live.

J'entends un froissement de draps, London s'installe confortablement *ou* fait mine de s'étouffer avec son propre oreiller. Honnêtement, je n'arrive pas à trancher.

– En moins d'une semaine, vous êtes passés de « il ne sait pas que j'existe » à vous masturber l'un devant l'autre ?

Le bruit s'arrête.

– Attends, attends, attends, attends. Ruby Miller, tu veux dire que tu as fait un petit spectacle à l'homme de tes rêves ?

– Euh, oui, j'imagine… Bien sûr.

– Tu en parles depuis … cinq mois ? Tu dois être ravie après toute cette masturbation.

– London, tu viens de briser ton vœu.

– J'ai dit « masturbation », un mot différent de celui que je ne dois pas prononcer. Et pourquoi m'appelles-tu à 4 heures et demie du matin ? Tu espères des félicitations ou que je t'écoute te mortifier ?

– Peut-être les deux. (*Je* n'arrive pas à savoir ce que je ressens, comment puis-je m'attendre à ce que quelqu'un m'aide ?) Je ne regrette rien, mais je ne sais pas où nous en sommes. Nous ne sommes pas *ensemble,* nous sommes collègues. Je ne suis même pas sûre que nous soyons amis. De plus, il était ivre, moi aussi. Ce matin, je pouvais presque l'entendre paniquer de l'autre côté du mur.

– Paniquer, genre *il* regrette ?

Je crois la voir s'asseoir dans le lit.

– Je ne crois pas. Je pense… (Je me mords la lèvre en réfléchissant.) J'espère pas.

– Mais tu lui plais, n'est-ce pas ?

–Ouais. Enfin… Ouais. Autant que possible, dans la mesure où il me connaît à peine. Il vient de divorcer et il est…

–Ruby. J'ai conscience que ça doit être ton excuse mais… à quoi t'attendais-tu ?

–Euh…

En réalité, je n'ai pas réfléchi du tout.

Je soupire. Est-ce que j'espérais qu'il réalise qu'il m'aime depuis tout ce temps et qu'il me prenne dans ses bras ? Qu'il m'avoue qu'il m'a cherchée toute sa vie ? Sur ce, je me branle devant lui. Hum, sûrement pas.

–Je ne sais pas. C'est peut-être un premier pas.

London bâille, roule dans son lit.

–C'est un premier pas très osé, mais bats-toi pour ça. Va au bureau aujourd'hui, affronte-le comme le genre de femmes qui se masturbent – désolée – devant l'amour de leur vie sans le moindre regret. Tu sais que je n'ai aucune confiance dans la gent masculine, mais s'il ressemble, même de loin, à l'homme que tu m'as décrit (et sinon, tu ne serais jamais tombée amoureuse de lui), il sera assez malin pour ne pas se dégonfler. Allez, au boulot, chaton.

~

Faire d'hier soir la première étape de notre relation s'avère un peu plus compliqué que je ne l'avais espéré. Niall Stella semble s'entêter à ce que les choses soient excessivement normales entre nous. À ma grande frustration. Il arrive très tôt au bureau, son téléphone coincé entre l'oreille et le cou, et range son ordinateur pour aller à une réunion au moment où je le rejoins.

Il me fait un signe de tête, me sourit et sort dans le couloir pour avoir un peu d'intimité.

Pendant les quelques secondes dont j'ai besoin pour faire le tour de son fauteuil et atteindre le mien, je trouve douze explications différentes à son petit sourire et à la manière qu'il a eue de m'éviter. Toutes plus folles les unes que les autres.

C'est une chose de disséquer tout ce qu'il dit pendant une réunion quand ses propos n'ont rien à voir avec moi, mais là ? Il ne peut pas avoir oublié ce qui s'est passé. *Le moindre détail* a son importance aujourd'hui.

Je l'entends parler juste en dehors du bureau. M'attend-il ? Il a préparé ses affaires comme s'il partait, mais il va peut-être repasser par le bureau ?

– Ça n'a aucun sens ! s'écrie-t-il avec son accent des beaux quartiers, qui seul empêche cette dernière phrase d'être vraiment désagréable. Le délai pour la fin des travaux est fixé à six mois avant la date que tu me donnes aujourd'hui. C'est inacceptable.

Je frémis : je ne l'ai jamais vu ou entendu s'énerver.

Il reste silencieux, probablement pour écouter ce que son interlocuteur a à dire. J'ai l'impression qu'il m'observe. Je retire mon écharpe, m'extirpe de mon manteau et le pends au crochet derrière la porte. Il me caresse des yeux, je secoue la tête, reconnaissante à mes cheveux en bataille qui tombent devant mes joues rougissantes.

– Tony, je ne dirige pas le projet Diamond Square pour dire oui comme un automate. Je le dirige parce que je sais parfaitement de quoi on parle. Tu peux leur dire ça. Ou mieux encore, laisse-moi faire. Je n'aurai aucun problème à remettre les pendules à l'heure.

Il soupire profondément.

Tony. *Beurk.*

Je saisis mon cahier et avance vers lui.

– Tout va bien ?

Il acquiesce mais range son téléphone dans sa poche sans me donner de détails.

– Après la réunion avec les ingénieurs de MTA ce matin, j'aimerais visiter certaines des stations pour voir par moi-même l'emplacement supposé des portes anti-inondations.

Il me sourit poliment. Niall et le retour de la carapace.

Il fait un signe vers les escaliers.

– Serais-tu d'accord pour m'accompagner ?

~

La station South Ferry compte parmi les stations qui ont le plus pâti de l'ouragan Sandy. Avec une entrée située à seulement une trentaine de mètres au-dessus du niveau de la mer, le tunnel a été inondé en quelques minutes. La déferlante a presque tout détruit sur son passage, endommageant les connexions et les équipements. Le niveau d'eau était suffisamment haut pour qu'on puisse nager. Voilà pourquoi nous sommes ici : anticiper les catastrophes de Mère Nature et élaborer un système qui préviendra de telles effroyables conséquences.

Le trafic est dense, les gens vont et viennent dans des directions opposées ; je suis Niall dans la station qui vient d'être rouverte, les yeux fixés sur ses larges épaules. Dans l'escalier, il descend devant moi. Aujourd'hui, c'est le sérieux avant tout. Son visage est resté neutre pendant tout le trajet en taxi jusqu'à la station, nous avons à peine discuté. Il porte un costume et un manteau noirs, son écharpe en cachemire marron glisse constamment de son cou et pend dans son dos. Niall Stella marche avec son aplomb ordinaire.

Une équipe d'ingénieurs nous accueille, Niall nous présente et prend le temps de retenir le nom de chacun. Il écoute les ingénieurs avec une attention passionnée tandis qu'ils nous guident dans le tunnel. Le voir si professionnel, aussi à l'aise, est étourdissant, surtout après la nuit dernière. En six mois, j'ai amassé une grande quantité de souvenirs concernant Niall Stella, mais New York les a tous éclipsés.

Niall m'appelle, je le regarde s'accroupir, prendre les mesures, inspecter les emplacements proposés pour les futures entrées. Je suis incapable de me concentrer, de prêter attention aux détails : j'ai beau vouloir tout enregistrer, sa présence constante me rend totalement folle. *À quoi pense-t-il ? Fait-il comme si rien ne s'était passé ?*

Une pensée terrible affleure soudain : *et s'il ne s'en souvenait pas ?*

Il me donne des dimensions, me fait part de remarques mais à cause du bruit, le passage du métro et le flux continu de gens, j'ai du mal à l'entendre. Je dois rester tout près de lui, si près que son épaule effleure parfois ma jambe.

J'imagine que ce n'est pas fait exprès, je m'efforce donc de ne pas réagir malgré ma chair de poule. À la deuxième puis à la troisième fois, je commence à me poser la question.

– Ruby, as-tu noté que c'est la dernière des stations à avoir été rouverte ?

J'acquiesce. Bien sûr. Mais ça a l'air si important pour lui que je consigne à nouveau l'information. J'arrête d'écrire, stylo en l'air, en sentant sa main sur mon mollet. Elle s'y pose quelques instants, monte jusqu'à mon genou, s'écarte enfin.

Mon corps tout entier est tendu. Depuis qu'il m'a touchée, en s'arrêtant juste entre mes jambes, j'ai l'impression d'avoir été branchée sur un circuit électrique. Les seins lourds, un désir lancinant dans les cuisses, je piétine.

Mon cœur bat plus vite. Il se souvient. Il doit juste se détendre.

Plus nous passons de temps ensemble et plus il semble à l'aise avec moi. Tout le reste de l'après-midi, il flirte. Il pose la main sur le bas de mon dos quand nous quittons la station, m'effleure les cheveux pendant que nous attendons pour acheter un café et, dans un tunnel sombre du métro, il me caresse la lèvre inférieure.

J'ai failli cesser de respirer pour de bon. M'effondrer de tout mon long.

Un siège se libère, il m'invite à m'asseoir mais reste assez près pour que la boucle de sa ceinture soit à seulement quelques centimètres de mon visage. Devant moi, son long torse, sa chemise rentrée dans son pantalon. Plus bas, sa queue, dessinée sur sa cuisse, déjà en érection.

Doux Jésus !

Je lève la main et glisse un doigt dans l'un des passants de sa ceinture. Captivé, il me fixe, sans prononcer un mot.

Je l'ai *touché*.

Je veux dire, je *l'ai* touché.

J'en ai le souffle coupé. Il murmure dans mon oreille : « Nous allons à gauche. »

De retour au bureau, je suis prête à exploser. Je me sens contractée, gonflée entre les jambes, mes cuisses sont trempées. Avec mes sens à fleur de peau, le contact le plus anodin – comme la dentelle de mon soutien-gorge Aubade sur mes seins – prend des proportions insensées.

Mais ce qui devrait naturellement mener à quelque chose reste… inachevé. Au lieu de fermer la porte de notre bureau vide et de me toucher (que nous soyons au travail, je m'en fiche), il s'installe devant sa minuscule table et parcourt des fichiers. Je me tiens devant lui, brûlante de désir, perplexe, sans voix.

C'est une torture. Je suis folle de lui, je sais qu'il m'apprécie. Pourtant à chaque pas en avant, il se referme, revient sur nos infimes progrès. J'ai envie de lui *demander* tout simplement, mais j'ai peur qu'il se referme pour de bon.

Au-delà de ça, j'en *souffre*. À l'issue d'un après-midi entier de préliminaires discrets, je ne rêve que de baisser les armes. J'en tremble de tous mes membres.

Dieu merci, nous disposons de toilettes privées. En fermant le verrou derrière moi, je respire pour la première fois aujourd'hui. L'odeur de son eau de Cologne subsiste encore autour de moi, comme s'il avait pris possession de mon odorat. Sous la fenêtre, je m'assieds sur un petit banc de cuir et je me prends à rêver à son odeur si je pressais mon nez directement dans son cou.

Cette image en tête, je fais glisser ma culotte sur mes jambes en pensant à la chaleur de sa peau sous mes mains.

Mes doigts deviennent *ses* doigts, ils remontent sur mes cuisses, s'insinuent entre mes jambes. En écoutant avec attention, je distingue presque sa voix. Il parle à quelqu'un au téléphone. J'imagine qu'il me parle à moi seule.

Je suis dans un tel état d'excitation, si sensible, si trempée, qu'une simple caresse sur le clitoris me fait monter au plafond. Les yeux fermés, je l'écoute parler – son accent transforme de simples mots en décharges électriques qui passent de mes seins à mon sexe. Je l'entends murmurer dans mon cou. Je le vois juste derrière la porte, *sachant* que je me caresse, me suppliant de le laisser faire la prochaine fois.

Cette idée suffit pour m'amener à la limite de l'orgasme. Je jouis sur ma main en me cambrant de plaisir.

Tout à coup, je me rends compte que le silence s'est fait dans le bureau. Je dois avoir fait trop de bruit. J'entends le tic-tac de ma montre à mon poignet, le bruit étouffé des voitures dehors mais plus de voix, plus de pas dans le bureau.

Une fois certaine que mes jambes me porteront, j'ajuste mes vêtements, me passe un peu d'eau sur le visage.

Je sors des toilettes, fais irruption dans le couloir et manque lui rentrer dedans.

– Désolée !

Je tente de rattraper une pile de dossiers qui s'éparpillent par terre. Mal à l'aise, je m'exclame trop fort :

– Attends, je m'en occupe !

Niall m'ignore et se penche pour récupérer lui-même les documents au sol.

Je tente d'éviter son regard, certaine que ce que je viens de faire doit être inscrit en fluo sur mon front.

Je lisse ma jupe et replace ma mèche sur le côté avant d'oser lui jeter un coup d'œil. Il m'étudie du regard.

Je lance, feignant l'innocence :

– Quoi ?

– Tout va bien ?

– Oui.

– Tu as les joues rouges. Tu es sûre que tu n'as pas de fièvre ? Tu peux partir si…

– Non, tout va bien.

Légèrement irritée, je hausse les épaules. Il me suit jusqu'à mon bureau, en me contemplant avec une intensité brûlante.

– Tu as… couru dans les escaliers ? demande-t-il même s'il sait que ce n'est pas le cas.

– Non, je… (Je pourrais mentir mais ce n'est pas mon genre.) Seigneur, on dirait un chien avec son os. On peut changer de sujet ?

Ses yeux s'adoucissent, il soupire, regarde par-dessus mon épaule comme pour se rappeler où nous nous trouvons.

– Allez… Tu peux me le dire.

– Je… (Qui dois-je tuer pour disparaître à cet instant ? Franchement, ce n'est pas juste.) Je me…

– Tu te… (Il fronce les sourcils, jette un coup d'œil à ma main, ma gorge, et semble comprendre.) Dans les toilettes ? Tout de suite ?

– Oui.

– En *pleine journée* de travail ?

Euh.

–Je suis désolée… Après hier soir et aujourd'hui…

–Attends… (Il déglutit.) Tu pensais à *moi*?

–Bien sûr, je…

Soudain, je suis incapable de continuer. Je ferme les yeux, respire un bon coup. Comment fait-il pour être si calme?

–Tu me touches puis tu fais comme si je n'existais pas. Ces signaux contradictoires me rendent folle.

Je me sens surtout profondément humiliée.

Il m'effleure le menton, je sursaute.

–Et tu as joui, mon cœur?

Un fluide en fusion remplace le sang dans mes veines. Son regard est aussi enflammé que le mien.

J'humecte mes lèvres en acquiesçant.

–À quoi pensais-tu exactement?

–Te caresser. (Ma bouche est sèche.) T'embrasser.

Le regard fixé sur mes lèvres, il hoche la tête.

C'est l'invitation que j'attendais. Je monte sur la pointe des pieds, caresse son cou chaud du bout du nez. Il émet un son à mi-chemin entre le gémissement et le grognement, tente de s'écarter. Je lis ses hésitations dans son regard. Il est déchiré. J'ai peut-être raison, le divorce l'a sûrement rendu timide. Inquiet, parce que tout va trop vite. Ou il n'aime pas faire les choses comme moi. Je rêve de courir droit dans ses bras, parce que je ne doute pas que le sexe avec Niall sera sublime. Je voudrais rester au lit jusqu'à notre vol de retour vers Londres.

À cet instant, je décide de prendre ce qu'il m'offrira, même si ça signifie dix ans de flirt pour un seul petit baiser.

Je lance avec calme:

– Ça va ?

– Je me demande simplement si on devrait…

Il grimace.

– Me renvoyer à Londres et ne plus jamais me parler ?

Il éclate de rire mais secoue la tête.

– Je t'en prie, surtout pas.

– Parler de ce qui s'est passé hier ?

Il me caresse le menton.

– Oui.

Le soulagement et l'angoisse envahissent ma poitrine.

– Ma mère dit toujours que si on ne peut pas en parler, alors il ne faut pas le faire.

Il lève les sourcils, me scrute, le sourire aux lèvres.

– Dîner, alors ?

~

Niall me rejoint devant la porte de ma chambre, vêtu de mon costume anthracite et de ma cravate préférés. Il est parfaitement coupé pour sa silhouette longue et musclée, le gris fait ressortir le jaune de ses yeux bruns couleur de miel. Ces yeux ne me quitteront pas de la soirée. Pas une seule seconde.

Je suis sur le point de m'embraser.

Nous prenons un taxi pour Perry St, un restaurant haut de gamme abrité par un gratte-ciel donnant sur Perry Street. Facile à deviner. L'ambiance est élégante, la vue panoramique saisissante, le décor minimal. Dans la grande salle, les tables et les banquettes couleur brique sont occupées par de nombreux convives. Soudain, je crains que nous ne trouvions pas de table.

– Une table pour deux, dit-il à la serveuse. Réservation au nom de Stella.

J'essaie d'ignorer mon cœur qui bat plus vite à l'idée qu'il réserve un dîner pour nous deux.

Nous la suivons jusqu'à une petite banquette dans le coin de la salle. La vue sur l'Hudson est imprenable.

– Mon Dieu, c'est magnifique ! Comment as-tu entendu parler de ce restaurant ?

– Par Max, bien sûr.

– Ah, Max !

J'espère qu'il n'aura pas remarqué à quel point j'ai le souffle coupé. Il a appelé son frère pour lui demander conseil. Si je ne sentais pas son pied contre le mien sous la table, je pourrais m'envoler.

– Il vit ici depuis longtemps ?

Il acquiesce en buvant une gorgée d'eau.

– Quelques années.

– Il a l'air *tellement* heureux. Comme le reste de tes amis.

– Ils le sont. Max et Sara viennent d'avoir un bébé, tu le savais ?

Il hésite avant de me demander :

– Tu veux voir une photo d'elle ?

– J'adorerais.

J'adorerais est un peu trop formel ; *j'en rêve,* un peu trop exagéré.

Niall sort son téléphone et parcourt ses photos.

– La voilà, dit-il avec tendresse.

C'est une photo de Niall un petit bébé dans les bras. Le doigt du bébé sort de la couverture pour agripper son pouce. Ce n'est pas le bébé qui me fait de l'effet même s'il est très mignon. C'est plutôt le regard d'adoration que Niall lui adresse. Sur cette photo, Niall a l'air parfaitement heureux. Détendu, il sourit et s'extasie devant cette petite fille.

– Comment s'appelle-t-elle ?

Il rayonne.

Seigneur !

Ovulation dans 3… 2… 1…

– Annabel Dillon Stella. Une petite merveille, n'est-ce pas ?

Transportée par son accent, j'écarquille les yeux.

– Magnifique. Elle te ressemble un peu. Le nez.

Son sourire s'agrandit encore.

– Ah oui ?

J'acquiesce.

– Le nez Stella. Regarde-moi-ça.

La serveuse s'approche pour nous demander si nous prendrons des cocktails avant le dîner. Nous éclatons de rire, nos regards se croisent. À la mention de l'alcool, le souvenir de la nuit dernière prend toute la place entre nous.

Je retiens mon souffle.

– Peut-être une bouteille de vin ? suggère Niall en me jetant un coup d'œil avant d'étudier la carte. (Il demande une bouteille de pinot noir.) Nous commanderons dans un instant, d'accord ?

La serveuse disparaît, Niall semble se passionner pour son verre d'eau.

Alors, je décide de prendre le taureau par les cornes.

– Hier soir, il s'est passé quelque chose de dingue entre nous. Mais j'espère que tu ne regrettes rien. Je me sentirais très mal si c'était le cas.

L'air soucieux, il lève la tête.

– Pas du tout. (Je soupire de soulagement.) C'est moi qui suis venu dans ta chambre, si tu te rappelles bien.

Je n'ai *pas* oublié.

Les secondes s'écoulent, il regarde ses mains, se tait. Je ne peux m'empêcher de penser : *c'est tout* ? Et je me mords les lèvres en le dévisageant.

Il inspire profondément, ricane comme pour se moquer de lui-même.

– Tout ça est très nouveau pour moi, Ruby. Pardonne-moi s'il me faut un moment pour trouver mes mots.

Je voudrais être patiente, mais son silence est une torture. Dans n'importe quelle situation professionnelle, Niall est toujours en pleine possession de ses moyens. Les quelques fois où il a été assez audacieux pour me toucher, c'était avec assurance et autorité. Mais quand il s'agit d'exprimer ses émotions… il semble incapable de partager la moindre de ses pensées. Pippa a peut-être raison, les types réservés ne sont peut-être sexy que dans les livres ou dans les films. Dans la vraie vie, c'est une torture absolue.

Je décide de rompre ce silence insupportable.

– Ça doit avoir été bizarre pour toi. Faire ça. Enfin, me *regarder* faire ça.

Oh Seigneur !

L'air de se demander où je veux en venir, il me jette un coup d'œil interrogateur. Bon sang, *j'essaie* de savoir où nous en sommes.

– Avec quelqu'un de si différent, après le divorce… Ou juste de te remettre dans la course… comme ça. Avec moi.

Si c'était un match de foot, j'aurais crevé le ballon avec un crampon, il aurait explosé, le stade entier me hurlerait dessus.

Il me sourit timidement.

– Me remettre dans la course ? Je ne sais pas si on pourrait qualifier ainsi ce que j'ai fait après Portia.

La serveuse revient pour prendre notre commande, nous parcourons tous les deux rapidement les menus.

Je choisis le premier plat dont je comprends l'intitulé :

– Je prendrai le saumon.

Niall fixe la liste puis referme le menu et le lui rend en lançant d'un air distrait :

– Steak.

Elle commence à énumérer les différentes recettes, il la coupe :

– Votre préféré. À point, s'il vous plaît.

Nous attendons qu'elle s'éloigne pour nous regarder à nouveau.

– Où en étions-nous ? demande-t-il.

– On parlait de « se remettre dans la course ».

– C'est vrai, fait-il en riant.

– Tu ne sors pas beaucoup ?

Niall réfléchit en triturant ses couverts, puis il boit une gorgée d'eau.

– Non.

– Pourquoi ? Tu es beau et brillant. Tu… (Bon Dieu, que quelqu'un me scotche la bouche !) Pour résumer : tu es le type parfait.

Il laisse échapper un petit rire.

– Vraiment, je n'ai jamais… Je sais que je ne suis pas… Je ne pourrais jamais me décrire comme…

Il rigole ?

–Tu dois te moquer de moi. Ça t'arrive de te regarder dans un miroir ? De t'écouter parler ? Je pourrais demander à la serveuse de revenir. Si tu lui lis le menu, je suis sûre qu'elle te demandera en fiançailles juste après les entrées.

Il sourit, sa fossette se creuse, me faisant dangereusement de l'œil.

–Tu as pris du plaisir hier soir ?

Ah, enfin !

–Je pense qu'il était clair que j'ai *apprécié* la nuit dernière. (Je lutte avec moi-même pour ne pas virer à l'écarlate.) Mais aujourd'hui, quand tu m'as caressée… (J'avale une gorgée de vin, ma bouche est soudain sèche.) Tu m'as semblé ailleurs toute la journée.

–C'est vrai, avoue-t-il. Mon instinct me poussait vers toi, mais j'hésite toujours… Pourtant, tu m'attires. J'espère bien que c'est évident. Je suis nul en matière de relations.

–Il n'y a qu'une manière d'apprendre. Je ne suis peut-être pas meilleure que toi. En outre, tu as été marié dix ans. Tu dois avoir une ou deux qualités.

–Quand j'étais avec Portia, ce n'était pas toujours… (Il s'éclaircit la gorge.) Avec Portia, j'ai toujours eu l'impression de mal faire.

Que lui a-t-elle fait subir ? J'imagine des cheveux blonds relevés en chignon sévère, des traits pincés, une expression désagréable en permanence. Un ex-mari qui a l'impression qu'il ne fera jamais bien les choses.

–Elle s'appelle donc *Portia*.

Il me sourit.

–Nous avions mis en place une routine. Tranquille mais prévisible. (Il boit une gorgée de vin.) Avec toi, tout devient trop intense, bouleversant. Seul, j'y repense et je me sens perdu.

Seigneur, il est si adorable quand il a du mal à parler. Difficile de résister. Je sais qu'il peut être très drôle –ses plaisanteries dans le couloir de l'hôtel, notre selfie devant Radio City, ce qu'il m'a dit de sa nièce… Il doit simplement se lâcher un peu.

–Je pense que le mieux serait qu'on ne pense pas *trop*. Qu'on passe du temps ensemble, juste comme ça. J'adore passer du temps avec toi.

–Moi aussi. Mais dans l'intimité, je suis moins à l'aise, donc…

–Tu veux dire, le sexe.

J'essaie désespérément de mettre les choses à plat.

Amusé, il secoue la tête.

–Non, pas seulement le sexe. L'intimité, au-delà de ça. Nous n'avons pas fait l'amour hier soir, mais c'est l'une des expériences les plus intimes de mon existence. Je suis toujours en train de savourer ce moment.

Je retiens mon souffle. Il a donc bien compris à quel point c'était fort, tellement plus intense qu'un coup rapide dans une chambre d'hôtel.

Il se gratte la joue en lorgnant son verre de vin.

–Pour toi, toutes ces choses doivent être évidentes, surtout si tu es habituée à discuter de tout. Moi, je n'y suis pas habitué. Portia a décidé que nous serions ensemble, nous nous sommes mis ensemble. Par la suite, nous discutions plus souvent météo que sentiments. Quant au sexe… c'est inédit pour moi. Le simple fait que nous soyons ici tous les deux, à parler de ce qui s'est passé hier soir – alors que nous ne nous sommes même pas embrassés, même pas touchés – c'est du jamais vu.

– Et tu te sens bien ?

Ma voix est pleine d'espoir, j'en ai conscience.

– Oui. J'aime être avec toi. Mais j'ai envie de faire les choses bien. (Il croise mon regard.) On se connaît à peine, pourtant je tiens déjà énormément à toi.

J'acquiesce et avale ma salive. Un frisson bizarre m'étreint parce que j'ai l'impression de le *connaître*. Mais après réflexion, il a raison. Il sait si peu de choses de moi.

– On peut revenir en arrière. Apprendre à se connaître.

Il secoue la tête.

– C'est le problème. Je ne sais pas si j'ai envie de revenir en arrière ou si j'en ai *besoin*. Pourquoi devrais-je tout savoir de toi avant de coucher avec toi ? Tu me plais. Pourquoi ça ne suffirait pas ?

Je hausse les épaules, mon ventre se serre. Il a l'air de souffrir.

– Pour moi, ça suffit. Mais je peux comprendre si pour toi ce n'est pas le cas.

– J'ai envie de me libérer. Je me sens tellement plus libre avec toi.

– Ah oui ?

– Je me sens prêt à vivre des aventures, je me sens intéressant et… *drôle*.

– Drôle. M. Stella, vous devez oublier cette idée.

Il me répond par un rire si profond et si chaud qu'il me fait frissonner de la tête aux pieds.

– À cause de toi, j'ai des pensées qui ne sont ni très politiquement correctes ni appropriées, encore moins chastes.

– Comme quoi ?

Confus, il cligne des yeux.

– Je préférerais te *montrer*. Je dois juste m'autoriser à le faire, si tu es d'accord.

Ma poitrine se contracte encore davantage. Je lâche un « d'accord » rauque.

Son regard est si honnête, tellement plein de douceur.

– Continueras-tu à être aussi libre avec moi ? Libre comme hier ?

J'acquiesce en portant mon verre à mes lèvres, les mains tremblantes. Mais comment faire ? *Comment ?*

– Dans ce cas, même s'il est difficile d'expliquer ses préférences, enfin, de mettre des mots sur des réactions physiques… (Il continue d'accumuler les mots, me regarde comme pour me demander de l'aide.) Mais ça aide de savoir.

Je suis perdue.

– Savoir ? Savoir quoi ?

Niall avale sa salive, jette un coup d'œil sur le côté pour vérifier que personne ne nous écoute.

– Savoir ce qui est bon… Pour être honnête, je ne sais pas si elle a déjà…

Je devine :

– Joui ?

– Ah, non… Elle jouissait toujours. Mais je ne sais pas si elle avait réellement *envie* de faire l'amour. Ou envie de *moi*.

J'ai l'impression d'avoir été percutée par un camion, il me faut un moment – et une gorgée de vin – pour m'assurer que ma voix ne se brisera pas quand je répondrai.

–Alors, c'est vraiment une conne. Comme je te l'ai déjà demandé, ça t'arrive de te regarder dans un miroir ?

Il éclate de rire mais semble le regretter immédiatement.

–Ruby, je ne veux pas la dénigrer. C'est la seule femme de ma vie. Ce que je voulais dire, c'est que nous n'avons jamais exploré les choses. Il y a une grande différence entre aller d'un point A à un point B et apprécier le voyage. (Ses yeux pétillent.) La nuit dernière, ton petit spectacle sans inhibition… tu m'as ouvert les yeux.

Je me fige en attendant qu'un serveur passe. Je comprends qu'il se protège dans sa carapace. Pendant dix ans, elle a construit une forteresse autour de leur vie sexuelle.

–Tu l'aimes encore ?

–Non. Ciel, non ! Mais notre relation m'a façonné. J'ai compris qu'elle couchait avec moi pour *me faire plaisir*. Jamais spontanément.

Je lève mon verre.

–Si tout tourne autour de mon plaisir, ça me va.

J'espère que cette plaisanterie détendra l'atmosphère.

–Tu es très généreuse, sourit-il. Mais c'est le grand problème. Qu'est-ce que les femmes aiment ? Ce n'est pas en regardant des films pornos que je peux m'en faire une idée…

–En effet. Même si nous *apprécions* les grosses bites et les mots cochons.

J'ai l'impression qu'il se sent enfin à l'aise avec moi. Il ne cille même pas.

–Mais le sexe oral, par exemple… commence-t-il avant de lever les sourcils.

–La plupart des femmes adorent le sexe oral.

Il lève la tête.

– Recevoir ?

– C'est une question sérieuse ?

– Oui, malheureusement. (L'air adolescent, il me sourit.) Donner ?

Je me mordille les lèvres en imaginant à quel point sucer sa queue serait bon, à quel point j'aurais envie de le faire gémir.

– Oh oui.

– Les femmes aiment avaler ?

La conversation a vraiment dérivé. J'ai du mal à conserver mon sérieux.

– Selon des probabilités de mon cru, ça doit être 70/30 en faveur de *ne pas* avaler.

Taquin, il me sourit.

– Dans quelle catégorie es-tu ? 70 ou 30 ?

Je murmure :

– Avec toi ? J'avalerais.

Niall inspire profondément, sa tête part légèrement en arrière. Le monde disparaît, il n'y a plus que lui et moi, autour d'une table, les yeux dans les yeux.

– J'en rêve.

Cette image, cette idée, réintroduit une tension entre nous, érotique cette fois. Je suis focalisée sur lui.

Soudain, je me sens courageuse :

– Dis quelque chose de cochon. Parle-moi de ton fantasme le plus fou. Coupe-moi le souffle.

Il hoche la tête comme si cette demande ne sortait pas de l'ordinaire, regarde ses mains posées sur la table avant de me fixer à nouveau. Ses cils sont tellement longs… Une fois de plus, il est naturellement viril.

Mais il m'apparaît comme un mec normal, plus comme l'idole sur laquelle j'ai fantasmé pendant des mois.

Je ne l'en désire que davantage.

Il se penche.

– J'aimerais beaucoup que…

– Plus direct, arrête de réfléchir.

Ses yeux s'obscurcissent, il regarde ma bouche.

– Je *veux* ça.

– Veux quoi ? Ne filtre pas ?

– Que tu me suces la bite, avec tant d'ardeur que tu me supplies silencieusement de te faire avaler mon foutre.

Oh !

Niall Stella apprend vite.

La serveuse arrive avec nos plats, les pose devant nous avant de nous demander si nous avons besoin d'autre chose. J'ai envie de lui demander un seau de glace. Pour ma chatte.

Je ravale un éclat de rire, Niall sourit.

– Tout va bien, merci.

– Waouh, bien joué. (Je suis toujours un peu étourdie.) Je ne suis plus sûre d'avoir très faim.

Le bruit ambiant revient comme un bruissement d'arrière-plan, me rappelant que nous ne sommes pas seuls dans une chambre d'hôtel. Nous nous penchons l'un vers l'autre, comme si nous allions nous embrasser.

Il murmure :

– Que faisons-nous ?

Je hausse les épaules.

– Nous essayons.

Il lève couteau et fourchette, commence à découper son steak.

– Moi, je suis affamé.

– La fringale post-coïtale ?

– Oh non ! grommelle-t-il en avalant une bouchée.

Il me dévisage en mâchant. Comment peut-il être aussi sexy *en mangeant* ? C'est injuste.

– Quoi ?

– Rien. Tu es juste hyper sexy quand tu manges. C'est très perturbant après ce que tu as dit sur le sexe oral.

Il esquisse une moue délicieuse avant de demander :

– On revient à des sujets de conversation normaux, alors ?

– Bonne idée.

Finalement, je goûte mon saumon.

– Ton mot préféré ?

Je lance sans hésitation :

– Con.

Moqueur, il s'exclame :

– Tu m'as volé le mien !

Je manque m'étouffer.

– À quel sens du terme pensais-tu ?

Il éclate de rire, découpe un autre morceau de steak qu'il engloutit avec appétit.

– Aux deux. Il y a beaucoup de choses que je pense mais que je ne dis jamais. J'adore ce mot. C'est vrai, je le prononce rarement à haute voix.

– Quel est ton contexte favori pour l'utiliser, alors ?

Il réfléchit un instant :

– Pour insulter quelqu'un au foot. Comme : « enlève ton maillot, sale con ».

Il grignote des haricots verts, sans faire attention à mes yeux écarquillés. Cet accent est tellement éloigné de l'accent londonien qu'il a adopté !

– Et toi ?

Je bois la moitié de mon verre de vin cul sec.

– Probablement quelque chose de plus cru.

– Ah oui ? Je pensais que les Américains détestaient ce mot.

– Pas *moi.*

Niall porte son verre de vin à ses lèvres et avale une grande gorgée.

– Je m'en souviendrai.

Chapitre 8

Niall

Nous finissons nos plats tranquillement. La conversation coule aussi facilement que le vin dans nos verres. Ruby aborde le sujet du sexe comme une jeune fille moderne, mais sa conception des relations est, à ma grande surprise, très traditionnelle. Entre le fromage et le dessert, elle m'avoue que, même si elle flirte très souvent, elle n'aime pas coucher avec des inconnus.

Je ne peux pas m'empêcher de la contempler : belle bouche, grands yeux, gestes suaves à chaque nouvel aveu. Son aisance dans la discussion m'émerveille. Malgré mon inexpérience et mes hésitations, elle ne perd jamais patience avec moi. En réalité, elle ne paraît même pas surprise.

Nos assiettes et la bouteille de vin sont vides. Ruby se lève. Elle saisit sa pochette de cuir, étire son cou et décoince son collier pris dans la fermeture Éclair de sa robe. balaie une mèche d'une main et se tourne vers moi.

C'est là qu'elle me surprend en train de la contempler, et elle sourit. Chacun de ses mouvements me subjugue.

– C'était délicieux.

Bon sang.

– C'est vrai, j'ai dévoré mon steak.

Je l'aide à mettre son manteau.

– Tu me dévorerais ? demande-t-elle en se dirigeant vers la sortie du restaurant.

Le bruit de la rue s'intensifie à mesure que nous approchons. Quand la porte s'ouvre, un grand courant d'air frais nous glace.

– Bien sûr. (Nous tournons sur Greenwich.) Mais tout dépend des circonstances.

Je me sens bouillir. Mes doigts sont douloureusement crispés, jusqu'à ce que je rassemble enfin assez de courage pour poser la main sur ses hanches. Elle se redresse et frémit, tend le bras et me prend la main.

Nos doigts s'entrelacent et nous nous mettons à marcher main dans la main.

– Es-tu inquiet par rapport au travail ?

– Au travail... ?

Je suis perplexe.

– *Nous* au travail.

Je fronce les sourcils.

– Ah ! Eh bien, non, pas pour l'instant.

Je lève une main pour héler un taxi et lui tiens la portière.

– Nous devons savoir exactement où nous en sommes et nous assurer que ça n'interférera pas avec nos activités professionnelles, mais...

Je la suis dans la voiture, en remarquant son sourire amusé, comme chaque fois que je me mets à bavarder.

– Je ne pense pas que notre relation soit interdite par une quelconque règle chez R-C.

– Non. (Elle me jette un coup d'œil rapide.) J'ai vérifié, il y a un bail.

– Il y a un bail ?

Elle se mord les lèvres et sourit.

– Il y a quatre mois, peut-être…

Le silence se fait dans l'habitacle, nous dépassons plusieurs blocs.

– Il y a quatre mois, je ne…

– … savais pas que j'existais, finit-elle à ma place. Je suis au courant. C'était pour que tu cesses de me plaire. Si j'avais lu que tout rapprochement était interdit, je n'y aurais plus pensé.

– Ou au contraire.

J'effleure sa joue.

– Peut-être. (Elle me caresse la paume de la main.) Quand m'as-tu remarquée ?

– Le jour où Tony m'a dit que tu m'accompagnerais, ce jour-là je t'ai *vraiment* remarquée…

Elle pose les doigts sur mon menton pour que je la regarde dans les yeux.

– Ne t'inquiète pas. Je sais que tu ne me voyais pas. Je ne le prends pas mal.

J'avale ma salive, contemple sa jolie bouche rose, ses yeux verts paisibles.

– Ce n'est pas que je ne te voyais pas, mais… (Je lutte pour ne pas la quitter du regard.) Ça reste totalement entre nous… Je crois que Tony a fait une allusion au fait que je profite de ce voyage pour t'encanailler…

– M'encanailler ? répète-t-elle en secouant la tête. (Soudain elle éclate de rire.) Quel gros porc !

Sa réaction m'apaise instantanément.

– Il ne pensait pas à mal.

– Oui, mais il a un côté pervers… Parfois, il nous regarde, Pippa ou moi, d'une manière…

Elle frissonne. Je grimace, parce que je ne veux pas lui donner raison. Pourtant, j'ai déjà remarqué la manière dont il lorgnait les femmes du bureau.

– Mais j'adore cette expression. « Encanailler ». C'est mignon et presque sexy. J'aime l'idée que ce soit toi qui me dévergondes.

Je ferme les yeux et inspire profondément.

– Je peux t'assurer que je n'ai pas pris sa suggestion au sérieux. Mais je suis un homme après tout. Même sans Tony, ne serait-ce que savoir que nous voyagerions ensemble m'aurait mis sur la voie. (Elle rit comme si elle me connaissait par cœur.) Je suis tombé sur toi dans l'ascenseur et…

– Et j'étais une *folle furieuse*.

Je la taquine.

– Oui. Une menace, réellement. Mais si je voulais partir si vite, c'est avant tout parce qu'être si près de toi me perturbait.

– Ma gêne immonde était communicative ?

– Sans doute. (J'effleure ses cheveux.) Tu plaisantes, mais pas moi. Il y a quelque chose, chez toi…

Elle ferme les yeux, mes doigts s'attardent dans son cou, sur sa clavicule. Sa peau douce est fraîche à cause de notre courte attente à l'extérieur du restaurant. J'ai du mal à imaginer la sensation que j'éprouverai à l'embrasser, encore moins, à lui faire l'amour. Je déchirerai littéralement ses vêtements selon la suggestion qu'elle m'a faite hier soir. Et je la dévorerai.

– Mais je t'ai entraperçue avant. Pendant les réunions, j'ai croisé ton regard...

Ruby semble soudain prise d'un doute, comme si je jouais avec elle.

– Ça ne me pose aucun problème de savoir que tu ne m'avais pas remarquée. Je comprendrais aussi que tu m'utilises comme un test pour savoir si tu peux fréquenter quelqu'un d'autre. Crois-moi, je suis une adulte consentante, je ne m'offusquerai pas.

– Je ne...

Le taxi vient de s'arrêter devant notre hôtel.

Je suis Ruby dans le hall puis dans un ascenseur bondé. Nous sortons au dixième étage en silence et marchons vers nos chambres dans un calme presque inquiétant.

Une fois devant ma porte, je lui dis :

– Je déteste l'idée d'un coup d'un soir. À part si je suis vraiment ivre, le sexe pour le sexe ne m'intéresse pas.

Elle se lèche les lèvres et me sourit d'un air malicieux.

– C'est mieux comme ça.

Les yeux patients et joueurs, elle continue à me dévisager. L'ambiance s'alourdit soudain.

– Je pense en effet que c'est plus agréable ainsi.

Elle lève les sourcils, comme pour me faire une proposition, et penche la tête vers sa porte.

– Merci beaucoup pour le dîner, c'était parfait.

Ruby me laisse dix secondes pour dire ou faire quelque chose avant de m'embrasser sur la joue, ratant de peu le coin de ma bouche.

– Bonne nuit, mon coup de cœur, hésitant, timide et sexy.

Je l'observe tourner les talons et marcher jusqu'à sa porte, à dix pas de là. Elle entre et la porte se referme presque sans bruit derrière elle. Je murmure :

– Bonne nuit, belle jeune fille exubérante.

~

Je lance à mon reflet dans le miroir :

– Quel imbécile ! Tu aurais pu l'embrasser. Tu as passé une soirée *géniale* avec elle ce soir. Tu aurais au moins pu l'inviter à entrer.

Je ferme les yeux et respire un bon coup. Ma peau est en fusion, et à moins de courir sous la douche tout habillé, ou de taper à sa porte, décidé à ne plus me poser de questions, je ne sais pas comment me sentir mieux.

Je me souviens parfaitement de chaque sourire, de chaque éclat de rire, de sa tête renversée en arrière, de ses yeux fermés. Ruby semble apprécier chaque minuscule instant de son existence. C'est peut-être la raison pour laquelle je n'arrive pas à me résoudre à m'éloigner d'elle. Je voudrais la mettre sur un piédestal, me nourrir de son énergie, de sa douceur.

Dis quelque chose de cochon. Parle-moi de ton fantasme le plus fou. Coupe-moi le souffle.

Je retire ma veste, ma cravate et ma chemise que je pends dans le placard. Puis le reste de vêtements. Mon épiderme est hypersensible, comme irrité. Je suis sur le point d'éclater. Et je me sens vraiment stupide. Ruby ne m'aurait pas dit non si j'avais fait le premier pas et si je l'avais embrassée. Elle ne m'aurait pas dit non si je lui avais simplement demandé :

– Viens, montre-moi comment faire tout ça pour de bon. J'ai peur de tout foirer.

Parce que, sincèrement, je n'ai jamais fait un tel saut. Dans ma vie professionnelle, oui. J'ai toujours su où je voulais aller et je suis toujours parvenu à mes fins. Mais ma vie personnelle a toujours été un fleuve tranquille. Quand nous avions seize ans, Portia a surgi de la forêt à côté de chez mes parents et a suggéré que je l'embrasse. À dix-huit ans, elle m'a informé qu'elle était prête à faire l'amour. Bien sûr, elle n'a pas résisté à le raconter à sa mère. Ses parents, des Windsor-Lockhart, ont immédiatement *suggéré* le mariage. Le reste a suivi : des noces majestueuses, un appartement que nous avons acheté avec l'argent de son père (mais que j'ai remboursé en quatre ans), une voiture, un chien, un mariage construit sur des idées toutes faites.

Je ne repasserai jamais par là.

Nouveau plan, alors. Je vais laisser se développer cette facette secrète de ma personnalité qui a hiberné pendant toutes ces années (romantique, passionné, à la quête d'aventures avec quelqu'un un peu plus fou que moi) et ne pas retomber dans la politesse, la facilité, la routine.

Si Ruby veut que je m'ouvre, je ferai tout pour lui plaire.

Je lui demanderai clairement ce que je veux.

J'apprendrai à jouer.

Je lui montrerai que je peux lui offrir ce qu'elle désire.

Cette courte réflexion me soulage. Je m'assieds en boxer, devant la table, pour écouter la tonne de messages vocaux du bureau de Londres qui m'attend dans mon téléphone. J'active mon dictaphone, prêt à prendre des notes après chaque message : ceux qui nécessitent une réponse immédiate, ceux qui peuvent être gérés par mon assistante, ceux qui apportent seulement une information.

Ruby sourit souvent, la langue coincée entre les dents. Curieux, je repense au sorbet à l'ananas qu'elle a dégusté : sa langue était-elle glacée ? Froide et sucrée ? Aime-t-elle qu'on lui lèche la langue ?

Que ressentirait-elle si elle mangeait une cuillerée de sorbet puis me léchait, sa langue glacée sur ma…

J'imagine Ruby devant ma porte, dans son petit short et son débardeur en soie, les pointes des seins tendues, la taille et les hanches mises en valeur par le pyjama. Elle entre dans ma chambre, un verre d'eau glacée dans une main ; de l'autre, elle me pousse jusqu'au lit.

– Ne t'assieds pas, m'avertit-elle.

J'acquiesce sans prononcer un mot. Je ne porte que mon boxer. Elle ne dit rien d'autre, elle ne m'embrasse même pas. Elle sourit, sa langue rose coincée entre ses dents, et fait glisser son short.

Concentré sur mon fantasme, je retire mon boxer.

Je bande, ma queue épaisse pointée vers elle. Médusé, je la regarde prendre un glaçon dans sa bouche, le sucer, le faire descendre sur mon ventre, puis sur mes hanches.

Elle effleure l'intérieur de mes cuisses, puis saisit ma queue et mes testicules, sans avoir peur de serrer. Je gémis. Je suis finalement assez courageux pour poser ma main sur la sienne et plonger l'autre dans ses cheveux. Ils sont doux, exactement comme j'imaginais. Je tire dessus, elle halète.

Elle ne s'attendait pas à ça. Le glaçon tombe de sa bouche.

Je saisis ma queue en gémissant. D'une voix trop forte dans la chambre vide, je marmonne: «Lèche».

Les yeux de Ruby, brillants, malicieux, se ferment à demi. Obéissante, elle acquiesce. Et lutte pour m'atteindre, malgré la pression que j'exerce sur ses cheveux.

– Tu es magnifique, putain, je marmonne en accélérant ma caresse.

Je rêve de la sensation de son poing sur mon gland, de sa langue douce et fraîche et... je soupire.

– Doucement... Je veux que tu joues avec ta langue avant de me supplier.

Sa langue sort de sa bouche, lèche, suce plus fort. Avide, coquine. Je me retire un peu, m'essuie sur ses lèvres:

– À quoi pensais-tu au dessert? Quand tu léchais ta cuillère ou quand tu suçais ton doigt plein de sauce? Tu imaginais ma queue entre tes lèvres?

Elle acquiesce, ouvre la bouche et me regarde, les lèvres ouvertes pour moi.

– C'est ce que tu veux?

Elle acquiesce encore et murmure:

– S'il te plaît.

Avec un gémissement, je m'enfonce profondément dans sa bouche qui se scelle autour de moi. Je sens la vibration de son gémissement de surprise. Elle écarquille les yeux, se détend, lèche en gémissant doucement, les yeux fixés sur moi. Je pénètre sa bouche, le souffle court, et lui défonce la gorge en murmurant:

– Comme ça...

Et

– Oh! ma chérie... suce moi...

Et

– Je n'oublierai jamais ton expression. Jamais.

Elle me caresse les couilles, c'est merveilleux. Tellement bon, je suis tellement prêt à jouir mais c'est trop tôt. Je veux regarder son visage quand elle m'offrira un orgasme.

Je ferme les yeux. Presque sept ans que personne ne m'a sucé. La bouche de Ruby, sa langue, ses idées cochonnes m'obsèdent.

J'effleure son menton.

– Je jouis, Ruby. Ruby, s'il te plaît. Tu avales ?

Et après un mouvement brusque des hanches, le plaisir monte dans tous mes membres, une déferlante de chaleur, ma peau rougit

Et

Et

– Ohhh...

Je jouis sur mes doigts en gémissant son prénom.

~

Il me faut une bonne minute pour que ma vision retrouve sa netteté. J'utilise mon boxer pour me nettoyer la main et essuyer le sol devant moi. La chambre est soudain très calme, comme après un spectacle.

Sur la table, ma montre fait tic-tac.

Je jette un coup d'œil à mes affaires et me sens rougir.

Mon dictaphone est resté allumé...

J'appuie sur le bouton « rembobiner ». Rien ne peut être plus mortifiant que de s'écouter se masturber. Je peux tout rembobiner, tout effacer.

Mais quelque chose me fait hésiter. Je repose l'appareil sur le bureau en fixant le mur qui sépare nos deux chambres.

Ce soir, j'ai raté une opportunité d'aller plus loin avec Ruby, mais ça ne se reproduira plus. J'ai confiance en elle. Étrangement, en quelques jours seulement, j'ai l'impression de mieux la connaître que Portia en presque onze ans de mariage.

Je *peux* donner à Ruby ce qu'elle désire.

J'appuie sur «enregistrer». Je prends mon téléphone, compose son numéro et attends.

Mon cœur bat tellement fort.

Deux sonneries.

Tu peux le faire, Niall. Oui.

Enfin, elle répond. Elle s'éclaircit la gorge avant de prononcer mon prénom:

– Niall?

– Coucou, Ruby.

Elle murmure:

– Tout va bien?

Mon cœur bat à tout rompre dans ma poitrine. Je viens de réaliser que je suis *totalement nu* dans ma chambre d'hôtel, au téléphone avec elle.

– Tout va bien...

Je ferme les yeux en l'imaginant écouter l'enregistrement de ce que j'ai fait et réaliser que je l'ai appelée juste après. Je souris:

– Je voulais juste m'assurer que tu serais là à la réunion de huit heures et demie demain matin.

Silence. Déçue, elle répond:

– Bien sûr. Rendez-vous à la réception à huit heures moins le quart?

Je jette un coup d'œil à l'horloge. Presque minuit. Dans quelques heures, je la verrai de nouveau.

– Oui. Parfait.

– Bonne nuit.

– Bonne nuit, mon cœur.

Je raccroche et appuie sur le bouton « arrêt » du dictaphone.

Chapitre 9

Ruby

Le lendemain, dans l'ascenseur, je retiens mon souffle. Il est 7h43, Niall sera forcément déjà en bas, dans un costume immaculé, avec ses cheveux parfaits et son corps à baiser comme un dieu. Seule inconnue : je ne sais pas avec *quel* Niall je passerai la journée aujourd'hui.

S'agira-t-il du Niall taquin, séducteur, du dîner d'hier, qui pourrait être mon petit ami ? Celui qui m'a donné envie de me caresser à la seconde où je suis entrée dans ma chambre ? Ou sera-t-il remplacé par l'étrange et abrupt M. Stella qui m'a appelée une heure plus tard ?

L'esprit de Niall semble être son pire ennemi. Incapable de le laisser en paix, de ne pas lui envoyer des signaux contradictoires qui l'empêchent de *s'amuser*, tout simplement. Pendant le dîner, il est sorti de sa carapace, il m'a taquinée, a osé tenir des propos grivois en me regardant dans les yeux. Mais une heure seul dans sa chambre a suffi à balayer tout ce que nous venions de construire.

Une petite voix en moi murmure que je devrais faire attention, allumer mes warnings intérieurs. Même s'il a des airs de roi du monde, Niall est un type qui pense à tout, prend des précautions en permanence et ne sait pas ce qu'est la spontanéité. Je devrais peut-être apprendre à maîtriser l'instinct qui me pousse à foncer et à réfléchir après.

Un bon conseil, j'en suis persuadée.

Les portes de l'ascenseur s'ouvrent. Niall Stella m'attend. C'était quoi, ce conseil déjà ?

Comme toujours quand je le vois, mon cœur bat plus fort. Ma peau se hérisse et se met à brûler. Il jette un coup d'œil dans ma direction et croise mon regard. Les gens sortent de l'ascenseur, j'attends une réaction de sa part – n'importe quoi. Mes pieds tremblent sur le marbre, j'avance lentement vers lui. Je m'efforce de regarder ailleurs, d'ajuster la ceinture de mon trench-coat, de lever la tête. Niall n'est qu'un homme, et d'après ce qu'il m'a raconté la nuit dernière, j'ai plus d'expérience que lui dans ce genre de situation. C'est *moi* qui ai la main.

Continue à te le répéter.

Le manteau négligemment jeté sur le bras gauche, il regarde l'heure et lève un sourcil en me voyant arriver.

– Tu es ponctuelle.

Taquin. Le souffle coupé, je me redresse.

– L'exactitude est la politesse des rois.

– Tout à fait d'accord. Et c'est *très* sexy.

Sa voix, plus grave ce matin, respire la confiance. Son accent transforme certains mots et les rend beaucoup plus plaisants. J'en ai des frissons partout. Si quelqu'un d'autre prononçait cette phrase ainsi, je penserais qu'il compte passer à l'acte tout de suite. Mais pas M. Collet Monté. Je suis plus que certaine qu'il ne m'arrachera pas mes vêtements dans le lobby d'un hôtel ou pendant une réunion avec l'Autorité du transport de New York.

Il est beaucoup trop méthodique pour ne pas s'en tenir au strictement professionnel. Pourtant hier, il m'a dit qu'il ne voulait plus faire dans le politiquement correct. Notre relation est de plus en plus nébuleuse, mais je le laisse décider de son évolution au fur et à mesure. J'avais imaginé qu'il voudrait commencer tout de suite. Ou encore qu'il m'embrasserait pour me dire bonne nuit.

Je lui lance un regard interrogateur, il enfile son manteau et me fait signe de passer devant :

–Je t'en prie.

~

Au milieu de la première réunion, nous profitons d'une pause pour faire quelques pas en dehors de la salle de conférence. Ces discussions portent sur le budget, la perception publique plus que sur les structures elles-mêmes. Ce n'est pas mon domaine d'expertise. Mais j'écoute –les thèmes qui me semblent les plus obscurs aujourd'hui sont les plus intéressants pour le futur.

Cependant, même Niall semble distrait. Il fixe inlassablement la même page de son agenda, je dois le secouer deux fois pour qu'il réponde à une question. Il me regarde à peine, mais quand je lui tends des documents, ses mains s'attardent sur les miennes. Son mollet effleure un peu trop délibérément le mien pour que ce soit une pure coïncidence.

En réalité, son manque de concentration commence à m'irriter. Il m'attire sur le côté en me demandant si ça me dérangerait de ne pas assister à la fin de la réunion. Je lui en suis profondément reconnaissante.

–Je sais que c'est terriblement impoli… (Il fait un geste vers son téléphone.) Je croule sous les messages et les problèmes à résoudre. Rien de trop urgent, mais Jo m'a appelé pour me donner des noms et des dates dont j'ai besoin pour un conf-call avec Tony. Serais-tu d'accord… (Il me lance un regard d'excuses.) Je sais que tu n'es ni mon assistante ni mon employée. Mais pourrais-tu écouter les messages et prendre des notes pour moi ?

Je soupire de soulagement. Son incapacité à se concentrer s'explique *et* il m'épargne au passage deux heures de conférence.

Je prends son téléphone.

–Avec plaisir. Ces réunions d'équipe n'ont rien à voir avec mon département. Donne-moi n'importe quoi à faire pour m'empêcher de perdre la tête…

Un mur de verre sépare la salle de conférence d'une petite salle d'attente. Dans cet espace se trouvent deux canapés en cuir blanc, quelques tables d'acier et deux chaises. Une série de fenêtres donnent sur une rue pleine de restaurants et d'arbres presque en fleurs. Je m'affale sur le canapé, sors un carnet, un stylo, et commence à déverrouiller son téléphone.

–Une chose encore.

Sa voix me fait sursauter.

–Le mot de passe, c'est ma date d'anniversaire.

–0603, je sais. (Il me dévisage, surpris. Je lui souris.)

Maintenant, je meurs de honte. Parce que j'ai vraiment l'air d'un *stalker*.

Il éclate de rire.

– Mes mots de passe ne sont pas très originaux.

– Si tu observes quelqu'un assez longtemps, tu devines plein de choses.

Niall glousse, secoue la tête et me remercie encore, avant de tourner les talons. Il se fige dans l'embrasure de la porte :

– Oh et… Ruby ?

– Ouais ?

– N'oublie pas de *tout* écouter. Certains messages sont très longs et… il y en a un à la fin qui est particulièrement important.

– Compris.

Je ne me cache même pas pour mater son cul quand il s'éloigne.

~

Du canapé, je peux l'observer à loisir. Il s'arrête à la table des rafraîchissements pour prendre une bouteille d'eau avant de retrouver son siège. On dirait qu'il a rougi. Est-ce un jeu de lumière ?

Comme je vais manifestement avoir beaucoup de messages à écouter, j'attrape mon sac pour chercher mes écouteurs. Après les avoir mis en place, je déverrouille le téléphone. Quatre messages. Comme je m'y attends, le premier vient de Jo. Elle énumère les noms et les dates correspondant à l'ordre du jour, je prends tout en note minutieusement. Le deuxième et le troisième sont du même ordre. En trois minutes, je remplis une page entière de mon cahier.

Je lève les yeux, il discute avec un type assis à côté de lui. Même si je n'entends pas sa voix, je *distingue* la manière dont sa bouche forme les mots avec son accent sexy. Ses lèvres bougent davantage, les mots s'attardent dans sa bouche. L'entendre chuchoter dans mon oreille, me murmurer des ordres, me dire ce qu'il veut, doit être tellement sensuel…

Un jour, j'écrirai un roman pour recenser toutes les choses mystérieuses qui m'attirent chez lui.

Dernier message. Je choisis la fonction dictaphone de son portable. J'appuie sur « play » en croisant le regard de Niall. Je m'attends à entendre quelqu'un parler, mais la ligne semble brouillée. Quelqu'un respire… ou est-ce un ventilateur… le bruit des voitures ? J'entends un froissement comme si un vêtement frôlait le combiné. Je saisis le téléphone pour vérifier qu'il ne s'agit pas d'un problème technique.

Et j'entends *« Ahhh »* et *« Ça »*. Je suis ahurie.

– *Tu es magnifique, putain.*

Je connais cette voix. J'ai passé les six derniers mois à tendre l'oreille pour la repérer dans les réunions et les couloirs de la société. L'entendre me parler, à *moi*. C'est Niall et je crois qu'il…

– *Doucement… Je veux que tu joues avec ta langue avant de supplier.*

OH SEIGNEUR !

Je blêmis. Suis-je tombée sur quelque chose que je ne devrais pas écouter ? Est-ce vraiment Niall ? Je ne le vois pas faire un tel enregistrement, encore moins me le faire écouter ensuite.

À moins que le bouton enregistreur se soit enclenché sans qu'il s'en rende compte. Était-il… *avec quelqu'un* ? Devrais-je lui dire ce que j'écoute ?

– À quoi pensais-tu au dessert ? Quand tu léchais ta cuillère ou quand tu suçais ton doigt plein de sauce ? Imaginais-tu ma queue entre tes lèvres ?

Dessert ? Parle-t-il…

Je me redresse et jette un coup d'œil à la salle de conférence, il me cherche du regard. Je ne sais pas depuis combien de temps il m'observe, mais il acquiesce lentement. Il sait ce que j'écoute ; il a tout prévu pour.

– C'est ce que tu veux.

– Comme ça…

– Oh ! ma chérie… suce-moi…

Il se masturbait en imaginant que je le suçais…

Il a dû le faire juste après le dîner – *bordel de merde !*

Il fait 20 degrés dans cette salle et je transpire.

Niall ne me quitte pas des yeux. Ce regard est encore plus érotique que n'importe quel geste. Rien ne pourrait être aussi sexy, même s'il montait sur moi là, tout de suite. Ou juste à peine. Comment peut-il me faire un tel effet ? Nous nous sommes à peine effleurés, pourtant j'ai l'impression que notre relation est plus intime que toutes celles que j'ai vécues par le passé.

– Je n'oublierai jamais ton expression. Jamais.

Je croise les jambes et les serre. Je suis trempée et prête à faire exactement tout ce qu'il dit.

– Je jouis, Ruby. Ruby, s'il te plaît. Tu avales ?

~

Quand le groupe se sépare pour déjeuner, je perçois l'hésitation de Niall à me rejoindre. Il doit maintenant se confronter à moi – à ce que j'ai écouté – sans la distance de sécurité, le mur de verre, quinze ingénieurs et employés des transports publics entre nous. Il est nerveux, c'est tellement mignon.

Au moment où il ne lui est plus possible de continuer à traîner, il récupère ses affaires et sort.

– Tu as faim ?

– Oh oui !

Je me demande – *j'espère* – qu'il a compris le sous-texte.

À la manière dont il triture son nœud de cravate, j'ai l'impression que oui.

De la tête, je désigne le couloir.

– On y va ?

Je le guide hors du bureau, dans un couloir qui se vide lentement. Un type de la réunion nous arrête en chemin.

– Il y a un déjeuner prévu à l'étage au-dessus. C'est la Journée nationale du taco ou quelque chose comme ça, si vous avez faim. Ça va être cool.

C'est clairement la chose la plus cool que *ce mec* vivra aujourd'hui.

– Nous devons prendre contact avec le bureau de Londres, dit doucement Niall. Mais nous reviendrons dès que possible.

L'intrus s'éloigne avec un hochement de tête, nous continuons à avancer jusqu'à ce que les voix ne deviennent plus qu'un murmure lointain.

– On appelle Londres ?

– Pas exactement. (Il me jette un coup d'œil en souriant.) J'imagine que tu m'emmènes dans un endroit tranquille pour parler.

– *Parler*? dis-je avec un petit sourire.

Il esquisse une moue de ses lèvres magnifiques.

– Peut-être.

– D'ailleurs, voici tes notes.

Je lui tends le cahier.

– Ah ! merci.

Au bout du couloir, une salle sombre. Je le pousse à l'intérieur, ferme les portes derrière nous. Appuyée contre le mur froid, je lance :

– Tes messages étaient vraiment… captivants.

– Captivants ?

Il s'approche d'un pas.

– Ils m'ont fait de l'effet. (Je glousse.) Profondément.

Niall hoche la tête et sourit. Son expression est adorablement malicieuse. Il murmure :

– Comment ?

Je suis sur le point de lui répondre quelque chose de coquin, un trait d'humour, mais nos regards se rencontrent et toute pensée cohérente quitte brutalement mon cerveau. Mon cœur bat si fort – je réalise que ce n'est pas un fantasme, ou juste du flirt. Je ne rêvasse pas en pleine réunion du jeudi.

J'ai vécu tant de moments spéciaux avec Niall Stella que j'ai arrêté d'en tenir le compte.

Le Nombre de Fois Où Niall Stella… A Touché mon Mollet, Replacé Mes Cheveux Derrière Mon Oreille, M'a Regardée Dans Les Yeux et M'a Demandé Si J'ai Joui.

M'a Dit Qu'il Voulait Que J'Avale Son Sperme.

S'Est Enregistré en Se Masturbant en Pensant à Moi.

Est Sur le Point de M'Embrasser.

Il se passe quelque chose de réel. Entre *nous*.

–Réponds-moi.

Impossible.

–Je n'en peux plus…

–Explique-moi.

Sa voix est pleine de douceur et d'autorité. Il m'embrasse dans le cou.

–Ça veut dire quoi, tu n'en peux plus ?

Il sait. Il doit savoir. Mais il veut m'entendre prononcer les mots.

–Ça signifie que je suis trempée.

Il inspire profondément, effleure mon cou et mes joues du bout du nez.

–Bordel, Ruby, tu veux bien lever les yeux et *m'embrasser* ?

À bout de souffle, le cœur battant, je le contemple. Il est encore plus beau de près : sa peau parfaite, claire, ses lèvres pleines et douces, les cils les plus longs que j'aie vus sur un homme. L'odeur de son eau de Cologne imprègne la pièce, je suis enivrée par sa présence, par la certitude que je vais le toucher. *L'embrasser*. Qu'il me laissera l'embrasser.

Les lèvres ouvertes, il se penche pour m'embrasser. Il s'attend à un petit baiser, à m'effleurer simplement les lèvres. J'en suis sûre parce que je le connais par cœur, mais aussi à cause de son expression douce, de ses mains qui m'attrapent délicatement par la taille.

Mais hors de question de l'embrasser avec réserve. J'attends ce moment depuis trop longtemps. Le soulagement me submerge. Être si près de lui, sentir l'odeur de la peau chaude de Niall Stella, c'est tellement bon. Je l'attire contre moi et lui donne tout sauf un petit baiser. Je couvre ses lèvres des miennes, je mordille sa lèvre inférieure, il soupire et gémit contre moi.

J'ai envie de l'avaler, d'engloutir ses gémissements, de les garder en moi pour pouvoir les écouter plus tard, en boucle.

Sa bouche est merveilleuse : des lèvres fermes et la combinaison parfaite de la douceur et de la fermeté, il prend et donne avec générosité. Tout tourne autour de moi. Je plonge les mains dans ses cheveux, colle mes seins à son large torse et laisse échapper le gémissement de soulagement et de désir le plus ridicule de la Terre.

Excité et surpris, il halète plus fort. Il me serre contre lui comme s'il allait me briser.

Je suis penchée en arrière, il m'enlace, ses lèvres quittent les miennes pour laisser échapper un autre gémissement, sa langue glisse dans ma bouche pour me goûter.

Je suis certaine qu'il sent les battements de mon cœur contre son torse.

Sa queue durcit progressivement contre mon ventre.

Je le désire tellement fort que j'en deviens folle, je gémis. Sa langue glisse sur la mienne. J'ai à peine le temps de comprendre ce que je dis avant de murmurer :

– Niall. *S'il te plaît.*

– S'il te plaît quoi ? (Il m'embrasse l'oreille.) Tout ce que tu voudras.

– Juste… embrasse-moi.

Il rit.

– Je croyais que c'était ce que je faisais, justement.

– Alors, touche-moi. *Fais quelque chose.* J'ai l'impression…

– Montre-moi, chuchote-t-il contre ma bouche. Montre-moi où tu mouilles.

Je ne peux pas retenir un gémissement, je m'écarte juste assez pour le regarder dans les yeux.

J'entrelace mes doigts avec les siens et lève nos mains pour embrasser la sienne. Il me contemple avec intensité et acquiesce lentement. Je glisse nos mains toujours entrelacées sous l'ourlet de ma jupe.

– Oui… grogne-t-il en sentant ma peau nue puis le tissu mouillé de ma culotte.

Je fais un pas en arrière, puis un autre, jusqu'à avoir le dos plaqué contre le mur.

Il suit mes instructions silencieuses et glisse les doigts sous la dentelle, là où ma peau est trempée de désir.

– Déjà…

Il gémit.

Incapable de formuler une réponse, je hoche la tête. Je le désire tellement que c'en est douloureux. Il me touche *enfin*, son long index glisse sur ma peau nue et trouve l'endroit où je rêve qu'il me caresse.

Ici.

Oh ! Seigneur, ici.

Oh ! c'est tellement bon.

Sans réfléchir, je commente tout.

Il revient de mon vagin vers mon clitoris, avec un doigté dont l'habileté me surprend pour quelqu'un qui n'est pas sûr d'être doué au lit. Il m'embrasse le coin de la bouche, puis remonte vers mon oreille.

– C'est ce que je voulais, murmure-t-il. Ce à quoi je pensais. Ce que j'imaginais hier soir. J'imaginais ta langue douce, ce que j'éprouverais en te touchant juste là. Ce que je sentirais en me glissant en toi. C'est presque devenu une obsession.

Je recule dans la porte pour fuir l'urgence de ses mains ou lui tomber dans les bras. Je ne suis pas sûre.

Je sais simplement que je suis perdue, à un cheveu de m'effondrer en mille morceaux.

– Viens… (Ma voix se brise.) Je veux jouir en te sentant en moi.

– Quand tu parles comme ça… (Il me pénètre d'un doigt, puis de deux, et me caresse.) Bon sang…

La sensation monte en moi, je ne sens plus mes jambes. Mes baisers sont désordonnés, j'embrasse ses lèvres, son menton. Je gémis avec désespoir, étouffe mes soupirs dans sa bouche. Son pouce dessine des cercles, ses doigts vont et viennent. À chaque à-coup, il va un peu plus loin, décuplant mon excitation.

La sensation atteint son paroxysme, je jouis en m'arquant contre sa main. Il m'embrasse et murmure des choses que je comprends à peine.

– Offre-moi tes gémissements. Je veux pouvoir y repenser ce soir.

Mais la soirée nous appartient. Pas de réunion, pas de dîner prévu avec les gens de la conférence. Personne ne nous interrompra. Je me demande s'il est au courant, lui aussi. Faire comme ça est peut-être plus facile pour lui. Les bruits distants du bureau, dans l'autre pièce, nous rappellent, même de loin, que nous ne pouvons pas aller trop loin. Ça doit le rassurer. Peut-être…

– Je n'arrive pas à croire que ce soit à mon tour de dire ça, fait-il en m'effleurant le nez. Arrête de réfléchir.

– Mais… waouh.

J'ai envie de me laisser couler par terre comme du miel. À regret, il retire sa main et m'enlace.

– Waouh, c'est positif. Je garde ce « waouh ».

Je lance avec un sourire stupide :

– On devrait recommencer.

– Tu as joui tellement vite dans mes bras…

– Sans blague.

L'air un peu plus sérieux, il jette un coup d'œil à la porte.

– Nous sommes partis un bon moment, nous devrions rejoindre les autres.

– Tu…

Je regarde sa queue. Il bande toujours – vraiment beaucoup –, mais il arrête ma main.

– Je suis habitué à me retenir…

Je fronce les sourcils.

– Mais je…

Comme un signal, une voix nous appelle de l'autre côté du couloir. Temps écoulé.

Pour l'instant. Nous avons une nuit tout entière, et je compte bien en apprécier chaque seconde.

Chapitre 10

Niall

Ruby n'arrête pas de me lancer des regards en coin ; elle mijote quelque chose.

Elle se mordille la lèvre inférieure et me regarde, avant de fixer ostensiblement mon cou, mes bras, mes mains. J'articule :

– Quoi ?

Elle hausse les épaules.

– Rien.

Sa langue sort discrètement. Elle *sait*. Elle doit savoir à quel point sa langue m'excite. Rose, douce, taquine.

Je me force à regarder la femme qui dirige les discussions du jour sur le budget d'aide aux victimes des ouragans. Dans la salle, les paupières se ferment, les mains s'alanguissent sur les carnets. Pour ma part, j'ai trouvé toutes les réunions de la semaine très intenses mais fascinantes. J'adore mon travail – le sujet de la préparation aux catastrophes naturelles, tous les aspects que nous nous sommes réunis pour traiter me passionnent. J'aime mon travail comme peu de gens : c'est mon échappatoire, mon hobby. Donc, quand je cherche l'horloge des yeux, quand je pense à Ruby et à ce qui risque d'arriver ce soir, je me sens étrangement coupable.

Nous n'avons pas de réunion, aucune obligation sociale. À partir de dix-sept heures jusqu'au matin, plus rien n'existera en dehors de nous deux.

Avec Portia, nous avons eu tout le temps du monde pendant onze ans. Et pourtant, même au début de notre relation, nous ne ressentions pas le besoin de passer *plus* de temps ensemble. Tout semblait plus important que déjeuner tous les deux ou même regarder la télé ensemble. Notre travail, nos projets personnels primaient toujours. Mais Ruby semble frémir rien qu'à l'idée de passer quelques heures seule… avec *moi*.

Ce qui s'est passé au déjeuner est significatif : nous avons tous les deux envie d'aller au-delà du simple flirt, tellement agréable de jour, pour évoluer vers quelque chose de plus intime la nuit.

Mais y parviendrai-je ? Je n'ai pas l'habitude d'exprimer mes émotions, je suis encore moins habitué à être nu avec quelqu'un. Je l'ai fait jouir. Je sais que je peux lui donner toujours plus de plaisir. Ce n'est pas ce qui m'inquiète. Ce qui m'inquiète, c'est de savoir qu'elle me rendra la pareille.

Si je veux lui faire l'amour ce soir, je peux. Si j'ai envie de plonger mon sexe dans sa gorge, je peux. Si je veux poser des limites, *je* les établirai moi-même. Mais ai-je vraiment besoin de limites ou est-ce que je pense que je *devrais* ?

Mon estomac se noue, mon attention revient sur la femme en bout de table. Du coin de l'œil, je vois Ruby pencher la tête et me regarder. Elle commence à si bien me connaître qu'elle lit toutes mes pensées sur mon visage. Comme si elle possédait un décodeur, comme si c'était la seule personne, en dehors de mon frère et ma plus jeune sœur, capable de savoir en un seul regard que je cache quelque chose.

Elle m'examine et son expression s'adoucit. Elle sourit et articule :

– Ne t'inquiète pas.

Ensuite, elle revient à ses notes. Soudain, mes épaules se relâchent, ma mâchoire se détend.

Laisse-toi aller, murmure-t-elle dans mes pensées. *Nous aviserons ensemble.*

~

Nous rentrons à l'hôtel en discutant de la réunion, du temps anormalement doux, du groupe qu'elle rêve de voir et qui passe à New York. Elle me parle de tous les merveilleux petits riens que j'ai envie d'entendre, me distrayant de mes angoisses à propos de la soirée à venir.

Au Parker Meridien, Ruby m'attire dans l'ascenseur, me guide dans notre couloir et s'arrête devant la porte de ma chambre. Elle me dévisage de ses grands yeux verts :

– Donc. C'est le moment de prendre des décisions. Tu veux sortir avec moi ce soir ? (Elle pose les mains sur mon torse.) Aucune pression. Je peux aller dans ma chambre et me masturber devant un film avec Ryan Gosling, et toi passer la soirée seul à te mortifier parce que tu ne m'as pas vue seins nus. Le choix t'appartient.

J'avale ma salive, inspire profondément avant de l'embrasser. D'abord sur le coin de la bouche, puis sur la joue et l'oreille.

Je murmure :

– Oui, s'il te plaît.

– Donc… dit-elle en étirant le mot au maximum. Dîner dehors ou ici ?

Il me faut moins de trois secondes pour décider.

– Ici.

Elle sourit, me prend la carte de la main et entre. Elle sautille dans la chambre pour enlever ses chaussures, se jette sur le lit, plonge le visage dans l'oreiller.

– Oh non ! Ils ont changé les draps. Cet oreiller n'a pas ton odeur.

Elle s'allonge sur le dos et le serre quand même contre sa poitrine.

– Je leur demanderai de laisser les draps demain.

En imitant ma voix, elle réplique :

– Excellent.

Je lui souris. Elle attrape le menu du room service sur la table de chevet et l'ouvre :

– Qu'est-ce qui te ferait plaisir ?

Je m'appuie sur le bureau en la contemplant. J'aime la voir dans ma chambre, sur ce lit, à l'aise dans ce rôle de… *petite copine*.

Je défais mes lacets.

– Hum. Un burger, peut-être ?

– C'est une vraie question ? (Elle jette un coup d'œil au menu.) Ils n'ont pas beaucoup de choix. Cheeseburger et frites ?

– Parfait.

– Et une bière brune ?

Elle laisse tomber le menu par terre et décroche le téléphone. J'entends une voix répondre à l'autre bout du fil, Ruby rit et pose une main sur le combiné. D'une voix amusée, faussement indignée, elle murmure :

– Il m'a appelée Madame Stella.

Je souris en enlevant mes chaussures. Mme Stella, c'est ma mère, et il y a très longtemps, c'était Portia. « Mme Stella » n'est pas une créature pleine de vie, installée sur mon lit, la jupe dévoilant ses longues cuisses.

Mais c'est le problème, n'est-ce pas ? Je pense toujours que Ruby est un peu trop drôle, un peu trop jolie, un peu trop aventureuse pour moi. J'ai une image précise des filles qui me conviennent, qui m'apprécient, et elles ne ressemblent en rien à Ruby.

Si elle m'avait entendu penser ça, elle aurait balancé le téléphone contre le mur et m'aurait hurlé dessus.

Je l'écoute commander, confirmer notre choix et raccrocher. Tout est si normal, facile, agréable. Je me détends progressivement.

Elle tapote le lit à côté d'elle, lève les sourcils et me sourit, séductrice :

– Nous avons approximativement quarante-cinq minutes pour faire des bêtises.

– Ruby...

Son sourire s'affaiblit un peu.

– Pourquoi as-tu si peur d'être dans un lit avec moi ? (Malgré un éclat de rire, je la sens embarrassée.) Je ne vais pas voler ta vertu, je le promets.

– Ça n'a rien à voir avec le fait d'avoir peur. Je...

Je sors ma cravate du col de ma chemise et la pose sur la chaise du bureau. Chaque fois que je veux m'expliquer, dire quelque chose d'important - de *personnel* -, les mots s'évaporent. C'est pourquoi j'avais abandonné depuis longtemps avec Portia.

Mais je dois arrêter de tout comparer avec mon mariage. Ruby tente de m'aider à retrouver qui je suis, je dois la laisser faire.

Nouvelle relation. Nouvelles habitudes.

- Explique-moi.

Je ferme les yeux en ordonnant mes idées.

- J'ai l'impression de m'être à peine fait à l'idée d'être avec toi. Je conçois tout juste les implications de cette situation. Et nous voilà dans une chambre, sur un lit. Même si normalité et vie amoureuse ne vont pas forcément de pair, je pense que, normalement, je devrais t'emmener dîner plusieurs fois, t'embrasser sur le pas de la porte, être beaucoup plus mesuré dans mes gestes à ton égard. C'est du moins ce que j'aurais fait à dix-huit ans. (Je laisse échapper un éclat de rire penaud.) Pourtant, nous sommes dans une chambre d'hôtel, je t'ai prise avec les doigts tout à l'heure et je n'ai qu'une envie : te rejoindre et me libérer du désir que j'ai ressenti toute la journée. Je suis surpris que mon corps et mon cœur aient tant d'avance sur mon cerveau.

Ruby s'agenouille et avance à quatre pattes jusqu'au bord du lit. Elle glisse un doigt dans ma ceinture et m'attire à elle.

- Pourquoi les gens font-ils comme si le cœur et le corps n'avaient rien à voir avec le cerveau ?

Elle ouvre le premier bouton de ma chemise, puis le suivant. Et le suivant. Elle m'effleure la clavicule en frissonnant.

– Quand tu as envie de moi, c'est ton cerveau. Tu aimes être avec moi ? Eh bien, devine : c'est aussi à cause de ton cerveau. Tu vois ce que je veux dire, non ?

Nos visages sont à seulement quelques centimètres. Je n'ai qu'à incliner la tête pour l'embrasser.

– J'ai peur que tu sois trop jeune et moi trop névrosé. Comment tout concilier ?

– En réalité, commence-t-elle, les sourcils froncés avec un sérieux feint. Je pense que ce serait plus facile en Angleterre. Dans ton espace, avec tes habitudes. Le plus difficile pour toi, c'est que tu es loin de tous tes repères, et je ne suis qu'une autre pièce du chaos, au milieu du reste.

Ses paroles me calment, éloignent une vague d'anxiété.

– Tu es sûre de ne pas être une vieille de soixante ans avec un chirurgien plastique fantastique ? Tu sembles très sage pour ton âge.

– Oui, je suis sûre, me sourit-elle. Je sais aussi que tu n'es obligé à rien, Niall. Tu as le droit de ne pas avoir envie d'aller plus loin.

Je jette un coup d'œil à sa poitrine. Que ressentirais-je si son cœur battait contre mes lèvres ?

– Je suis sûr… Ce que je veux dire c'est que… (je soupire, frustré par mes propres pensées)… j'en ai envie.

Ruby glousse, se laisse tomber sur le lit, m'attire sur elle. Nous rebondissons sur le matelas, je roule à côté d'elle, finis d'enlever ma chemise. Très naturellement, elle plie les genoux, place les jambes sur les miennes, les pieds sous mes cuisses. Je l'étreins en petite cuillère.

Je suis sans voix.

– Nous nous emboîtons, observe Ruby. Et regarde, tu es sur ce lit avec moi et tu n'es pas mort !

Elle efface du bout des doigts les lignes qui se sont formées sur mon front.

– Pour être claire, je veux passer du temps avec toi, être dans tes bras pendant qu'on discute. Nous ne sommes pas obligés de nous déshabiller avant le dîner. Ni après.

Je souris, caresse son ventre.

– Parle-moi de ta famille.

– Voyons… (Sa main remonte dans mon cou et se plonge dans mes cheveux.) J'ai un frère jumeau…

– Tu as un jumeau ?

Comment ai-je pu l'embrasser, la regarder jouir, la faire jouir avec ma main et passer ces cinq derniers jours avec elle sans connaître une information aussi essentielle ?

– Ouais, il est en médecine à UCLA. Il s'appelle Crain.

– Crain ? Ce n'est pas un prénom très courant.

– Tout le monde l'appelle par notre nom de famille, Miller, mais ouais. (Perdue dans ses pensées, elle me caresse les cheveux.) Il est adorable.

– Et tes parents ?

– Mariés. Ils vivent à Carlsbad, au nord de San Diego. Ils sont tous les deux psychologues.

Je m'écarte pour la regarder.

– Comment est-il possible que tes *deux* parents soient psys et que tu sembles tellement… normale ?

Elle éclate de rire et fait mine de me repousser de la main.

– Quel stupide stéréotype ! C'est plutôt l'inverse, si les parents sont de bons psys, leurs enfants seront plus équilibrés. Pas le contraire.

Amusé, je lui souris. Elle est incroyable.

– Hum. Donc tu as grandi à Carlsbad avant d'intégrer l'UCSD?

– Oui… (Elle se concentre sur mes omoplates.) Enfance heureuse, parents géniaux. Frère jumeau qui ne draguait que rarement mes amies…

Elle semble distraite, ce qui se confirme quand elle se lève et m'embrasse dans le cou.

– J'ai de la chance.

– Pas de démons alors?

Les yeux de Ruby s'assombrissent un instant.

– Pas de démons.

J'examine son visage en lui caressant le ventre avant de remarquer:

– Ce n'était pas très convaincant.

Je n'ai aucune idée de la raison pour laquelle j'ai posé cette question, mais j'avais besoin de savoir. Ma poitrine se contracte, nous allons plus loin, au-delà du flirt, des baisers, des caresses. C'est ce que je cherche et ce que j'ai peur de trouver: l'intimité en mots, avant de passer à l'acte.

– C'est vrai, répond-elle en souriant. À toi l'honneur.

Surpris, je cligne des yeux. Je lui ai posé la question, mais je n'ai pensé à aucune réponse me concernant.

– Eh bien, mon enfance a été très heureuse. Quand j'y repense, je réalise que nous étions relativement pauvres, mais les enfants ne font pas attention à ce genre de détail quand ils ont tout ce dont ils ont besoin. Mon mariage, comme je te l'ai déjà dit, a été plutôt… *calme.* Surtout comparé à une enfance pleine de frères et sœurs turbulents. Nous ne nous disputions pas beaucoup, nous ne riions pas beaucoup. À la fin, peu de choses nous réunissaient encore.

Elle m'effleure la joue sans cesser de m'écouter.

– Mes démons, ça doit être ma timidité. Le fait d'avoir passé toute mon adolescence et ma jeunesse avec une femme que je ne reverrai plus jamais. Ça s'appelle du gâchis.

– Ta timidité ?

J'acquiesce.

– Je me demande toujours si je vais arriver à me comporter avec les gens comme j'aimerais le faire.

– C'est-à-dire ?

– Amical. Intéressé. Responsable.

– Tu as l'air responsable. (Elle sourit, goguenarde.) Peut-être un peu distant, mais amical et intéressé, oui.

J'éclate de rire.

– Je comprends. J'ai toujours été un enfant réfléchi, un peu étrange. Max et Rebecca, mes frères et sœurs les plus proches, étaient les clowns de la famille. Moi le timide, ce qui signifiait aussi que je m'en tirais bien sur certaines choses alors qu'eux, non.

– Ça me semble être une histoire intéressante…

Je secoue la tête, l'embrasse sur la joue et parle tout contre elle.

– À ton tour.

Elle fixe mon menton et caresse ma pomme d'Adam.

– Ruby ?

Elle cligne des yeux et respire un bon coup.

– Mon petit copain en première année n'était pas un type bien.

Elle est juste assez vague pour que je doute de bien comprendre. Était-il violent ? L'a-t-il trompée ?

– Qu'est-ce que tu veux dire ?

– L'appeler petit copain n'est peut-être pas correct, continue-t-elle en hochant la tête. (Je sens qu'elle choisit ses mots.) On est sortis ensemble quelquefois, il voulait coucher avec moi et je n'étais pas d'accord. Il m'a forcée.

Soudain, je comprends. Mon cœur se serre. Je réplique, d'une voix étranglée :

– Il t'a fait *mal* ?

J'observe son corps frêle, son cou délicat, ses belles lèvres, son regard honnête. Je brûle de l'intérieur, consumé par une bouffée de colère, un besoin de vengeance que je n'avais jamais ressenti jusque-là.

Elle hausse les épaules.

– Un peu. Ce n'était ni vraiment dramatique ni violent, seulement déplaisant. Ce n'était pas ma première fois, mais…

Je lève les sourcils, je la comprends tellement :

– Ça fait quand même mal.

Elle acquiesce en m'évitant du regard.

– Ouais. Tu m'as posé la question des démons. Voilà la réponse.

Je suis pris de court. Ma bouche s'ouvre, se referme. Je rêve d'enfoncer le poing dans un mur, de la prendre dans mes bras et de la serrer très fort. Mais, inquiet, je retire ma main de son ventre.

– Arrête, dit-elle en riant, mal à l'aise. C'est pour cette raison que je n'aime pas en parler. J'ai passé une mauvaise soirée, mais l'un des bons côtés d'avoir de *bons psys* pour parents, c'est qu'on apprend à parler de tout. Ça m'a beaucoup aidée.

Ruby me semble tellement équilibrée, consciente, elle se comporte si naturellement avec moi, elle est si légère... Même si c'est suffisant pour avoir envie d'une aventure sexuelle, je la regarde désormais avec une tendresse plus profonde. Je l'envisage comme quelqu'un qui a vécu des expériences difficiles, qui prend toutes les précautions pour ne pas me brusquer mais qui a aussi besoin d'être dorloté.

– Pose-moi toutes les questions que tu veux. (Elle a parfaitement déchiffré mon expression.) Si nous allons plus loin... tu as besoin de savoir toutes ces choses sur moi.

– Tu ne...

Je me sens gêné, comme si j'enfilais le gant d'un enfant sur ma grosse main. J'avale ma salive et tousse.

– Niall, fait-elle en m'embrassant sur le coin de la bouche. *Demande.*

– Le sexe... ce n'est pas un problème pour toi.

Ce n'est pas une question, j'ai envie de fermer les yeux et de disparaître. Une vague de honte déferle sur moi. Elle est si sensuelle, si spontanée.

Elle ne semble pas y faire attention. Ma franchise ne la gêne pas.

– Avant, un peu. Parfois encore aujourd'hui. L'année qui a suivi, j'étais un peu... stressée. J'ai couché avec quelques mecs comme pour dire : « Tu vois, l'univers, là, je suis consentante. » Mon psy m'a beaucoup aidée. Ce que Paul a fait, ce n'était pas vraiment de sa faute. Il n'allait pas bien du tout. Quand j'ai couché avec d'autres mecs, tout s'est très bien passé. Je n'ai pas l'impression qu'il m'a brisée, mais il m'a prouvé que certaines personnes peuvent être négatives.

– Tu y penses souvent ?

Elle sourit et m'effleure les lèvres – un geste tendre et follement séducteur.

– Parfois. Tout dépend de ce qui se passe dans ma vie, en fait.

Instinctivement, je me tiens en retrait.

– Mais je n'ai pas envie que tu te sentes un poids sur les épaules avec moi... (Elle me cherche des yeux.) Promets-moi que tu n'y penseras plus.

J'ai envie de le lui promettre, mais ce qu'elle vient de me dire a renforcé mon désir de faire les choses lentement.

– Je...

On frappe à la porte, l'arrivée de notre dîner nous interrompt. Je me lève, reboutonne ma chemise et ouvre à l'employé qui pousse un chariot de nourriture. Il le place à côté du lit, je signe la facture. Le silence envahit la pièce, nous ne pensons plus à notre conversation.

Ruby s'assied en tailleur sur le lit et soulève les couvercles en argent des plats. La porte se ferme derrière le serveur, je m'installe à côté d'elle.

– Tu as faim ?

– Oh oui ! lance-t-elle en versant du ketchup dans son assiette. (À nouveau légère, elle m'embrasse sur la joue.) Merci pour le dîner, beau gosse.

Elle s'attaque à son plat. La conversation est close, du moins pour la soirée.

~

Ruby s'effondre sur le matelas avec un grognement satisfait.

– Quoi qu'il arrive ce soir, rappelle-toi que tu es en compétition avec ce cheeseburger, sur tous les plans.

– Je crains que Burger Joint ait plus d'expérience en matière de cheeseburger que moi.

– Alors, vous devrez user de toutes vos compétences de séducteur, M. Stella.

Le dîner était délicieux, mais j'ai mangé comme un fantôme. Je sais que je n'ai pas envie d'aller trop vite. Étant donné l'honnêteté dont elle a fait preuve ce soir, je ressens le besoin de prendre particulièrement soin d'elle, d'être attentif à la moindre de ses émotions.

J'écarte le chariot et reviens vers elle, je m'allonge sur le lit à ses côtés.

– C'est un bon départ, murmure-t-elle en déboutonnant à nouveau ma chemise.

Je joue avec le bouton qui ferme son chemisier de soie.

– Tu as des doutes ? demande-t-elle, peut-être parce que je m'attarde un peu trop.

Pensif, je secoue la tête. Elle me dévisage avec patience mais intensité.

– Je te dois la vérité ce soir. J'ai été bouleversé par ce que tu m'as raconté.

Elle s'enfonce un peu plus dans l'oreiller pour mieux me voir, les traits de son visage se détendent.

– À propos de Paul.

– Et de ta réaction ensuite, ta décision de te ruer sur les relations sexuelles.

Une vague d'amertume passe sur son visage, mais elle la cache rapidement.

– Ça fait longtemps que je ne fais plus ça.

Je souris. Elle a vingt-trois ans. Longtemps, c'est très relatif.

– Je ne te juge pas, Ruby. C'est peut-être aussi une bonne chose pour moi, d'aller lentement.

– Donc, pas de sexe ?

Je la regarde dans les yeux et acquiesce.

– Je suis vieux jeu, je sais, mais c'est quelque chose que j'ai envie de faire en étant amoureux.

Je lis sur son visage une émotion inconnue, j'ai l'impression qu'elle va dire quelque chose, mais elle hoche simplement la tête.

Je devrais clarifier les choses. Elle risque d'avoir mal interprété mes propos – notre relation n'est pas ce genre de relation, nous n'allons pas dans cette direction –, mais comment savoir si ce sera le cas ? Dans mes moments de lucidité avec elle, je me dis que tout semble trop simple. J'ai envie de profiter d'elle, de ne pas trop attendre des moments que nous passons ensemble. Mais ma sincérité est un défaut, putain. Notre relation restera peut-être légère, facile, mais basée sur une attirance sexuelle.

Et temporaire.

La plupart des gens ont plusieurs aventures dans leur vie ; j'aime l'idée que Ruby pourrait être ma deuxième histoire, et c'est tout. Cependant, je ne la connais que depuis deux semaines.

– Je peux presque t'entendre réfléchir, murmure-t-elle en m'embrassant sur les lèvres. Pourquoi être avec moi te panique tant que ça ? Rien ne nous oblige à mettre des étiquettes sur tout. (J'ai l'impression qu'elle lit dans mes pensées.) Tu me plais. J'aime passer du temps avec toi, quoi que ça signifie pour l'instant.

Quoi que ça signifie pour l'instant.

Cette phrase me libère, je me laisse aller contre elle, à apprécier la sensation de ses mains dans mon cou et dans mes cheveux. J'aime qu'on tire dessus, qu'on me griffe. J'apprécie ces marques de la passion qui ont toujours été absentes dans ma vie amoureuse.

Les lèvres chaudes et rebondies de Ruby ont un goût de Sprite et du bonbon chocolat-menthe posé à côté de nos assiettes. Elle ouvre la bouche, sa langue pointe, s'insère entre mes lèvres. Je la sens gémir.

Je *réfléchis* beaucoup trop. Je réfléchis toujours beaucoup trop. Je glisse la main sur son ventre, ses seins et sur le bouton sur lequel je me suis arrêté.

Lentement, je déboutonne son chemisier. Ruby porte un soutien-gorge jaune pâle.

Seigneur, je pourrais poser le visage sur cette peau et ne plus rien faire d'autre de toute ma vie.

– Tu as des seins magnifiques.

Elle se fige sous moi, se cache derrière mes mains.

Je la dévisage. Qu'ai-je dit ? Qu'elle avait des seins magnifiques ? Doit-on se déshabiller sans aucun commentaire ?

– Ruby ?

– C'est très important. Laisse-moi une seconde.

– J'ai été trop direct ?

– Non ! (Elle se dégage et me regarde de ses beaux yeux fous.) J'ai vécu un grand moment. Niall Stella vient d'enlever mon chemisier et d'admirer ma poitrine.

J'étouffe un éclat de rire.

– Tu veux envoyer un message à quelqu'un ?

– Je dois juste me souvenir de l'ajouter à la feuille de calcul des Moments de Niall Stella, plaisante-t-elle en tendant les mains vers mon visage.

J'effleure ses épaules.

Elle se cambre sous moi et murmure :

– *Niall…*

– Patience.

Son soutien-gorge soyeux, tout fin, renferme deux seins parfaitement ronds. Je n'ai même pas envie de l'enlever. L'apparition est trop sublime.

– Tu m'as déjà vue nue, tu te souviens ?

– Mais je ne t'ai pas *touchée* quand tu étais complètement nue. (Je lui souris.) Je ne t'ai jamais déshabillée moi-même.

Elle me jette un regard joueur, exaspéré, mais je lis l'urgence et le désir en elle.

– Tu peux me déshabiller *maintenant* ?

– J'ai envie de prendre mon temps. (Je me penche pour la sentir dans le cou.) Ta peau doit être savourée. Ton plaisir, cultivé en toi.

Je plonge les yeux dans les siens :

– Je ne te ferai pas l'amour ce soir. Tu auras seulement mes mains. Mais j'ai envie que tu jouisses si violemment sur mes doigts que tu te réveilleras au milieu de la nuit, désespérée à l'idée que tu ne puisses pas recréer ce moment.

Sa bouche s'ouvre en grand.

– Tu ne pourras pas avoir le même angle, tu vois. (Je lui caresse la joue.) Ou la même taille de doigts, la même profondeur. Mais surtout, tu échoueras à recréer le moment parce que tu ne seras pas *patiente.*

Elle grogne, plonge les mains dans mes cheveux, tire dessus.

Je caresse son cou.

– Tu ne t'arrêteras pas sur ces endroits : la peau brûlante ici, l'unique grain de beauté de ta poitrine, juste là. Tu ne pourras pas embrasser ton ventre toute seule.

Je me penche pour l'embrasser sous le soutien-gorge puis glisse la main dans son dos pour le dégrafer. Elle se cambre, gigote, gémit dans le lit. La bretelle gauche tombe de son épaule, j'embrasse le nouvel endroit qu'elle révèle.

– Tu l'enlèves ? murmure-t-elle en se redressant sur le lit.

– Pas encore.

Le souffle court, elle se fige. Je suce juste en dessous de sa poitrine, tout en déboutonnant sa jupe et en la faisant glisser sur ses hanches.

– Niall ?

– Oui ?

– Je te *désire.*

J'éclate de rire contre sa peau.

– Vraiment ?

– Tu peux *prendre tout le temps que tu veux.* Mais pose au moins une *main* sur moi.

– Je te caresserai bientôt partout. Ce n'est qu'une question de temps.

Je n'ai jamais eu l'occasion de prendre mon temps comme ça, d'apprécier chaque instant, de le goûter. En comparaison avec le temps passé avec Ruby, mes dernières expériences sexuelles ressemblent à un code entré dans un programme.

J'embrasse ses seins. Ils sont si fermes, si pleins. Je grogne, je la mordille. J'ai envie de mordre, de sucer, de *consommer*. Ses seins me rendent fou. Caresser, lécher et… Seigneur… *baiser.* Je m'imagine lui grimper dessus, placer ma queue entre ses seins et bouger, à chercher égoïstement le plaisir dont je rêve en étant si proche de sa peau, avec son odeur, ses petits gémissements.

Une part de moi se morigène d'avoir des pensées aussi crues, mais la voix de Ruby est plus forte dans mon esprit. *Laisse-toi aller. Dis-moi ce dont tu as besoin. Demande-moi ce que tu veux.*

Avec un grognement, je monte sur elle, étreins sa poitrine sur son soutien-gorge et presse ses seins l'un contre l'autre. Je les lèche.

Ruby gémit sous moi, elle se cambre. Ses mains reviennent dans mes cheveux, elle m'entoure de ses jambes, elle se colle à mes hanches, se frotte à moi.

Enfin, je retire son soutien-gorge. Les pointes de ses seins sont du même rose que ses lèvres. Sans réfléchir, sans même un instant d'hésitation, je me penche pour prendre un téton dans ma bouche et le sucer avidement tout en agrippant l'autre sein.

Ruby se cambre sur le lit, crie et me tire les cheveux si fort que j'hésite entre plaisir et douleur.

– Niall ! Oh mon Dieu ! *Oh mon Dieu !*

L'intensité de sa réaction m'emplit d'étonnement. Si j'obtiens ce résultat simplement en léchant ses seins et en étant sur elle… je ne veux rien oublier de ce moment. Mes pensées voguent de mon désir au sien. Elle ne doit pas avoir un instant de répit avant de transpirer et de crier sous moi.

Sa peau luit sous mes doigts. J'embrasse ses abdominaux, son nombril parfait, ses hanches saillantes. Je laisse errer mes dents sur chacune de ces découvertes, désireux de connaître chaque centimètre carré de son corps. Le désir que je ressens est de plus en plus insoutenable.

Ruby se cambre sous mes mains, me supplie. Une fine couche de transpiration recouvre sa poitrine. Mes cheveux sont tout emmêlés à cause d'elle.

Ciel ! Cette fille est une merveille.

– Laisse-moi te goûter... me supplie-t-elle. Laisse-moi te *toucher* !

Ses mots envoient une décharge électrique dans ma colonne vertébrale et dans ma queue.

– Attends, ma chérie.

– *Impossible*.

J'effleure sa culotte, embrasse son nombril, juste au-dessus de l'aine.

Elle gémit *oui* et halète quand je retire la dentelle jaune pâle. Elle est entièrement nue.

Ruby, complètement nue... Elle est *parfaite*, putain.

Je sens son regard sur moi, ma main remonte sur sa jambe. Je contemple mes doigts sur sa peau de porcelaine – la mienne est plus mate. Ses cuisses sont douces comme du velours, mes doigts tremblent légèrement en remontant plus haut. Mon cœur bat la chamade. Je l'ai déjà caressée là, mais c'était différent au bureau : précipité, intense. Je dispose d'heures devant moi : je peux la tenir éveillée toute la nuit, pour lui donner du plaisir avec les mains et la bouche, m'occuper de ses seins, de son ventre, de son sexe.

J'hésite sur la jointure entre hanche et cuisse. Je m'attarde à quelques centimètres de là où elle me désire. Sous ma main, elle tremble.

– Je n'en peux plus ! murmure-t-elle en attrapant mon poignet. Je jure que je jouirai à la seconde où tu me toucheras.

La manière dont elle prononce *jouir*, l'idée qu'elle est si excitée que mes mains peuvent lui faire cet effet si facilement, me touchent profondément. Je souris, embrasse sa hanche et glisse un doigt en elle. Son cri aigu me fait gémir. Elle est *trempée*, glissante et chaude. Au prix d'un effort surhumain, je ne l'embrasse pas ici ou - encore plus tentant -, je ne glisse pas ma queue en elle. Je n'ose pas imaginer la sensation.

Heureusement, mon pantalon forme une barrière physique. Si je flanchais, il me rappellerait de *prendre mon temps*.

Impossible de ne pas comparer cette expérience à mon seul repère - si l'on excepte le pelotage au pub - même si la culpabilité aurait dû éloigner cette pensée. Je sais que je ne devrais pas penser à Portia maintenant, pas même au soulagement que je ressens en étant loin d'elle. Mais avec Ruby nue contre moi, occupé à donner du plaisir à cette sublime créature, mon cerveau n'a plus la même discipline. Ruby me déchaîne, m'oblige à m'ouvrir, me donne envie d'être plus transparent avec moi-même et avec elle.

Je la caresse, je lui donne du plaisir - deux doigts puis trois. Mes pensées fusent. *C'est ce que l'intimité devrait être, donner du plaisir à quelqu'un qui le veut passionnément. Les deux partenaires se perdent dans la sensation.* Ce soir, elle s'est ouverte à moi, son aveu m'a donné plus de liberté pour me détendre avec elle, m'habituer à *cette* situation. À chaque cercle de ma main, chaque gémissement qui s'échappe de ses lèvres, ma confiance en moi se démultiplie. Je suis convaincu qu'aucun homme n'a désiré une femme autant que moi.

J'ai envie de l'embrasser, de la lécher, de la baiser, mais une part inavouable en moi -je ne l'admets pas facilement- désire prendre possession de ces lèvres, de cette peau magnifique, de ces gémissements, de ces cuisses graciles et, si j'ose, de la plus belle chatte dégoulinante du monde. J'ai envie de la regarder et de savoir qu'elle *m'appartient.*

Elle se contracte, je suis de plus en plus enthousiaste. *Comme c'est étrange, mon corps tout entier désire la courbure d'une épaule, son ventre plat, les battements de son cœur dans son cou...*

Je la regarde se laisser aller sous mes mains, et je savoure le moment. Mes yeux se promènent de son sexe à ses seins, que je suce sauvagement au moment où elle semble se calmer. Sa respiration devient plus lente, plus profonde. Puis elle rejette la tête en arrière et hurle. L'orgasme la submerge, elle se resserre sur mes doigts.

Ruby s'immobilise un instant avant de me m'attirer par les cheveux tout contre elle. Je l'embrasse sur les lèvres.

-*Bordel de merde.* (Elle ferme les yeux et s'abandonne.) Je...

-Tu es magnifique quand tu jouis.

Je suce ses joues, son cou, sa bouche.

-Ça... commence-t-elle en me regardant. Maintenant, j'ai l'impression d'avoir tout inventé.

Je passe mes doigts trempés sur son ventre, en exprimant à haute voix toutes les pensées coquines qui me viennent, sans aucune peur de me dévoiler:

-J'adore ton odeur. Je crains de perdre la tête quand je te lécherai enfin.

Les mots m'échappent. Impatiente et à nouveau pleine de désir, Ruby me serre contre elle. Je suis fou d'elle, elle est fébrile – transpirante, la bouche trempée, collée sur la mienne. Elle me mordille le cou, nos baisers deviennent glissants, Ruby attrape ma ceinture et tâtonne pour la retirer. Elle claque contre mon ventre.

Étrangement, ça m'excite encore plus.

Le pantalon au niveau des genoux, Ruby tend la main vers moi et effleure mon gland de ses doigts brûlants.

– Bon sang… Elle est…

Je m'écarte pour la dévisager. C'est seulement la troisième femme de ma vie qui me touche la queue et, franchement, je me fiche totalement de la fin de sa phrase. Ma bite vibre dans sa main, la supplie presque de me soulager.

– … énorme. *Seigneur !*

Elle caresse mon gland avec une pression si parfaite que je n'ai aucun mot pour la décrire. Je laisse échapper un lourd grognement de soulagement.

– Je n'ai jamais couché avec un mec qui ne soit pas…

Elle me branle lentement, mes pensées se brouillent. *Ne soit pas ? Américain ? Capable de prendre son temps ? Un coureur ?*

Et soudain, en sentant sa main m'explorer, je comprends.

– Qui ne soit pas circoncis ?

Elle acquiesce et colle sa bouche dans mon cou.

– J'imagine que c'est pareil. Seulement un peu plus facile en un sens.

– Plus facile ?

Elle semble aussi médusée que moi.

Si tu bougeais ta main un peu plus vite, tu saurais ce que je veux dire.

Je glisse une main entre nous, entoure la sienne pour la faire bouger. Je sens la tension monter dans mon dos, mon besoin croissant de la baiser, baiser son poing, baiser *quelque chose*. Elle comprend enfin et gémit. Mon prépuce coulisse facilement sur mon gland.

– C'est tellement *sexy.* Bordel, je n'arrive pas à croire que je fasse ça. Je n'arrive pas...

– Chut... Reste avec moi.

Je veux qu'elle se laisse aller, qu'elle se perde en moi, pas dans *l'idée* qu'elle fait ça. C'est une réalité : je suis sur elle, ma queue dans son poing, ma bouche dans son cou, mon cœur bat contre le sien.

– Reste avec moi.

Cette phrase laisse place à un mantra de *donne-moi*

donne-moi

donne-moi

Oh putain, Ruby, Ruby,

donne-moi

donne-moi ...

Je ne sais même pas ce que ça signifie.

Donne-moi du plaisir, tes mots, l'assurance que c'est réel. Donne-moi la liberté de parler. Donne-moi la permission de me laisser aller et de me perdre sur le chemin que j'aurais dû emprunter depuis si longtemps. Donne-moi un endroit où je me sentirai bien, où je pourrai tout dire et tout faire.

Sa main ralentit, son pouce mouillé m'effleure le gland. Les yeux écarquillés, elle se regarde faire. Moi aussi. Voir sa main autour de moi me fait gémir, je tressaille dans sa paume.

– J'aime que ça te fasse bander... murmure-t-elle.

– Ah oui ? Je bande tout le temps. Je suis sur le point de devenir fou.

J'ai l'air désespéré. Bordel, je me *sens* désespéré.

Elle regarde ma bouche, je me penche pour l'embrasser et sucer ses lèvres humides au goût de prune.

Ses seins durcissent, sa peau perle, et ça me frappe : elle se comporte comme si tout était fait pour elle, comme si mon plaisir était un cadeau. Je dois admettre que cet abandon pur et ce désir me donnent encore plus de plaisir. En même temps, je veux qu'elle ressente la même aisance dans un lit que lorsque nous discutons ou nous marchons sur la Cinquième Avenue en silence.

J'effleure ses lèvres du bout du doigt et je l'embrasse. Je sens son goût sur ma peau.

Elle me branle en m'agrippant parfaitement.

Je murmure dans sa bouche :

– J'ai ton goût sur les doigts.

Je commence à bouger les hanches, je l'embrasse sur la poitrine.

Je gonfle dans sa main, le plaisir monte dans tout mon corps. Je baise sauvagement son poing. Je suce sa poitrine très fort jusqu'à ce que le sang pointe sous la peau. Je l'entends respirer dans mon oreille et chuchoter *jouis, jouis, jouis, jouis, jouis…*

Dans un profond grognement, je me laisse aller. J'éjacule dans sa main, sur sa hanche, son nombril et même sur le sein que j'ai marqué avec les dents. Même quand mon orgasme s'est calmé, alors que nous respirons tous les deux lourdement, elle ne me lâche pas. De l'autre main, elle étale le sperme sur sa peau.

Je me fige en réalisant à quel point nous sommes allés loin, vite et fort, violents dans nos caresses et nos baisers. Sa poitrine est rouge à force d'être embrassée, à cause de ma barbe naissante; ses lèvres sont gonflées. Nous sommes transpirants tous les deux. Je ne l'ai pas embrassée entre les jambes, je ne lui ai pas fait l'amour, mais j'ai vécu l'expérience la plus folle de toute ma vie sexuelle.

Le menton tremblant, elle ferme les yeux et avoue:

– Je suis terrifiée à l'idée que ce que je ressens pour toi va devenir de plus en plus intense et...

Je l'embrasse pour la calmer, lèche sa lèvre inférieure et fais glisser mes doigts entre ses jambes pour la distraire.

J'ai du mal à sortir du chaos de mes pensées. C'est plus intense que tout le sexe que j'ai connu avec Portia. C'est plus intense que *tout le reste*.

C'est terrifiant. C'est mal.

Je dois retrouver mes esprits avant que cette énorme vague d'émotions ne me fasse paniquer et ne m'ôte le don de la parole.

Chapitre 11

Ruby

Je m'attendais à ce qu'il dorme comme il travaille – l'air sérieux, un peu guindé. Mais pas du tout. Il dort sur le ventre, blotti contre l'oreiller, le visage appuyé sur le bras qui en émerge. Comme un enfant ou un adolescent ivre. Parfois, il marmonne un mot, respire un peu plus fort, renifle.

Il s'est endormi à moitié sur moi. Avec un grognement discret, je roule sur le dos en faisant attention à ne pas le bousculer. Je veux continuer à le regarder. Je veux me repaître de ce bonheur parfait. Si le bourrer de somnifères pouvait faire durer ce moment pour toujours, j'étudierais certainement la question ! Les draps sont imprégnés de son odeur, ma peau vibre encore du souvenir de ses mains, de ses lèvres et, *Seigneur, son sperme* est partout. Il me suffit de fermer les yeux pour sentir encore ses doigts me pénétrer.

Pourtant, malgré la présence de Niall endormi à mes côtés, mes doutes reviennent. Leur réalité m'est familière, comme un écho lointain. Combien de temps parviendrai-je à les tenir à distance ? Nos parents nous ont toujours encouragés à écouter notre instinct, à admettre quand quelque chose nous inquiète ou nous effraie. Et là, je suis paralysée de terreur.

Niall avance dans notre relation par étapes successives. Je sais qu'il a peur de ne pas être à la hauteur, mais est-ce la seule raison pour laquelle il prend son temps ?

Dans la chambre plongée dans le silence, je reviens contre lui. Sa peau a encore une vague odeur de savon, il respire calmement. Je ferme les yeux. Il est trop tôt pour m'inquiéter de choses que je ne peux pas contrôler. J'aurai tout le temps de le faire plus tard.

Quand je rouvre les yeux, je suis seule dans le lit.

Les rideaux bleus laissent filtrer le soleil du matin, un rai de lumière vient de la salle de bains, à côté de la porte de la chambre.

J'entends l'eau couler et un tapotement sur le lavabo.

Je me redresse sur un coude et appelle :

– Niall ?

L'eau s'arrête, une tête brune émerge de l'embrasure de la porte.

– Bonjour, lance-t-il, la moitié du visage recouverte par de la crème de rasage. Je t'ai réveillée ?

Je fronce les sourcils : il ne porte pas de chemise (*oh oui !*) mais a déjà enfilé un pantalon de costume (*oh non !*).

– Où vas-tu ? fais-je en bâillant.

Il retourne dans la salle de bains, je l'entends parler malgré le bruit de l'eau qui coule.

– Tony m'a envoyé un message qui m'a réveillé.

Je roule des yeux comme toujours quand j'entends ce prénom.

– Il a organisé une réunion très tôt ce matin, je dois y aller.

– À... (je jette un coup d'œil au réveil)... sept heures ?

– Malheureusement, oui.

J'espérais prendre le petit déjeuner avec lui. Ou plutôt, j'espérais commander un petit déjeuner au room service, lui donner des fraises à manger, et vice versa, avant une douche coquine.

– D'accord.

Les doutes de la nuit dernière qui m'ont envahie au réveil, refont surface, le lit me semble soudain moins vide.

Niall sort de la salle de bains et enfile une chemise. Je contemple son torse disparaître à chaque bouton.

– Rendez-vous au bureau plus tard, alors ?

– Bien sûr.

Je me redresse entre deux coussins, une idée me vient :

– Hier soir...

Que vais-je dire ? *Hier soir, c'était super ? Perturbant ? Terrifiant ?*

Les trois en même temps.

– C'était assez pour toi ? demande-t-il.

Je le connais, il ne cherche pas les compliments ni à se faire mousser – il pose la question en tout honnêteté.

– Oh oui ! On oublie souvent le plaisir que peuvent procurer de simples doigts !

Il rit, secoue la tête et noue sa cravate.

– J'adore ta manière de présenter les choses.

– Je suis sérieuse. Quand on est plus jeune, chaque étape semble essentielle. Premier baiser sur la bouche, avec la langue, première fois qu'un garçon nous met la main dans la culotte... (Je tente d'ignorer son regard brûlant. Je ramène mes genoux au niveau de ma poitrine et les entoure de mes bras.) Si je pouvais revenir en arrière, je dirais tant de choses à Ruby l'adolescente… Mettre plus de crème solaire et, surtout, apprendre à ralentir, à apprécier toutes ces premières fois. *Apprécier* l'attente. Une fois qu'on a fait l'amour, toutes les meilleures choses deviennent les moyens qui tendent vers une seule fin. Personne ne veut plus *seulement* s'embrasser.

Niall lève les yeux et me sourit.

– Merci.

– Pourquoi ?

– Merci d'être si patiente avec moi. Je sais que je suis un peu… coincé parfois. Mais je t'assure, Ruby… je tiens vraiment à toi.

Je souris en me mordant les lèvres.

– Je tiens aussi *vraiment* à vous, Niall Stella.

Il marche jusqu'au lit et m'embrasse sur le front.

– À tout à l'heure, mon cœur.

~

Dans ma chambre, je prends mon temps pour me préparer : robe noire moulante, cheveux savamment raidis et mon rouge à lèvres préféré, spécial occasions exceptionnelles. Aujourd'hui, j'ai besoin d'avoir confiance en moi. Cette tenue fera l'affaire. Il fait frais à Manhattan, je serre le col de mon manteau rouge, assorti à mes lèvres, autour de mon cou.

Ce matin, j'ai décidé de marcher, en optant pour un nouvel itinéraire. J'ai trouvé un monument à prendre en photo pour ma mère. Je me souviens du vieil exemplaire de *Love Story*, le roman d'Erich Segal, resté des années sur sa table de chevet. La couverture est inspirée de la sculpture « Love » située sur la Sixième Avenue.

Facile à repérer. Un groupe de touristes s'attarde devant, ils posent en se prenant tour à tour en photo devant les lettres rouges ombrées de bleu. Le « L » et le « O » surmontent le « V » et le « E ». Je sors mon téléphone pour faire un cliché rapide et lui envoyer.

– Bien le bonjour, Mademoiselle Miller !

L'accent est si familier que j'en ai la chair de poule.

– Max !

Seigneur, les deux frères sont aussi beaux l'un que l'autre. Des copies conformes, à deux détails près : Max a les cheveux légèrement plus clairs et les yeux un peu plus verts que Niall. Sinon, ils ont le même nez droit, la même mâchoire anguleuse, les mêmes fossettes. On voit simplement plus souvent celles de Max. Waouh ! J'oubliais : ils sont tous les deux très grands.

Il doit supposer que je rougis parce qu'il m'a surprise à jouer les touristes en prenant une photo et non parce que je m'extasie devant le patrimoine génétique familial. Enfin, j'espère. Ensuite, je repère Will, au téléphone un peu plus loin. *Doux Jésus, Will est vraiment beau en costume*. Il me fait un signe de la main.

– Où est mon petit frère ?

– Une réunion de dernière minute. Je le rejoins au bureau.

Max me fait un clin d'œil et enfile ses gants en cuir. Je remarque l'alliance qui scintille dans la lumière du matin.

– Ça te dit de prendre un café avec nous ?

Will s'approche en souriant. Comment les femmes de leur vie arrivent-elles à leur résister ?

J'ai déjà un mug en carton, mais impossible de refuser.

– Bien sûr !

– Excellent. William ?

– Oui ?

– Tu es prêt ?

– Bien sûr.

Il m'offre son bras. Je suis émerveillée. Sur ce, Max me prend l'autre. Cette rencontre doit être l'œuvre du diable.

~

Nous nous arrêtons dans un café à un bloc de là. Je les suis jusqu'à une table au fond de la salle, en slalomant entre les touristes et les types en costume qui prennent leur petit déjeuner avant d'aller travailler. Nos boissons arrivent presque immédiatement. Que penserait Niall s'il savait que je prends un café avec son frère ?

– J'ai vu une photo d'Annabel. Elle est éblouissante, félicitations.

Max retire son écharpe et m'adresse un merveilleux sourire.

– Niall t'a montré ma petite chérie ?

– Elle te ressemble beaucoup.

Will fronce les sourcils en déchirant un sachet de sucre.

– Non, pas du tout. Cette merveilleuse petite fille tient tout de sa mère. Son oncle Will la gardera avec une carabine et tirera dans les couilles du premier mec qui la regardera de travers.

–Tsss, William. Je n'aurais pas su mieux dire. Sa mère, Sara, est magnifique. Si Beloved baby est moitié aussi charmante et pleine de vie… mon existence risque de se compliquer sérieusement.

–Oh, ça oui !

Will porte sa tasse à ses lèvres. Je lui demande :

–Tu as des enfants ?

Max manque s'étouffer.

–Euh, non, répond Will. Pas encore d'enfant pour nous.

–Ce n'est pas par manque d'entraînement… lance Max.

–Très vrai.

Will a l'air extatique.

Max verse de la crème dans son café et se tourne vers moi en souriant. En réalité, Max sourit *tout le temps* –surtout quand il taquine quelqu'un. Son charme donne envie de lui faire des confidences, de discuter de *tout* et n'importe quoi… et quelque chose me dit qu'il meurt d'envie de me faire parler.

–Alors, Niall s'occupe bien de toi ?

–Très bien.

Je tourne ma cuillère dans ma tasse. La mousse disparaît dans le liquide caramel. J'espère ne pas paraître affectée par ses paroles. Je n'ai rien à dire. Non, rien à raconter.

–Il est génial. Je veux dire, c'est génial. Il est super avec moi.

Va droit au but, Ruby !

–Ah oui ? renchérit Max.

–Arrête ça tout de suite, le coupe Will en le désignant de sa cuillère. Je connais cet air. Tu es pire que ma mère, laisse-la tranquille.

Max lève les sourcils en feignant l'innocence.

– Ta mère est une femme adorable. Cette comparaison me touche beaucoup.

– Ignore-le, me conseille Will. C'est un fouineur qui aime tout savoir pour pouvoir se moquer des gens ensuite. Ne lui dis rien. Frustre-le.

Max tend la main pour arrêter la serveuse qui passe à côté de notre table.

– Excusez-moi, chère demoiselle. Pourriez-vous apporter à ce monsieur un bol de *All Bran* ? Il est un peu irritable ce matin, des fibres lui feront le plus grand bien.

Mal à l'aise, la serveuse les dévisage tous les deux et hoche la tête avant de s'éloigner. Will glousse.

Je commence à comprendre que c'est leur *truc*. Je vois ce que Niall veut dire en m'expliquant que son frère est un personnage. Je pourrais passer la journée à l'observer.

– Vous voulez que je vous laisse tous les deux ? Je peux vous prêter ma chambre d'hôtel si vous voulez.

Ils se tournent vers moi, Max éclate de rire.

– Elle est bonne. C'est top de l'avoir avec nous, dit-il à Will.

Will réplique :

– Tu es sûr que ton frère est prêt ? Elle a de la répartie, et Niall…

– Oh ! il n'est pas si mal, non ? (Max fait la moue, c'est très mignon.) Il doit simplement se défaire de ses vieilles habitudes. Une vraie mégère, l'autre. Niall aime l'aventure, comme tout le monde.

Je hoche la tête.

– Tu dois avoir raison, admet Will. C'est quoi déjà, ta théorie à propos de l'énergie sexuelle réprimée ?

– Niall pourrait alimenter en électricité la ville entière, si tu veux mon avis. Il pourrait enfin utiliser ses compétences en aménagement urbain, pour se brancher au réseau…

Will rit dans son mug.

– En tout cas, ça a marché pour Chloé et Bennett. Un gentil patron, une stagiaire qui savait ce qu'elle voulait…

– Niall n'est pas mon patron.

Je l'ai peut-être dit avec un peu trop de conviction. J'ai l'impression que tout le monde me dévisage – du coup, je rougis jusqu'aux oreilles.

Heureusement, ils sont assez polis pour ne pas me le faire remarquer. Ils sirotent leur café, regardent l'heure, tripotent leur petite cuillère. Mais la subtilité n'est pas leur fort.

– D'accord, je soupire. (Je n'en peux plus de leur silence dramatique.) Il me plaît. *Beaucoup.*

Max sourit à nouveau et, *Seigneur*, il a l'air tellement attachant.

– Tu viens de creuser ta propre tombe, lance Will. Le rosbif ne te lâchera plus jamais. Tu peux déjà l'inviter à s'installer avec vous. Il va organiser vos rendez-vous, votre mariage. Trouver le prénom de vos enfants…

– Sois patiente avec lui. Il a beaucoup de mal à sortir de sa carapace.

– Je m'en suis rendu compte. Il n'est pas du genre à bavarder comme une fillette.

Max éclate de rire et lève sa tasse pour porter un toast imaginaire.

– Il ne dit peut-être pas grand-chose, mais je peux t'assurer que chaque fois que Niall ouvre la bouche, il pense à six choses différentes en même temps. Il a toujours été comme ça.

–Super.

Je baisse la tête vers mon latte.

Max pose son café.

–Tu m'autorises à jouer au grand frère protecteur une minute ?

Je lève les yeux, son expression s'adoucit. Je murmure :

–Bien sûr.

Même Will se rend compte que la conversation est devenue sérieuse. Il se penche pour écouter.

–Mon frère est d'une loyauté intransigeante. Il est comme ça. Fidèle à sa famille, à son job, à sa femme. Je n'ai aucune idée de ce qu'il t'a raconté de son divorce…

La question reste suspendue dans les airs.

–Nous en avons discuté… (Je veux être honnête, mais je ne veux pas trahir la confiance fragile de Niall.) Un petit peu. J'ai compris qu'elle était…

Comment finir cette phrase avec délicatesse ?

–Peut-être un peu revêche ?

–Bien dit, réplique Max avec un clin d'œil. C'est par loyauté qu'il est resté avec elle si longtemps. C'est pourquoi il a l'impression d'avoir échoué. Qu'il aurait dû faire les choses différemment ou partir plus tôt. Ça n'aurait pas changé Portia, mais il n'arrive pas à l'admettre. Il a eu une année difficile.

–J'en ai l'impression.

–Donne-lui du temps. Tu devras peut-être entamer la carapace écaille par écaille, mais je te promets que ça vaudra le coup.

~

Quand j'arrive, Niall est assis devant son bureau. Je ferme la porte derrière moi, il se fige, stylo en l'air. Puis il le pose, retire ses lunettes et m'observe des pieds à la tête. Une boule de chaleur se forme dans mon ventre.

–Tu étais où ?

Son ton n'est ni accusateur ni irrité. Purement interrogateur.

–J'ai bu un café avec Max et Will. (Il lève les sourcils.) Ils m'ont surprise en train de prendre un selfie en plein Manhattan.

–C'était sympa ?

–Ils sont… adorables. (Je replace ma mèche.) Nous avons parlé de toi. Il t'aime vraiment, ton grand frère.

Niall sourit en coin et se lève, il marche jusqu'à moi. Je m'attends à ce qu'il me demande de quoi nous avons parlé, mais il n'en fait rien. Il me dévisage. Il doit être évident que nous avons parlé de mes sentiments, de Niall et moi. Je ne peux m'empêcher de rougir.

–Et ta réunion ?

Je suis à bout de souffle, pourtant j'ai pris l'ascenseur. Ce n'est pas la fatigue. C'est sa proximité, son regard sur moi comme s'il revivait chaque caresse d'hier soir. Ce matin, il est parti tellement vite. Il m'observe avec une telle intensité… Je comprends que Niall, affolé, ait quitté la chambre d'hôtel comme la scène du crime.

Ai-je raison ou tort ?

Ou a-t-il simplement voulu que tout se passe naturellement ? Il avait peut-être besoin de prendre du recul sur notre nuit.

–C'était bien. Productif.

Ses yeux ne quittent pas ma bouche.

– Bien.

– Oui.

Je me mords les lèvres et souris nerveusement avant de lancer :

– Tu sembles un peu distrait.

Niall acquiesce et effleure mes lèvres.

– Je n'ai jamais vu cette couleur sur toi.

– Est-ce trop rouge ?

Il bat des paupières, secoue la tête.

– Non. Ce n'est pas trop rouge.

Comment entamer sa carapace ? En lui rappelant encore et encore que je ne suis pas Portia, que je le désire, qu'il a le droit de me désirer lui aussi ?

Mon cœur bat la chamade, je me tourne vers la porte et la verrouille le plus discrètement possible. Je fouille dans mon sac à main pour récupérer mon rouge à lèvres. J'agis sans réfléchir – unique certitude : la couleur de mes lèvres le fascine. J'ai envie de capter de nouveau son attention.

Envoûté, il m'observe. J'ouvre le tube de rouge à lèvres et en remet une couche.

– Tu ne peux pas être réelle… murmure-t-il.

Mon cœur bat si fort que je ne parviens toujours pas à respirer normalement. Je pose le tube sur le bureau et commence à défaire sa cravate, j'ouvre les deux premiers boutons de sa chemise. Il reste complètement immobile. J'appuie les lèvres juste au-dessus de son cœur.

Et je le contemple. Il a toujours l'air aussi émerveillé.

– Encore, chuchote-t-il.

Je l'embrasse plus bas, défais un bouton puis l'autre. Je l'embrasse sur les côtes, le torse, le ventre.

La respiration saccadée, la peau frémissante, il reste silencieux.

Je regarde les marques rouges sur son torse et son ventre. L'idée que Niall va porter ses vêtements par-dessus, toute le reste de la journée, me plaît particulièrement. Mais je n'ai pas envie de m'arrêter là. Lui non plus.

–Je peux continuer ?

Il a envie que je l'embrasse là. Je le lis dans son regard.

Les yeux rivés sur son visage, je triture sa ceinture. S'il se raidit, si je sens que ce n'est pas ce qu'il veut, j'arrêterai immédiatement.

Mais je distingue du soulagement, un consentement et aussi une pointe de désespoir timide dans ses traits réguliers.

J'ouvre sa ceinture, la boucle tinte. Je fais descendre sa fermeture Éclair et j'attends. Je plonge dans son pantalon et sors sa queue de son boxer. Seuls ses soupirs brisent le silence.

Il jette un coup d'œil vers la porte.

Je secoue la tête.

–Je peux…

–Non, siffle-t-il.

J'acquiesce et embrasse la ligne de poils sur son ventre, je la lèche.

–Seigneur… halète-t-il.

Je glisse la main dans son boxer, bouleversée par le mouvement de sa pomme d'Adam quand il avale sa salive. Il rejette la tête en arrière. Surprise par son poids dans ma main, je m'agenouille devant lui.

–Je vais avoir besoin d'encore un peu de rouge.

Avec un effort apparent, il baisse la tête pour me regarder et cligne des yeux.

–Bien sûr.

Ses mains tremblent, il fait tomber des documents et des stylos par terre avant de mettre la main sur le tube argenté.

Concentré, Niall l'ouvre, fixe ses mains tremblantes, puis fait remonter le stick rouge.

Il me prend le menton dans une main et applique le rouge à lèvres sur ma lèvre inférieure avec grand soin. Il fait de même avec ma lèvre supérieure.

–Ruby…

Sans le quitter des yeux, je souris et me penche pour l'embrasser sur le gland.

Niall grogne et s'agrippe au bureau.

–*Seigneur !*

–Ça va ?

Il acquiesce.

Je l'embrasse plus bas, laissant des traces rouges sur la base de sa queue.

Je l'examine comme je n'ai pas eu l'occasion de le faire hier soir. Il est tendu dans mes mains, prêt à éclater.

–Tu es tellement parfait que je ne sais pas quoi faire de toi.

Je veux dire : *Dis-moi. Dirige-moi.*

–L… lèche. (*Il me comprend.*) Je t'en prie, ma chérie.

Je souris, le titille du bout de la langue. Niall gémit.

–Là ?

–Non, non, s'il te plaît.

Je l'embrasse au hasard.

–Où ?

Il ferme les yeux pendant une seconde, déglutit et lâche :

–Le gland. (Ses yeux rencontrent les miens.) Lèche-moi le gland.

J'ai l'impression de m'enflammer, ma poitrine s'enfle de désir, la douleur monte entre mes jambes. Je lèche son gland, il a un goût sucré-salé de terre, d'homme ; je sens vibrer, plus que je n'entends, son gémissement de plaisir.

Il me caresse les joues de ses longs doigts, plonge les mains dans mes cheveux, les agrippe. J'ouvre la bouche pour avaler son gland, descends sur sa queue. Je me perds dans le plaisir de lui donner ce qui doit être sa première fellation depuis des années…

Quel gâchis ! Son sexe épais intimide par sa longueur, mais alors que Niall pourrait être brutal, ses mains tremblantes m'étreignent doucement les cheveux ; il m'encourage avec tendresse.

La bouche trempée, je vais et viens sur sa queue. Plus rien n'existe, je ne suis que gémissements et plaisir. Je m'étrangle en le prenant au fond de ma gorge, mes yeux s'emplissent de larmes, je halète. Il me contemple comme si j'étais une étoile étincelante au milieu de la pièce, ce qui me donne envie de lui donner encore plus de plaisir, toujours plus.

Je le saisis dans ma main, un peu plus bas, et m'agrippe à sa hanche, l'enjoignant silencieusement de *prendre, prendre, prendre*. Je l'incite à me baiser la bouche, ce qu'il fait avec soulagement, de plus en plus profondément. Il coulisse entre mes lèvres, j'enroule ma langue autour de sa queue.

Aime-t-il ces bruits crus autant que moi ? Mes gémissements quand il pénètre plus profondément dans ma gorge, la succion de ma bouche ? Il perd une seconde le contrôle ; soudain frénétique, il me tire les cheveux. Nous sommes tous les deux excités au plus haut point.

Il apprécie le moment –ralentit, accélère– jusqu'à trouver son rythme. J'observe son visage, il bande encore plus dur sous ma langue. Il fronce les sourcils, comme s'il souffrait, et m'empoigne les cheveux.

–Oh… souffle-t-il.

Je me rappelle ses murmures, que je peux presque lire dans ses yeux : *Je veux ça. Que tu me suces la bite, avec tant d'ardeur que tu me supplies silencieusement de te faire avaler mon foutre.*

Je soutiens son regard et supplie :

–Oh, chéri… Je… Oh… *Oh Seigneur !*

Il ferme les yeux, sa queue enfle encore et il éjacule, avec un grognement très profond, dans ma bouche offerte.

Les mains de Niall se crispent puis retombent sur mes épaules. Je m'écarte, avale en lui embrassant le gland, puis je dépose un baiser sur sa hanche.

Il ouvre les yeux, respire un bon coup.

–Eh bien. Très bien. C'était…

Je fixe sa queue toujours en érection, les marques rouges de mes lèvres sur son torse, son sourire de bonheur authentique.

–J'ai l'impression d'être une criminelle qui a laissé un sacré nombre de preuves derrière elle.

Il éclate de rire et observe les dégâts.

–Je ne me sens certainement pas comme une victime. (Il remet son boxer, referme son pantalon.) Je suis incapable d'exprimer ce que je ressens.

–Bien.

J'effleure mes lèvres et lui souris avec fierté. Il tend la main vers mon coude, m'aide à me relever.

–Tes genoux ?

–Ils vont très bien.

Je l'aide à reboutonner sa chemise en silence puis passe les mains sur ses épaules. Niall refait le nœud de sa cravate avec soin. J'aimerais qu'il me prenne dans ses bras, qu'il m'embrasse et goûte son plaisir sur mes lèvres.

–Ruby ?

Je le regarde dans les yeux.

–Oui ?

–Merci…

Le cœur battant, je pose un doigt sur ses lèvres.

–Chut.

–Tu ne veux pas que je te remercie ? demande-t-il derrière mon doigt.

–Non.

Niall semble étonné, il éloigne gentiment ma main.

–Mais c'était merveilleux.

–Pour moi aussi.

Il me dévisage avec intensité.

–Vraiment ?

–Quand tu désires quelqu'un autant que je te désire, donner du plaisir est presque plus agréable qu'en obtenir.

Il se tait soudain, caresse ma lèvre inférieure qui ne doit plus avoir la moindre trace de rouge à lèvres, j'en suis sûre.

–Ai-je l'air d'avoir fait ce que j'ai fait ?

–Hum… (Il se penche pour m'embrasser.) Oui, et j'aime beaucoup ça.

Il m'embrasse plus profondément, les lèvres ouvertes, me suce la langue. Enfin, il s'écarte, me caresse la gorge et m'observe.

– Je suis toujours un peu impressionné par…

Il secoue la tête comme s'il ne parvenait pas à trouver ses mots.

– L'intensité ?

– Oui. L'intensité du plaisir. Mais je ne sais jamais…

J'attends qu'il finisse, mais il hoche simplement la tête et lance :

– *Eh bien*…

Je comprends soudain ce que Max voulait dire : entamer la carapace, petit à petit. Il ne s'agit pas seulement de séduire Niall. Il faut l'empêcher de se refermer après s'être ouvert.

– Laisse-moi aller faire un brin de toilette.

Je monte sur la pointe des pieds pour l'embrasser sur la joue et me dirige vers la porte, jette un coup d'œil dans le couloir avant de courir vers les toilettes.

Mon reflet : la bouche rose et gonflée, un halo rouge autour et le mascara qui a coulé sous mes yeux pendant que je le suçais.

Je n'ai pas besoin que Niall finisse sa phrase. Je sais ce qu'il va dire : *Je suis toujours un peu impressionné par l'intensité du plaisir… Mais je ne sais jamais comment me comporter ensuite.*

~

Si Niall est distrait comme moi, il n'en montre rien. Son attention reste fixée sur l'oratrice qui dévoile un plan après l'autre. Il prend des notes méticuleuses et me lance à peine un regard. Je me souviens de la forme de sa queue, de la sensation dans ma bouche. Son soupir rauque, au moment de l'orgasme, résonne dans ma tête. Mais je n'arrive pas à croire que j'aie fait ça au bureau. Je suis de plus en plus intrépide !

Hors de question de m'excuser d'éprouver du désir pour lui. Je ne veux pas devenir irresponsable pour autant.

Mais… après ce qui s'est passé ce matin, puis la pipe, il s'est plongé dans ses pensées. Je me suis sentie mal à l'aise. *Je déteste* me sentir mal à l'aise.

Sous la table, je glisse mon pied tout près du sien. Il sursaute et me regarde, mais je vois dans ses yeux qu'il comprend : *j'ai besoin de savoir que je ne suis pas allée trop loin.*

Et tout comme les traces de mes baisers se cachent sous ses vêtements de qualité, il colle son pied au mien sous la table. Un secret que nous partageons tous les deux.

Je n'avais jamais réfléchi, jusque-là, au nombre de nerfs présents dans le pied humain. Pendant les deux heures suivantes, je peux presque les dénombrer. Je m'attarde sur chaque léger mouvement de sa jambe, chaque caresse du tissu. Je sens la chaleur de son corps si proche du mien, et pourtant je ne peux rien *faire*. Ça me rend folle. Il se lève pour parler à son tour, je fixe les endroits marqués de rouge, sous ses vêtements. Mon visage reste impassible, pourtant je brûle de l'intérieur.

~

Même en voyage aux États-Unis, je ne suis pas libérée pour autant de mes responsabilités anglaises.

Quand Niall n'est pas là, je travaille sans arrêt. J'ai rendu mes travaux universitaires, mais si j'espère toujours intégrer le programme du professeur Sheffield à l'automne, je dois me remettre au travail. À ce stade, rien ne doit être négligé. C'est pourquoi je décide de refuser un dîner de groupe ce soir, même si ça signifie aussi que je ne verrai pas Niall.

Niall dirige l'équipe, il ne peut pas se défiler. C'est donc avec un petit regard d'excuse à mon attention qu'il informe nos collègues qu'il les retrouvera dans une demi-heure au restaurant.

Frémissante, j'avance vers l'ascenseur – il entre juste derrière moi. Nous avons passé chaque minute des deux dernières semaines ensemble mais, ce soir, nous serons séparés. Ne pas parvenir à concilier les deux m'irrite un peu.

– Ça va ? demande-t-il.

Des gens nous rejoignent dans l'ascenseur.

– Très bien. (Je lui souris.) Je dois seulement me comporter comme une adulte pendant quelques heures et arrêter de jouer à l'enfant gâtée, c'est tout.

Il ne peut pas m'embrasser ou esquisser le moindre geste rassurant. Tout semble tellement fragile. Notre relation commence à ressembler à un château de cartes. En un sens, je comprends pourquoi il veut aller doucement : il n'y a toujours pas de *nous*. Aucun moment où je puisse me dire : *waouh, aucun doute, ce mec est mon petit ami.*

Une minuscule part de moi-même soupçonne que j'ai compliqué les choses en lui parlant de Paul. Je lui devais la vérité, j'y pense parfois, mais surtout, je suis fière de m'en être sortie, de ne pas avoir laissé ce mauvais moment affecter ma personnalité. Je dois m'assurer qu'il le comprenne.

– Tu vas travailler à l'hôtel ?

J'acquiesce, il me suit hors de l'immeuble.

– Je t'accompagne.

Je lui souris et murmure :

– Merci.

Les taxis nous frôlent en klaxonnant. Le vent froid du mois de mars nous fouette le visage. L'air un peu gêné, Niall passe le bras autour de mes épaules.

Il se penche pour me parler à l'oreille.

– Si je ne te l'ai pas encore dit, je trouve génial que tu sois aussi franche. Et je ne pense pas que tu sois une gamine gâtée. (Je boude intérieurement.)

Un frisson me parcourt.

Nous discutons de la conférence et des rencontres à venir. Il me tient la main et je réalise avec fierté que je me suis habituée à ses grandes enjambées. Nous marchons maintenant au même rythme. Mais il y a toujours *un truc* entre nous.

Pendant le court trajet en ascenseur, je lui demande :

– Tu veux que je sois franche ?

– Oui.

Je le regarde intensément :

– Suis-je allée trop loin aujourd'hui ?

Il avale sa salive, mais comprends tout de suite.

– Peut-être un peu. Mais je n'avais aucune envie de t'arrêter. Je ne sais même pas si tu te serais laissé faire…

Je ferme les yeux, prise de vertige.

– Ou si j'aurais dû. (Il me prend le menton dans sa main pour tourner mon visage vers le sien.) Ruby, c'était merveilleux.

J'acquiesce en me forçant à sourire.

–Tu viendras dans ma chambre plus tard ? Quand tu rentreras du dîner ?

Il me dévisage longuement et acquiesce. Il m'embrasse doucement, sur les lèvres.

–Viens quand tu veux. (Je lui donne le double de la carte qui ouvre ma chambre.) J'ai des tas de choses à faire, donc je ne vais pas dormir de la nuit… ou alors je m'effondrerai sur mon bureau en bavant. Qui sait ?

Il éclate de rire. La tendresse que je ressens est si forte que cette sensation ressemble à un coup de poing dans l'estomac. Il m'embrasse encore une fois sur la bouche et glisse la carte dans sa poche. Je sors de l'ascenseur et lui fais signe, le regardant disparaître entre les portes.

~

Un petit bruit me réveille. Un rai de lumière traverse la chambre, puis la porte se referme. Exactement comme je l'avais prévu, j'ai travaillé jusqu'à épuisement, je me suis déshabillée et j'ai enfilé un T-shirt avant de sombrer.

La silhouette de Niall se dessine dans la pénombre, il retire sa veste et s'assied sur le lit. Le matelas s'affaisse sous son poids, j'attends qu'il dise quelque chose. Au bout de quelques secondes de silence, il ouvre la bouche :

–Tu dors ? murmure-t-il dans l'obscurité.

Le calme de la chambre me frappe, il doit être très tard. Comment se fait-il que Niall ne soit pas arrivé plus tôt ? A-t-il passé la nuit à réfléchir, beaucoup trop réfléchir, à ce qui arrive entre nous ? Les mots se coincent en travers de ma gorge. Je me demande ce qui se passerait si je ne répondais pas. Monterait-il sur le lit pour m'enlacer ? Se lèverait-il pour partir ? Envisager une réponse me fait peur.

– Ruby ?

– Quelle heure est-il ?

– Presque une heure du matin.

Je m'assieds en remontant les genoux sur la poitrine.

– Et tu viens de rentrer ?

– Non. (Je n'arrive pas à discerner son expression, mais je le vois passer une main dans ses cheveux.) Je suis resté en bas pendant deux heures.

Mon cœur bat plus fort, je ne sais pas si l'obscurité est une chance ou une malédiction. Il est resté en bas pendant deux heures ?

– Pourquoi ?

Il rit sèchement.

– J'ai repensé à ce qu'on a fait tout à l'heure.

– Oh !

– Tu n'es pas surprise ?

Je dégage les cheveux tombés devant mes yeux. Dois-je être complètement honnête ?

– J'aurais été surprise que ce ne soit pas le cas.

– Suis-je si prévisible que ça ?

– Je dirais cohérent. (Le silence s'étire entre nous, je n'arrive pas à le supporter.) Tu veux en parler ?

Il se tait un moment puis acquiesce.

– Je pense. Ouais.

Je souris dans l'obscurité en réalisant à quel point c'est difficile pour lui.

– Je me rends compte que je dois te perturber. Avec les messages contradictoires que je t'envoie à propos de notre relation physique.

Il s'arrête et me prend la main en passant un doigt sur mon poignet.

– Je t'ai dit que je voulais prendre mon temps et… je t'ai mis du rouge à lèvres, je me suis laissé aller…

– Ça ne m'a pas dérangée. Je sais qu'on ne peut pas toujours tout contrôler. Parfois, on fait quelque chose dans l'urgence du moment et on réfléchit plus tard. Tant qu'on est honnête l'un envers l'autre, il n'y aura pas de problème entre nous.

– Merci, dit-il.

– Et tu n'es pas le seul à avoir tendance à revivre cent fois les mêmes scènes. Mais moi, je me laisse plus souvent embarquer par un vent de folie.

– Je me sens mieux, alors.

Silence.

– Puisque nous sommes honnêtes, puis-je te poser une question ?

Il me serre la main :

– Bien sûr, mon cœur.

– Est-ce que la part de toi qui veut aller lentement a été influencée par ce que je t'ai dit hier soir ?

Il se tait pendant un moment, je le sens s'agiter sur le matelas.

– Après ce qu'il t'a fait… j'ai l'impression que je *devrais*…

– Je t'arrête tout de suite. (J'avais raison : ce ne sont pas seulement ses hésitations personnelles, il a peur de me brusquer.) Je t'ai raconté ce qui s'est passé avec Paul parce que je te fais confiance et parce que tu m'as *posé la question*. Je voulais que tu saches exactement qui je suis. Ce qui est arrivé ne disparaîtra jamais parce que c'est une part de mon passé, mais je n'ai pas envie que tu te comportes différemment à cause de ça. Je ne suis pas en sucre, je n'ai pas besoin que tu me ménages. Pas comme ça. Je veux que tu me fasses confiance, je t'indiquerai mes propres limites, exactement comme tu le feras.

Il se frotte le visage.

–Mais… je me sens perdu. On communique tellement, c'est une révélation. Je me suis senti si seul pendant mon mariage. Et j'ai peur que ce ne soit pas seulement lié à Niall *et* Portia. Je crains que ce ne soit de *ma* faute. Je sais que je ne parle pas assez et si tu… si *quelqu'un* finit par en avoir assez de devoir me tirer les vers du nez en permanence ?

–Niall…

–Et si après le temps de la conquête, tu réalises que je ne suis pas celui que tu crois ? Je… je ne sais pas comment je pourrai gérer ça.

–Nous sommes très différents de ce point de vue : tu ne partages pas assez tes sentiments, et moi c'est le contraire. (Il rit en me caressant la joue.) Et pour être honnête, *c'est* frustrant de devoir toujours tenter de déchiffrer ce que tu penses. Comme ce matin. Je ne dis pas que je devrais connaître chacune de tes pensées… mais j'ai besoin d'être avec quelqu'un qui me parle. Qui soit capable de faire un effort pour sortir de sa carapace. J'ai besoin de ça.

Un lourd silence envahit à nouveau la chambre, comme si une troisième personne s'était invitée dans notre tête-à-tête.

Déchiffrer ses pensées ? Je m'y efforce à l'instant. Et ça me frappe : je devrais peut-être clarifier mes propos. Quand je dis quelqu'un, je pense *lui*, bien sûr.

Mais Niall semble prêt à faire un premier pas. Il se penche, appuie son front contre le mien.

– J'essaierai. Pour toi, j'essaierai.

Chapitre 12

Niall

Je n'ai jamais rencontré une femme comme Ruby. Au lieu d'attendre de moi d'énormes efforts qui lui prouveraient mon attachement, elle semble s'attacher aux petits détails. Ma main dans son dos pendant que nous attendons sur le quai du métro, un regard langoureux quand nous faisons la queue pour acheter notre déjeuner, des baisers pendant des heures au lever du soleil. Notre relation physique n'a pas progressé, mais elle n'insiste jamais, elle ne me demande aucune explication après ce que je lui ai dit dans sa chambre.

J'ai *réellement* envie d'essayer. Elle le sait et semble se contenter du plaisir d'être avec moi.

Ruby me surprend sur d'autres aspects. Son intelligence surpasse mes attentes. Elle absorbe les moindres détails comme si elle possédait un super-pouvoir. Je suis du genre à prendre beaucoup de notes et je peux rassembler des informations très rapidement s'il le faut mais, dans la semaine, j'ai eu plusieurs absences.

Immédiatement, Ruby m'a donné la réponse. C'était remarquable.

Notre quotidien m'enchante : travail, repas pris ensemble, soirées passées au lit à parler en s'embrassant jusqu'à être si fatigués que nous marmonnons des inepties et nous endormons l'un contre l'autre. C'est la vie rêvée – nous en avons conscience tous les deux. Nous vivons dans un hôtel magnifique, nous mangeons quand ça nous chante et passons la journée entière à travailler avec une efficacité redoutable, comme un couple, aux yeux de tous.

Passer un mardi entier sans voir Ruby depuis qu'elle est sortie de ma chambre très tôt ce matin me paraît bizarre. La fin de première phase du sommet approche, je dois passer un nombre incalculable de coups de fil et d'appels conférence. Ensuite, jusqu'au retour à Londres, mes journées seront beaucoup plus calmes. Je n'arrive pas à savoir si j'ai hâte d'avoir plus de temps ou si je le crains. Certes, je pourrai réfléchir plus à loisir à ce qui se passe entre nous. Mais je ne sais pas si réfléchir davantage à cette nouvelle relation, à la rupture avec ma vie d'avant, à la gestion du retour à Londres, est une si bonne idée.

Finalement, je trouve Ruby dans le couloir en train de discuter avec l'un des ingénieurs de l'équipe. Elle semble impatiente de me parler. Je salue Kendrick, qui s'éloigne. Ruby lève une main avec les deux tickets qu'elle cachait dans son dos.

– Qu'est-ce que c'est ?

Bitter Dusk, Bowery Ballroom, 29 mars, 20h30.

Un concert, ce soir ?

– C'est quoi ? je répète.

Ravie, elle me sourit. Elle ne s'attend quand même pas à ce que…

Elle se dirige vers l'ascenseur, appuie sur le bouton d'appel.

– C'est le concert dont je te parlais. Quelle *coïncidence,* on y va ce soir !

Je grimace en imaginant la salle pleine de corps suants, qui se collent à moi et me poussent en hurlant pendant que des guitares et d'autres instruments bruyants prennent nos oreilles d'assaut.

– Ruby, je ne pense vraiment pas que ce soit mon truc.

– Oh ! absolument pas. C'est aussi terrible que ce que tu penses.

Elle me tapote le front en riant. Nous entrons dans l'ascenseur, je suis heureux de sentir à quel point nous sommes bien ensemble.

– Peut-être même pire. Le club est minuscule par rapport à la notoriété du groupe. Des Américains transpirants, ivres, *partout.* Mais je veux quand même que tu m'accompagnes.

– Je dois dire que je suis un peu déçu par tes capacités d'argumentation.

– Je vais te faire boire, parce que tu n'es pas obligé de travailler demain ! (Elle m'embrasse le menton.) Je te parie cent dollars que tu t'amuseras comme un fou et que tu me récompenseras ensuite par des orgasmes.

– J'ai envie de te récompenser avec des orgasmes *maintenant.*

– Considère le concert comme un préliminaire, alors.

Elle me lance un regard, celui qui signifie : *C'est exactement ce dont on a parlé. Fais ça avec moi.*

Ennuyé, je soupire et la suis à la réception. J'ai beau rêver de sentir sa peau contre la mienne le plus tôt possible - c'est bizarre de l'admettre -, l'idée de *sortir* ne me déplaît pas.

- Je connais au moins une de leurs chansons ?

- Tu as *intérêt*. (Elle me jette un regard joueur par-dessus son épaule.) Et si ce n'est pas le cas, on va rectifier le tir tout de suite. C'est mon groupe préféré.

Elle chantonne quelques mesures d'un morceau que je reconnais parce que j'ai dû l'entendre dans un lieu public. Ruby chante faux - vraiment mal, en réalité - mais elle n'en a rien à faire. Seigneur, y a-t-il une seule chose que je n'apprécie pas chez cette fille ?

- Tu es en train de penser que je chante mal, dit-elle en me donnant un coup d'épaule.

- Oui. Mais je *connais* cette chanson. Je tolérerai donc ce divertissement !

Elle me lance un regard faussement exaspéré :

- Comme c'est généreux de ta part !

~

De l'extérieur, Bowery Ballroom rappelle une vieille caserne de pompiers : façade en grès, arches au centre, panneau en néon vert signalant l'entrée sur le côté. Quand nous sortons de la station de métro juste à côté du bâtiment, Ruby me tire vers la salle de concert en sautillant. À l'intérieur, l'espace est beaucoup plus exigu que ce que j'imaginais. La scène, encadrée de lourds rideaux de velours, est à seulement un mètre du sol. Je comprends l'excitation de Ruby : dans un lieu pareil, elle ne pouvait pas rêver être plus proche de son groupe favori.

À l'étage, des balcons encadrent la salle des deux côtés. Des gens s'y installent, un cocktail à la main. La fosse a commencé à se remplir, la proximité de tous ces corps mouvants me rend claustrophobe. Comme si Ruby sentait que je m'apprête à paniquer, elle me tire par la manche vers le bar.

– Deux gin gimlets avec un max de citron, crie-t-elle au barman.

Il acquiesce et remplit deux verres de glace. Le hipster qui nous sert lui sourit, regarde sa bouche puis s'attarde sur sa poitrine.

Instinctivement, je passe un bras autour de ses épaules et l'attire contre moi. Surprise par mon geste, elle sursaute, s'appuie sur mes avant-bras, puis éclate d'un rire ravi. Elle se cambre contre moi, glisse les mains sur mes fesses pour m'attirer encore plus près d'elle.

Elle tourne la tête, s'appuie sur mon torse. Je me penche pour que sa bouche soit tout près de mon oreille.

– Je suis folle de toi depuis des mois, me rappelle-t-elle en me mordillant le cou. Te voir jaloux comme ça, c'est plus que je ne pouvais espérer.

– Je ne partage pas.

– Moi non plus.

– Et je ne flirte pas.

Elle se tait, en feignant de réfléchir à ma réaction. Je ne sais même pas si *j'*en comprends la teneur. Avec Portia, je n'ai jamais été jaloux. Même quand elle essayait de m'irriter en dansant dans les soirées, en buvant avec excès ou en draguant des amis. Mais avec Ruby…

je ressens le désir profond de prouver au monde qu'elle est mienne, ce qui me ravit et me fait peur à la fois.

– Je sais que je suis du genre à flirter, dit-elle en me scrutant. Mais je suis incapable de trahir qui que ce soit.

Quelque part, je le sais déjà. Dans la lumière discrète du bar, au milieu d'une foule bruyante, notre conversation me semble encore plus intime.

– Je m'amuse plus avec toi qu'avec quiconque. Je te fais confiance. Parfois, j'ai l'impression de te connaître par cœur et puis je me souviens que nous venons de nous rencontrer.

Je dois me rappeler que Ruby n'a que vingt-trois ans mais qu'elle a plus d'expérience sexuelle que moi, et plus encore en matière de flirt. Pour ma part, je n'ai connu que les relations longue durée. Elle ne doit pas savoir comment me prendre. Je voudrais faire la synthèse entre sa tendance à foncer tête la première et mon aptitude à enfoncer la tête dans le sable.

– Nous ne venons pas de nous rencontrer, grommelle-t-elle en me pinçant les fesses. Ce n'est pas parce que notre relation est nouvelle qu'on doit être effrayés. Comment faire, sinon ? Impossible de tout savoir de l'autre au premier rendez-vous.

Le barman nous tend nos verres, je lâche Ruby une seconde pour payer avant qu'elle ait le temps de sortir son portefeuille de son petit sac. Elle me lance un regard mauvais puis monte sur la pointe des pieds pour m'embrasser. Elle n'effleure pas simplement mes lèvres comme je m'y attendais. Elle m'embrasse profondément, sa langue glisse dans ma bouche, prouvant au monde que je lui appartiens avec ce style effronté qui la caractérise.

Pendant un moment, j'oublie que nous ne sommes pas dans l'intimité de notre hôtel ou dans l'atmosphère rassurante de Londres. Il s'agit simplement de Ruby et moi, amoureux, se laissant aller à cette *folie* qui nous a immédiatement emportés tous les deux.

Je m'écarte pour reprendre mon souffle et me calmer. Je reprends conscience de la foule environnante et des regards qui ne nous quittent pas. Un Smartphone capture nos gestes tendres. Le barman me rend la monnaie en jetant les billets sur le comptoir, un geste qui me dit qu'il nous a vus, lui aussi. Ruby ne s'y arrête pas. Elle lève son verre, hausse les sourcils et boit une longue gorgée.

– Tu embrasses très bien.

Je souris et retire quelques citrons de mon verre pour les poser sur une serviette. J'aime le citron, bien sûr, mais Ruby aime son gimlet avec plus de citron que de gin.

Ma Ruby.

J'avale ma salive et la dévisage en léchant le jus sur mes doigts. *Ma Ruby.* Fascinée, elle m'observe me lécher les doigts.

– Et là, tu imagines ma langue sur ton clitoris ou combien de doigts pourraient entrer dans ta chatte ?

Elle retient sa respiration, écarquille les yeux un instant puis son sourire plein de confiance revient.

– Aimes-tu me regarder te lécher les doigts autant que j'aime te voir le faire ?

Je déglutis en observant ses lèvres ouvertes, brillantes à cause du gin. Je pense tout de suite à sa bouche sur ma queue la seule fois où elle m'a sucé. Une bouche gonflée et glissante, délicieuse.

– Je préférerais te voir sucer tout autre chose. (Une bouffée de chaleur me submerge, l'adrénaline se répand dans tout mon corps.) Encore.

Elle me dévisage, j'entends une femme murmurer juste derrière moi.

– Tu vois ? Je parie qu'ils baisent tous les jours, putain.

Ruby ouvre de grands yeux, me sourit en penchant légèrement la tête pour écouter.

– Et qu'elle *vit* avec sa queue dans la chatte.

Elle lève les sourcils et je dois détourner le regard pour ne pas éclater de rire. Ruby sourit toujours quand mes yeux reviennent sur elle.

Elle articule :

– Ils parlent de nous ?

J'acquiesce. J'en suis certain.

Elle se jette un coup d'œil puis murmure :

– Non, elle n'est pas dans ma chatte.

Je prends sa main pour l'appuyer sur mon ventre, sur ma queue.

– Non, à l'instant, non.

Mais, Seigneur, ça me donne des idées.

~

Au moment où la première partie commence, la foule quitte immédiatement le bar. Ruby saisit ma main, avale la moitié de son verre en quelques gorgées et me fait signe de l'imiter. Elle me regarde terminer le mien, le poser et lever les sourcils. Avec un hochement de tête, elle finit son gin cul sec en grimaçant.

Ruby me tire par la main, mais je refuse de bouger. Je suis tellement bien avec elle, je ne veux pas que ça s'arrête.

– Ma condition, ce soir, c'est que tu passes toute la première partie du concert à discuter avec moi ici.

Elle hoche la tête et me sourit mystérieusement.

– C'est quand même drôle que tu aies l'impression de ne jamais flirter.

Elle s'essuie la bouche. Je fais signe au barman que nous voulons un autre verre et lui demande :

– C'est-à-dire ?

– « Et là, tu imagines ma langue sur ton clitoris ou combien de doigts pourraient entrer dans ta chatte ? », me cite-t-elle avec un accent britannique. (Elle pose le menton sur ma poitrine, me jette un regard embrasé.) Ça, mon *cœur*, c'est du flirt et du flirt très très coquin.

Je glisse un autre billet de vingt dollars sur le bar.

– Ah, beauté, c'était une simple question…

Elle éclate de rire, fait mine de me frapper la poitrine.

– Ne fais pas l'innocent avec moi. Je t'ai démasqué. L'homme calme et stoïque en public et, en privé, le coquin.

Je me fige en la regardant. C'est ainsi qu'elle me voit ? Je reviens sur ces trois dernières semaines passées avec elle et dois bien admettre que mon comportement me ressemble très peu. En même temps, avec elle, tout s'est fait naturellement.

– Quand tu te laisses aller… c'est presque *too much*. Je ne pensais pas que les types comme toi existaient réellement. (Elle me prend la main.) Dis-moi ce que tu penses, là tout de suite.

Je cligne des yeux en réfrénant mon désir de revenir en arrière. Mais l'honnêteté est la base de notre relation.

– Je suis ravi que tu m'aies obligé à venir ce soir.

Elle attend que je continue.

- Franchise, hein ?

- Bien sûr.

- Ces dernières semaines ont été merveilleuses. Au départ, je craignais que tu ne conçoives notre relation que sous l'angle sexuel.

- J'ai envie de sexe avec toi, parce que je te désire, que j'aime passer du temps avec toi. Pas parce que le sexe est essentiel ou que j'espère obtenir quelque chose en retour.

Elle regarde ailleurs. Il me faut un moment pour réaliser que je l'ai blessée.

- Je ne remets pas en cause les sentiments que tu as pour moi. J'espère que tu sais que je tiens énormément à toi.

Elle éclate de rire et m'embrasse sur la joue.

- Tu es adorable. Trop parfait pour être vrai ! Je ne peux pas suivre !

La deuxième tournée est ingurgitée à peine plus lentement que la première. Légèrement étourdi par l'alcool, je commande nos troisièmes cocktails. Les joues de Ruby ont rosi, elle rit tout le temps aux anecdotes de mon enfance à Leeds : Max à quinze ans, qui court sans pantalon après s'être fait prendre en train de baiser la fille du président du comité municipal de Leeds en plein Pudsey Park. Le mariage de ma sœur aînée Lizzy où la dame d'honneur a renversé un verre de vin rouge sur sa robe de mariée et où Oncle Philip a tellement bu qu'il est tombé sur la pièce montée. Le tempérament de feu de mon autre sœur Karen, sa réputation au lycée de meilleure boxeuse (non officielle) de Leeds.

Le groupe en première partie, nommé Sherrif Goodnature, quitte la scène. Les spectateurs se ruent vers le bar pour boire un autre verre avant le début du concert à proprement parler. Ruby vacille devant moi, elle pose son verre à moitié plein sur le comptoir et se dirige vers les toilettes. Je la suis dans les couloirs tortueux et l'attends devant la porte. Excitée, elle sourit. Je l'embrasse.

– Tu n'as pas pu m'attendre ?

– Mea culpa, je murmure dans sa bouche. Tu es tellement belle.

Elle gémit et m'attire vers la salle principale où tous ces corps transpirants se sont amassés, attendant avec impatience que Bitter Dusk apparaisse sur scène. Les membres du groupe branchent leurs guitares, testent les micros puis disparaissent à nouveau derrière les rideaux. Ruby, excitée comme jamais, saute d'un pied sur l'autre tout contre moi, concentrée sur le moindre de leurs mouvements. Le bruit assourdissant m'empêche de lui parler mais, malgré tous mes a priori, la voir aussi heureuse est la seule chose qui compte. Je serais capable de la regarder toute la soirée et d'apprécier chaque seconde de ce chaos musical.

La foule se tait soudain, le chanteur principal s'approche du micro sans un mot. Il se contente de regarder les autres membres de son groupe et de hocher la tête. Le batteur tape dans ses baguettes une, deux, trois fois.

La musique envahit la salle.

La batterie, la basse et la guitare sèche produisent un son magnifique. En un instant, je sens le rythme s'emparer de mon corps, mes poils se hérissent. La musique est géniale : riche, pleine d'énergie avec la guitare blues, la batterie, les paroles des chansons. À la fin de la soirée, j'aurai des acouphènes et Ruby devra crier pour que je l'entende, mais je ne m'attendais pas à une telle magie. Je ressens la musique comme une présence physique sur ma peau et à l'intérieur de moi.

Ruby ne m'avait pas prévenu, elle a peut-être supposé que j'étais déjà allé à un concert, mais ce n'est pas le cas. J'ai vu des ballets, des opéras, des comédies musicales avec Portia à Londres mais jamais un vrai concert. Je n'ai jamais connu un moment de communion aussi forte.

De rocailleuse, la voix du chanteur se fait plus douce et entêtante. Les paroles excitent mon imagination. Le regret, la culpabilité, le désir et le soulagement m'envahissent. Je me sens étrangement nostalgique à cause de mes années perdues, et plein d'espoir en imaginant ce que ma vie pourrait devenir à partir de maintenant. C'est presque trop intense. Toutes ces lumières, Ruby qui lève les bras au-dessus de la tête, danse et chante...

Devant moi, elle balance les hanches en rythme. J'ai envie d'elle, je résiste à l'attraper par les hanches et à enfoncer ma queue de plus en plus dure entre ses fesses. Je l'agrippe par la taille, ferme les yeux et apprécie la musique, séduit par ses mouvements sensuels contre moi. Elle plonge les mains dans mes cheveux, attire mon visage dans son cou.

Je la suçote, la mordille en gémissant. Je commence à bander plus dur, j'oublie le concert, uniquement concentré sur la merveilleuse créature qui est devant moi. J'hésite entre l'attirer dans l'une des petites alcôves ou lui laisser l'occasion de profiter de la musique.

Je secoue la tête pour retrouver mes esprits, histoire de ne pas me laisser submerger.

Le groupe enchaîne les morceaux, s'arrêtant à peine pour remercier la foule et boire une gorgée des bières perchées sur leurs amplis. Je n'ai jamais vécu un moment pareil, j'ai l'impression de regarder directement dans le cœur de Ruby : son amour de l'énergie, de l'aventure, qui l'a poussée à acheter des billets pour voir son groupe préféré ici, dans une ville étrangère. J'admire sa confiance en son instinct quand elle a décidé de m'amener ici. Elle savait que je serais bouleversé par la musique, les lumières, les cent personnes qui nous entourent, unies dans un même mouvement.

~

Mesurant près de deux mètres, je suis habitué à me pencher pour écouter les autres parler. J'incline instinctivement la tête pour passer sous les portes, je reste toujours en marge des groupes de discussion pour ne jamais avoir l'air d'exclure les gens. Mais dans le métro qui nous ramène à l'hôtel, je sens que Ruby ne veut pas que je me recroqueville : elle se colle à moi, glousse dans mon oreille, tant elle a été excitée par le concert.

Son ventre est collé contre mon sexe et, une fois encore, ses mains glissent dans mon manteau, sous mon pull, pour pouvoir m'effleurer. Elle titille la ligne de poils sous mon nombril, caresse la boucle de ma ceinture. Elle glisse le doigt juste sous la ceinture de mon pantalon.

Et bordel, elle sait exactement l'effet qu'elle a sur moi. Je le lis dans ses yeux pétillants de malice. Aguicheuse, elle sourit discrètement. Je l'écoute babiller à propos du concert, de la foule, des chansons, en vibrant un peu davantage chaque fois que ses ongles griffent mon ventre ou que son corps chaud se colle au mien. Je subis la torture en silence, sans quitter son visage des yeux. À chaque station, je calcule mentalement dans combien de temps je pourrai la dévorer.

Au moment où nous sortons du métro, elle semble avoir besoin d'air. Je ne résiste pas à la plaquer contre la façade d'un immeuble, juste à côté de notre hôtel, pour sentir l'odeur de rose miellée de sa peau.

– Tu joues à quoi ?

– Hum ?

Elle s'étire comme un chat dans mes bras.

– Comment puis-je m'en sortir ? Où vais-je trouver la force de me retenir ?

– *Nulle part.*

– Tu me perturbes. C'était tellement bien de prendre notre temps.

Elle passe les bras autour de mon cou et m'attire pour m'embrasser avec tant de sensualité que ma poitrine se contracte. Elle m'offre ses lèvres de velours et sa langue avec une telle honnêteté. Je lèche sa lèvre inférieure, la suce, elle gémit doucement.

– C'est toujours très bien. Je ne te ferai pas l'amour avant que *ce soit* de l'amour pour toi.

Elle me rassure. Elle m'avoue qu'elle sait qu'elle a pris possession de mon esprit, peut-être de mon cœur, et y fera attention.

Quelque part, cette promesse de ne pas faire l'amour avant d'être sûr augmente mon délire. Je l'attire dans la rue.

Une fois dans notre chambre d'hôtel, je retire son manteau, jette le mien par terre et je la plaque contre la porte. Ses baskets atterrissent à côté du lit, je retire brutalement son jean.

Je n'ai jamais ressenti un désir pareil. Chaque pore de ma peau s'ouvre et accueille la sensation brûlante. Les yeux écarquillés d'excitation, Ruby me dévisage. Son désir, la rigidité de mon sexe m'obnubilent. Je devrais probablement me calmer mais, à cet instant précis, c'est hors de question.

– Tu fais...

Elle ne finit pas sa phrase. Je descends mon jean au niveau des genoux et tombe lourdement sur elle. Mon boxer et sa culotte sont les dernières choses qui m'empêchent de la prendre pour la première fois, par terre.

Entre ses jambes, mon sexe est appuyé si fort contre sa chatte que je pourrais la pénétrer à travers le satin. Elle doit être trempée. Je grogne, vais et viens contre elle, plein de désir et de désespoir. Je retire son top et son soutien-gorge pour empoigner ses seins.

J'imagine ce que j'éprouverais – *ce que j'éprouverai* – si ses jambes entouraient ma taille, si ses hanches épousaient chaque mouvement frénétique des miennes. Ruby m'agrippe les fesses, gémit, me demande de le faire.

Je me maintiens sur les coudes, mais je l'embrasse comme un fou, avec une frénésie inconnue. Mes dents glissent sur sa peau, je suce sa langue, ses lèvres, son cou. Plus excitée qu'apeurée, elle semble apprécier mon attitude. Ses gémissements, ses lèvres, ses mains me rendent *fou*.

J'ai envie de jouir tellement vite –*trop* vite– mais ensuite, je pourrai prendre tout mon temps avec elle. J'ai besoin de me soulager, de reprendre mes esprits. Sa présence me rend fou, je rêve de la goûter... La sensation devient de plus en plus forte, je ressens une série de décharges électriques dans le corps, je tremble de tous mes membres et je jouis en criant.

Haletante, Ruby plonge les mains dans mes cheveux quand je me retire, enlève sa culotte et appuie ma bouche sur son sexe trempé. J'enfouis la langue dans sa chatte.

Quel bonheur de la prendre, de la goûter ainsi.

Ses gémissements s'accentuent, elle ondule des hanches. Je devrais être doux et aimant, pourtant j'écarte ses cuisses, je la pénètre des doigts, la suce et la baise avec ma langue. Elle devient de plus en plus frénétique.

–Niall...

Elle souffle mon prénom avant de crier brièvement, à bout de souffle. Elle m'attrape par les cheveux pour retirer ma bouche de sa chatte:

–Porte-moi sur le lit. Je veux te voir.

Je me lève, retire mon pantalon et ma chemise avant de la porter jusqu'au lit. Je l'aide à finir d'enlever son top froissé. Je suis assez calme pour prendre le temps de la regarder, de l'embrasser dans le cou.

–J'adore ça... murmure-t-elle entre deux baisers, répétant mes mots de l'autre nuit, la première fois où nous avons été aussi intimes dans sa chambre. J'adore sentir mon goût sur ta langue.

Je sens la chair de poule hérisser mes bras et j'apprécie ses baisers mouillés, la manière dont elle m'attrape la main, la guide sur son corps et entre ses jambes.

Je l'embrasse dans le cou, sur la poitrine, lutine ses seins et son ventre, avant de descendre jusqu'à son sexe.

Les doigts enfouis dans mes cheveux, elle me regarde. Je me perds dans la contemplation de son corps nu.

– Tu es tout calme soudain.

Je plonge mon pouce en elle puis je caresse son clitoris.

– Je me concentre.

Pourquoi parler quand je l'entends gémir, soupirer, quand elle agrippe ainsi les draps de ses poings menus ?

Je la lèche plus fort, elle soulève les hanches et bouge contre mon visage.

– Je… commence-t-elle avant de gémir.

– Chut…

J'embrasse mon pouce, je la lèche en la branlant en même temps. J'ai cessé de fantasmer à propos du sexe oral (dans les deux sens) quand Portia a décrété que ce n'était pas une pratique convenable. Elle voulait faire l'amour en missionnaire, les yeux fermés, les lumières éteintes, avec de la musique, pour ne pas être gênée par nos bruits.

Mais j'adore le goût de la femme, et le côté merveilleusement déviant de cet acte. Embrasser une femme là, c'est le début de toute sensualité enfiévrée : un homme veut toujours goûter à cette source de plaisir. Sur le lit, Ruby se redresse sur les coudes et me dévisage de ses grands yeux ourlés de cils longs et noirs.

Mon pouce va et vient, ma langue dessine des cercles. Sa poitrine tremblote, j'entends sa respiration saccadée. La bouche ouverte, elle soupire et se mordille les lèvres.

– Tu aimes me lécher ? demande-t-elle d'une voix à peine audible.

– « Aimer » c'est un peu faible, je lui dis en l'embrassant. Je ne pense pas pouvoir éprouver plus de plaisir.

Sa respiration se calme, j'écarte ma bouche de son corps. Elle se fige. *Tellement près.*

– *Niall.* S'il te plaît.

– S'il te plaît quoi, mon cœur ?

J'embrasse sa hanche, sa peau délicate sous ma main, en ralentissant les mouvements de mon pouce.

– Reviens… *là.*

Je lutte contre un sourire.

– Où exactement ?

Elle me regarde avec douceur.

– Tu sais où.

– Ta chatte, mon cœur ?

Elle se tortille sous moi.

– Je n'en peux plus.

– Tu en as *envie*, c'est différent.

J'adore ce jeu où je peux la toucher, la goûter et tenir ma promesse de la faire jouir du bout de la langue.

Ses lèvres tremblent, elle les mord en me suppliant du regard.

Tellement facile de l'amener jusqu'à ce point. Elle a tellement fantasmé sur ce moment que son corps répond à mes mains comme si je la caressais depuis toujours.

– Dis-moi…

Je souffle sur son clitoris. Elle ferme les yeux, saisit mon poignet avec impatience. Le corps contracté, la respiration courte, elle tremble tout contre moi.

Son plaisir me rend fou, j'aime voir sa bouche ouverte, sentir son cœur battre follement, avoir son goût sur les lèvres.

– Ruby ? Dis-moi.

Je me penche, la lèche encore et encore.

Ses cuisses vibrent d'excitation.

– Je vais jouir.

– Non, *dis*-moi, je répète tout contre sa peau en m'éloignant à peine.

Elle doit se forcer à ouvrir les yeux. Elle me dévisage, confuse :

– S'il te plaît, je…

– Tous ces doigts inoccupés… (Je lui souris.) C'est une grande perte, tu ne trouves pas ? Dis-moi… est-ce que je devrais en faire quelque chose ?

Elle grommelle, je me penche et la lèche pour de bon. Son corps tout entier s'agite. Ma question l'a excitée au plus haut point.

Je voulais simplement qu'elle sache ce qui l'attend. Sans hésitation, je la pénètre de plusieurs doigts, profondément, fort, tout en la suçant avec avidité. Elle crie, se cambre sur le lit et jouit violemment. Ses jambes m'emprisonnent les épaules, je suis à deux doigts de perdre la tête.

~

Je la porte jusqu'à la salle de bains. Les lèvres dans mon cou, elle m'embrasse, m'avoue de sa voix rauque qu'elle n'a jamais été aussi bouleversée de sa vie.

Moi non plus.

Faible, secouée, Ruby tremble dans mes bras. Je prends garde de la déposer délicatement dans la douche, en me mettant devant les jets pour attendre que l'eau se réchauffe. Les yeux pleins d'une émotion qui me terrifie soudain, elle entoure ma taille de ses bras et m'observe en silence. Et si elle mettait des mots sur ses sentiments ? Le regard de Ruby ne cache rien : je sais sans aucun doute qu'elle est amoureuse de moi, que ce n'est pas le simple plaisir de ma bouche, ou l'idée de ma réserve stoïque, qui flanche sous son charme. De l'amour. Elle m'aime.

Si les choses étaient plus simples, je lui ferais l'amour maintenant. Parce que je sais que mes sentiments sont passés du désir, de l'attraction, à un attachement plus profond. De l'amour, peut-être. Mais après être resté si longtemps avec Portia sous le prétexte d'un amour auquel je croyais... puis-je avoir confiance en ma définition de l'amour ? J'ai dédié mon existence à cette femme. J'ai été loyal. Mais amoureux ? Je ne suis plus si sûr.

Un souvenir me revient. Le soir de notre mariage, quand nous dansions devant tout le monde. Je me sentais plein d'énergie, d'espoir.

– J'adore ta robe blanche... On dirait un secret. (J'embrasse Portia dans le cou.) *Notre* secret.

– Quoi ? demande-t-elle.

Si j'avais eu un peu plus de plomb dans la cervelle, j'aurais compris que son ton de voix n'augurait rien de bon.

Ce regard, j'ai appris à le connaître par la suite. Mais à l'époque, j'étais jeune et innocent.

– Je t'ai déjà fait l'amour, mon amour. Et ce soir, je ne compte pas m'arrêter.

Portia se fige dans mes bras puis se remet à danser comme un automate. La musique s'arrête, les invités applaudissent à tout rompre.

Je la dévisage : l'expression froide, indéchiffrable.

– Qu'y a-t-il ?

Elle me sourit avec raideur puis m'embrasse sur la joue.

– Tu viens de me traiter de traînée le jour de notre mariage.

C'était le début. Même si ça n'a pas toujours été comme ça. Seulement la plupart du temps. J'ai fait ma demande à Portia avec une bague achetée dans un magasin de bonbons. Elle avait ri si fort qu'elle en pleurait puis m'avait embrassé passionnément, sans égard pour les passants de Picadilly Circus.

Le souvenir de nos fiançailles se perd dans le reste de nos souvenirs sans émotion, sans bonheur. Chaque fois que je discute avec Portia, je lutte pour faire remonter les souvenirs des temps meilleurs, une manie étrange pour un homme qui n'a aucune envie de se rapprocher de son ex-femme. Mais j'y repense parce que j'ai besoin de me souvenir qu'à une certaine époque, l'épouser a été une perspective excitante.

Avoir des sentiments pour Ruby me bouleverse. Je la désire, je l'admire, je la révère et je me sens sans défense. Des sentiments inconnus, même avec la femme que j'ai épousée.

Une bouffée de culpabilité m'envahit – j'ai perdu mon temps, j'aurais pu donner davantage à Portia… Une bouffée de culpabilité parce que ces pensées me submergent alors que je lave le corps de la femme dont je suis en train de tomber amoureux.

Ruby me rend euphorique, mais je suis terrifié. Terrifié de la vitesse à laquelle tout arrive. Terrifié que ce ne soit pas une passade.

Je caresse sa poitrine, ses hanches, ses fesses. Je la savonne jusqu'aux pieds. Mon corps se tend, j'ai encore envie d'elle. Ruby me rend insatiable. J'ai peur de ne plus pouvoir me passer de cette affection et de cette dévotion jamais connues avec Portia. Je savais qu'elle n'était pas comme ça.

Je me redresse, fais pivoter Ruby vers la pomme de douche pour la rincer, incapable de m'empêcher de caresser son corps harmonieux. Quand elle a fini, je guide sa main vers mon sexe douloureusement dressé entre nous. Je la supplie silencieusement de m'embrasser.

Elle monte sur la pointe des pieds, m'attire vers elle jusqu'à ce que nos bouches se rencontrent sous l'eau, sa main sur mon sexe.

Les yeux fermés, elle laisse échapper de petits gémissements tout en m'embrassant. Je serais bien incapable de distinguer des pleurs de l'eau qui coule sur son visage. Pourtant, je sais que je l'aime. Je réalise à quel point j'aime la voir submergée de plaisir. Je réalise autre chose, dans un battement de mon cœur : si l'affection de Ruby pour moi diminuait, je serais brisé.

Chapitre 13

Ruby

Mon amour pour Niall Stella est un secret de Polichinelle. Lui comme moi savons exactement ce qu'il en est. Je ne lui ai pas encore avoué que je l'aimais, mais c'est tout comme. Je lis sur son visage qu'il a compris. Il me contemple avec une adoration à peine déguisée et se comporte comme si j'étais un verre de cristal qu'il risque à tout moment de lâcher. Comme si je pouvais me briser en mille morceaux.

Mais les choses n'avancent pas pour autant. De mon amour fou ou de son manque de confiance – je ne sais ce qui est pire. Mon attitude – un aveu silencieux – aurait dû le forcer à réagir, pourtant il ne dit rien.

Donc, moi non plus.

Niall nous sèche tous les deux, et nous nous dirigeons vers le lit. Le sien ? Le mien ? Je ne sais plus. Quelle importance ? Mon orgasme m'a épuisée, pourtant impossible de dormir.

– Si tu pouvais être quelque part, là tout de suite, où serais-tu ?

Pendant un moment, nous restons silencieux dans le noir. Seul le bruit des voitures à l'extérieur et des voix dans le couloir brise le calme de la chambre. Il s'est allongé sur le ventre, blotti contre un oreiller, et il me dévisage dans l'obscurité. J'aime l'idée de savoir comment il dort. C'est un détail tellement intime ! Que je sois l'une des rares personnes à connaître ce secret me remplit de joie. J'ajoute, en effleurant son bras :

– Et tu n'as pas le droit de répondre « ici ». N'importe où sauf ici.

Sa peau douce irradie de chaleur après la douche. Je le caresse en suivant les lignes de ses muscles, il soupire de plaisir.

La lune, haute dans le ciel, nimbe son corps d'une lumière blanche. Il fronce les sourcils en réfléchissant à la question.

Pourquoi l'ai-je posée ? Peut-être parce que je me sens vulnérable. Ou parce que les doutes qui viennent de ressurgir me rendent nostalgique. Peut-être parce que j'ai été frappée de le voir aussi transporté par la musique et la foule. Ou peut-être que je cherche à savoir ce qu'il pense, ce qui n'est jamais simple avec lui. Je ne sais même plus.

– Hum, n'importe où ?

J'acquiesce. Les draps sont froids, mais son corps brûlant me transmet un peu de sa chaleur.

– Pourquoi ne pas rester ici ?

Il m'effleure le bout du nez. Sa voix est tellement douce, à peine un murmure. Elle m'enveloppe, me réchauffe de l'intérieur.

Je hausse les épaules, il m'attire contre lui. Je souris dans l'oreiller.

– Quand j'étais petit, mon père avait un ami qui travaillait à Elland Road, le stade de foot du West Yorkshire. Quand Max a eu l'âge de conduire, parfois, il m'emmenait avec lui. Moi, le petit frère insupportable. On tapait dans des ballons. Leeds United jouait à Elland Road, explique-t-il avec respect. Le club que je regarde depuis toujours à la télé. J'avais assisté à plusieurs matchs dans les gradins et voilà que je me tenais sur la même pelouse que les mecs que je vénérais. J'aimerais y retourner un jour avec mon frère. Pour voir si ça me semble toujours aussi grand.

– J'aimerais voir ça. (Je souris.) Max et toi, adolescents, courir dans l'herbe. Vous êtes tous les deux torse nu dans ce souvenir, n'est-ce pas ?

Niall me lance un regard noir, et j'éclate de rire.

– Et toi, où serais-tu, Miss Ruby ?

– San Diego me manque.

– Tu n'aimes pas Londres ?

– *J'adore* Londres. Je rêvais de m'y installer, mais la vie est chère, il pleut beaucoup et tout le monde me manque.

– Tout le monde ?

– Mes colocataires, Lola et London. Mon frère.

– Ça doit être dur d'être loin d'eux.

– C'est surtout le décalage horaire. Nous avons seulement quatre heures par jour pour nous parler, très tôt le matin ou très tard le soir.

Niall acquiesce tout en m'effleurant les cheveux. Mes paupières se font lourdes.

– Mais tu vas rester à Londres ?

Suis-je en train d'inventer dans sa voix une pointe d'anxiété qui n'existe pas ?

– Pour mes études, au moins.

– Donc quelques années.

Les mots me brûlent la langue.

– Normalement.

– Alors, raconte-moi San Diego. Comment c'était de grandir là-bas ?

– Tu es déjà allé en Californie ?

– À Los Angeles. Un temps magnifique, des palmiers. Beaucoup de gens blonds.

– LA, ce n'est pas San Diego ! (Je secoue la tête mais parler de chez moi me fait sourire.) LA, c'est du béton, des voitures, des gens. San Diego, des palmiers verts, un beau ciel bleu et l'océan partout. Quand j'étais plus jeune, j'allais toujours avec Crain chez un copain, à quelques blocs de la plage. On remplissait les paniers de nos vélos et on passait la journée face à la mer.

– Et vous faisiez quoi ?

– *Rien.* On s'allongeait dans le sable et on jouait au volley, on lisait, on discutait, on écoutait de la musique. Quand on avait trop chaud, on allait se baigner en se prêtant le paddle. Quand on avait faim, on mangeait le déjeuner qu'on avait emporté. Ma mère ne nous voyait plus de la journée.

– Ça a l'air merveilleux. J'aime imaginer la Ruby adolescente. (Il tripote mes cheveux.) Les cheveux méchés par le soleil, des taches de rousseur sur le nez. Peau bronzée, petit bikini.

Il réfléchit un instant avant de s'éclaircir la gorge pour ajouter :

– On pourrait assez facilement imaginer Niall adolescent dans ce scénario.

J'éclate de rire et m'enfonce un peu plus dans les draps.

– Carlsbad est un endroit merveilleux pour grandir. Avant de quitter les États-Unis, je partageais un appartement magnifique avec mes deux meilleures amies. On voyait l'océan de la fenêtre de notre salon. (Elles me manquent tellement que j'en ai mal au cœur.) À cause de nos emplois du temps très différents, on avait à peine le temps de se voir mais on arrivait toujours à se retrouver pour boire des cappuccinos et discuter tard, parfois regarder le soleil se lever. C'est peut-être pour ça que j'ai réussi à partir. Parce qu'on était tellement occupées qu'on ne se voyait presque plus.

– Peut-être. Ou parce que tu savais que quelque chose de plus grand t'attendait.

Je le contemple longuement. Parle-t-il de mes études, du travail ou d'autre chose encore ?

– On devrait y aller un jour. Se prélasser sur la plage, aller à Disneyland, faire Space Mountain…

Dégoûté, Niall plisse le nez mais je l'embrasse quand même.

– Disneyland ?

– Tu ne pensais pas apprécier le concert non plus. Tu te souviens ? Parfois, ne plus réfléchir peut être très agréable aussi.

Il se tait un moment, acquiesce et tourne la tête vers moi.

– Tu dois avoir raison. Et que penses-tu de New York ? Tu t'amuses bien ?

– C'est une ville gigantesque, bruyante et… enivrante. Je ne l'oublierai jamais.

– Tu reviendras peut-être.

Je hausse les épaules.

– Peut-être. Peut-être pas avec la même personne.

– Mais alors, qui t'achètera des hot dogs et te taquinera avec des histoires de moutarde ?

– Ou me pelotera dans le métro ?

– Exactement. Donc, les études d'abord et puis quoi ? Tu retournes à San Diego ?

Nous sommes tellement francs ce soir que je m'interdis de m'arrêter en si bon chemin.

– Je ne sais pas. Ça dépend de beaucoup de choses.

– Comme ?

Mes études, trouver un job, un appartement. Toi. Moi.

– Mes études. Trouver un job avec un salaire suffisant pour vivre là-bas.

– Je suis certain que ce ne sera pas un problème.

– Et je dois entrer dans le programme de Maggie aussi, tu sais.

– Tu y arriveras. Margaret Sheffield serait folle de se priver d'une perle comme toi. Tu es brillante, Ruby.

Je le corrige :

– Je suis *tête en l'air.*

Il me passe une main dans le dos, caresse mes fesses puis s'arrête sur ma hanche.

– On rentre bientôt, hein.

– Il n'y a aucun doute, ce n'est pas New York qui me perturbe…

– C'est peut-être vrai pour nous deux.

– Que se passera-t-il quand on sera de retour à Londres ?

J'ai formulé la question que nous avons tous les deux essayé d'éviter. Le départ est prévu dans deux jours.

Nous avons nos billets. Le mail proposant l'enregistrement en ligne arrivera dans moins de vingt-quatre heures. Tout s'est passé si vite. Et si ça s'arrêtait ? Il ne veut pas aller plus loin sexuellement avant d'être sûr de m'aimer, mais ça signifie quoi pour le reste ? Que nous sommes un couple ? Le dira-t-il aux gens ?

Il cligne des yeux. Je ne sais pas s'il s'attendait à ce que je pose directement la question.

– On avisera. Les choses seront différentes au travail, bien sûr, mais en dehors de ça, rien ne devrait changer.

Je dois avoir le même air circonspect que lui. Je ne sais pas quelle phrase je déteste le plus. *On avisera* : on dirait qu'il s'agit de survivre, que *nous* sommes un fardeau à porter. *Les choses seront différentes au travail.* Bien sûr, c'est impossible autrement. *Mais en dehors de ça, rien ne devrait changer.* Ce qu'il ne comprend pas, c'est que je ne veux pas que les choses restent comme elles sont. J'en veux plus. Je veux tout.

~

Presque trois jours plus tard, nous posons le pied sur le sol anglais, à Heathrow. Le ciel gris, l'air frais, l'odeur de pierre mouillée : j'ai l'impression de rentrer chez moi. Niall m'a tenu la main pendant tout le vol. Il me touche de plus en plus facilement en public. Désormais, son corps est en contact quasi permanent avec le mien.

Il a suggéré qu'on aille chez lui, mais nous sommes tous les deux épuisés. Je lui explique que je préfère rentrer chez moi, et il a l'air soulagé. Nous sommes partis depuis des semaines, nous devons retrouver des gens, trier notre courrier et, après neuf heures de voyage, je ne rêve que d'une chose : une douche et mon lit. Pour couronner le tout, Tony m'a demandé de venir dans son bureau demain pour lui faire un rapport complet parce que, sic, il « n'a pas vu mon joli visage depuis un mois ».

Niall et moi aurions dû parler davantage, nous mettre d'accord sur notre attitude à adopter au bureau mais, dans le taxi, nous nous effondrons l'un sur l'autre. Nous choisissons de profiter de nos dernières minutes d'insouciance. Il serre toujours ma main dans la sienne, la vue par la vitre devient familière, le taxi s'arrête bientôt devant mon immeuble. Je l'embrasse pour lui dire au revoir, peut-être avec un peu trop d'enthousiasme dans la mesure où nous sommes à l'arrière d'un taxi. Je récupère mes bagages et j'ouvre la porte d'entrée avec un soupir.

Soudain, il se met à pleuvoir – le clapotement des gouttes d'eau me berce. Normal qu'il pleuve pour notre retour à Londres. Le quotidien nous rattrape.

Après une bonne douche, je me mets au lit, vêtue de mon pyjama préféré. Mon téléphone vibre sur la table de nuit.

BIZARRE DE ME COUCHER SANS TOI. TU ME MANQUES.

Une vague de chaleur me submerge. Il le fait, il essaie, comme il l'a promis.

TES PETITS BRUITS MIGNONS DE SOMMEIL ME MANQUENT AUSSI.

Je souris parce que je connais sa réponse.

JE SUIS BIEN TROP VIRIL POUR ÊTRE CONSIDÉRÉ COMME « MIGNON », MADEMOISELLE MILLER.

J'éclate de rire et mon cœur bat plus vite.

JE VAIS DEVOIR TE DÉSHABILLER BIENTÔT, JUSTE POUR M'EN ASSURER.

Rien pendant une minute entière, puis la bulle apparaît, indiquant qu'il tape un message.

HÂTE DE TE RETROUVER. CE LIT EST BIEN TROP GRAND POUR UNE SEULE PERSONNE.

Mes doigts tremblent sur le clavier, je commence à répondre en souriant si fort que j'en ai mal aux joues. On y est !

MOI AUSSI.

A DEMAIN ALORS. DORS BIEN, MON CŒUR.

Si ma poitrine pouvait exploser de bonheur, c'est ce qui arriverait.

Bercée par le bruit de la pluie, je m'endors finalement en souriant, mon téléphone glissé sous l'oreiller. Les murmures dans ma tête se sont tus.

Chapitre 14

Niall

Je suis fasciné par la capacité de l'esprit humain à intégrer de nouvelles habitudes. Même de retour à Londres, même si elle n'a jamais dormi dans ce lit, me réveiller sans Ruby me perturbe.

Je sors mon téléphone de ma sacoche d'ordinateur et tape un message.

Tu as réussi à dormir ?

Sa réponse :

À peine. Je vais avoir besoin de quelqu'un pour parler à ma place si je veux survivre à cette journée de travail.

On se voit au bureau, beauté.

Je prends mon petit déjeuner, lis le journal, m'habille et pars. Nous pourrions être n'importe quel jour… pourtant ce n'est pas le cas. Tout me paraît plus important.

Comme d'habitude, quand j'arrive, Ruby est déjà là. J'arrive en général avant huit heures, pourtant elle me devance toujours. Je me suis dépêché ce matin, mais rien à faire. J'aurais aimé avoir un instant seul avec elle, avant que la réalité ne reprenne ses droits. Malheureusement, ce souhait ne se réalisera pas. Comme tous les lundis matin, le bureau grouille déjà d'activité. Je lui souris, lui fais un clin d'œil en m'attardant un peu trop sur ses belles lèvres roses.

Elle articule: « Salut. »

Je la dévisage pendant quelques secondes – je rêve d'entrer dans l'open-space, de l'embrasser sur la bouche, mais je me contente de hocher la tête. Direction, mon bureau.

Les deux coups habituels d'Anthony retentissent sur ma porte. Comme d'habitude, il entre sans y être invité.

– Tout va bien ? lance-t-il.

Je me laisse aller dans mon fauteuil et lui lance ce qui est censé être un sourire détendu.

– Super.

Il s'installe en face de moi, croise les jambes et sourit.

– Tu as fait bon voyage, il me semble ?

Je n'ai jamais eu à ce point l'impression de jouer une partie d'échecs.

– Oui.

Le menton entre les doigts, Anthony me scrute intensément. Faisant mine de parcourir mes mails, je regarde mon écran d'ordinateur. Je ne sais pas quoi dire à mon confrère en qui je n'ai qu'une confiance toute relative. D'une part, je n'ai pas envie de lui cacher ce qui se passe entre Ruby et moi. Je sais par ailleurs que dissimuler notre relation sera presque impossible pour elle. D'autre part, j'ai envie de conserver le bénéfice de ma vie privée, et Tony, adepte des plaisanteries déplacées comme il l'est, n'est pas l'interlocuteur rêvé.

– Tu as l'air différent. (Il me pointe du doigt.) Tes yeux pétillent comme s'il y avait un soleil au-dessus de ta tête.

– Ah bon ?

– Tu as baisé dans un bar à strip-tease new-yorkais ?

Cette remarque crue, prononcée dans mon bureau, me met mal à l'aise.

– Honnêtement, Tony...

– Sauté une danseuse ? fredonne-t-il.

– Bon sang !

Il se fige, me scrute et sourit.

– Ou alors, tu as fini par encanailler Ruby ?

Pris par surprise, j'avale ma salive. Je m'efforce de me concentrer sur les documents devant moi.

– Ah, non. Je... eh bien, non. Bien sûr que non.

C'est presque la vérité. Techniquement, je n'ai pas encore couché avec elle.

Les mains de Tony s'écrasent sur ma table.

– Petit saligaud !

Le sang quitte mon visage. C'est exactement la réaction que je voulais éviter.

– Non, Tony, ce n'est pas...

– Tu l'as baisée dans tous les sens, n'est-ce pas ? Tu as sauté ma Ruby !

Je m'écarte légèrement du bureau. Une tempête se prépare dans ma poitrine.

– *Ta* Ruby ?

– Donc, c'est bien le cas !

Il frappe dans ses mains, le bruit résonne dans la pièce. Je jette un coup d'œil à la porte et siffle :

– Ne parle pas si fort !

Il fait mine d'essuyer une larme. Comme tout le monde, Tony adore taquiner les autres, mais cette fois, c'est un peu différent.

– Te voir bafouiller au bureau à cause d'elle va me rendre l'attente de la prochaine saison de *Game of Thrones* beaucoup plus facile !

– La ferme !

Il écarquille les yeux.

– Oh ! mais c'est que notre petit Niall se déchaîne ! Elle t'a sacrément dévergondé. Je devrais aller la remercier de ce pas.

J'inspire profondément en fermant les yeux.

– *Non,* Tony !

– Oh... allez, raconte-moi. (Sa voix se fait plus douce.) Que s'est-il passé ?

Je le dévisage avec plus de calme maintenant.

– J'arrête de t'emmerder, Niall, m'assure-t-il avec un sourire enjôleur. Désolé, mais je n'aurais jamais pensé que...

– Ce n'est pas ce que tu crois.

Je le coupe, m'appuie sur le bureau. Je dois reprendre le contrôle. Tony a le droit de savoir pour Ruby et moi, mais il n'a pas besoin de connaître tous les détails.

– Il se trouve que je lui plaisais depuis longtemps et...

Je n'arrive pas à exprimer ce que je ressens pour Ruby.

– ... je l'apprécie beaucoup.

Tony comprend que c'est bien en dessous de la vérité.

– Ah ! bien sûr.

– Je t'en serais reconnaissant si tu ne le criais pas sur tous les toits.

Il acquiesce, croise les doigts et me fait un clin d'œil.

~

Ruby discute avec son amie Pippa dans la salle de pause quand je viens récupérer mon déjeuner dans le réfrigérateur. Elle rencontre mes yeux puis détourne le regard mais vire à l'écarlate.

- Ruby, Pippa.

- Bonjour, Monsieur Stella ! réplique Pippa, rayonnante.

Un peu *trop* rayonnante. Ruby a-t-elle subi le même interrogatoire ?

- Monsieur Stella, murmure Ruby, affichant un petit sourire secret.

Elle se mord les lèvres et je soupire en me rappelant son dernier baiser avant de nous séparer hier soir. Sa bouche avait le goût du bonbon au citron qu'elle suçait pendant le trajet en taxi. Je me racle la gorge et ouvre le réfrigérateur.

- Ça va, le décalage horaire ?

Je lui jette un coup d'œil discret. Elle sourit plus largement et hausse les épaules.

- On fait aller.

Pippa fixe ostensiblement son Tupperware. Ruby me contemple ouvertement.

Soudain, j'ai du mal à respirer. Ici, dans la vie quotidienne, la réalité de notre *nous* - parce qu'il y a un « nous » - me bouleverse. J'ai envie d'elle. Si proche d'elle toute la journée, parviendrai-je à me concentrer sur mon travail ? Ou sur quoi que ce soit d'autre ?

Je m'efforce de la regarder en isolant les parties de son corps pour mieux me contrôler. Ses yeux sont trop intenses, j'y lis son désir passionné d'être avec moi.

Elle s'humecte les lèvres du bout de la langue. Son cou élégant me donne envie de le caresser, de la ramener chez moi et de déboutonner les petites perles qui ferment son chemisier, une à une...

– Euh... M. Stella ? fait-elle en écarquillant les yeux.

Ruby désigne ma main, toujours sur la poignée de la porte du réfrigérateur que je tiens ouverte. L'air frais envahit la pièce, contrastant avec la brûlure que je ressens dans la poitrine.

– Ah !

Je me penche pour récupérer ma salade. Je prends des couverts dans le tiroir et me réfugie le plus vite possible dans mon bureau.

Comme je m'y attends, j'ai énormément de mal à me concentrer. J'ai besoin de calme pour faire le tri dans mes pensées. Ces revirements ne me ressemblent pas, je suis désorienté. Je dois savoir ce que nous ferons plus tard. Viendra-t-elle chez moi ce soir ? En ai-je envie ? Arrivés à ce point, le sexe semble une formalité. Tout ce que nous avons vécu est infiniment plus intime, mais chaque fois que j'y pense, je prends conscience que cette étape donnera une nouvelle importance à notre relation.

Qu'est-ce que je désire ? Si je couche avec elle, parviendrai-je à maintenir mon cœur en cage, au cas où elle change finalement d'avis ?

Je croyais que Portia serait l'amour de ma vie. Depuis que Ruby m'a embrassé, je sais que j'avais tort.

Mon téléphone vibre sur mon bureau, me tirant de mes pensées.

On dîne chez toi ou chez moi ce soir ? Et avant même que tu répondes, rappelle-toi que j'ai une colocataire, un petit

LIT, ET QUE JE SUIS LA PIRE CUISINIÈRE DE L'HISTOIRE DES MAUVAISES CUISINIÈRES. PS : ARRÊTE DE TE PRENDRE LA TÊTE.

J'éclate de rire :

DANS CE CAS, JE CROIS QUE TU ES OBLIGÉE DE VENIR CHEZ MOI. JE VIS SEUL, J'AI UN GRAND LIT ET JE DOIS ÊTRE UN TOUT PETIT PEU PLUS DOUÉ QUE TOI EN CUISINE (SEULEMENT UN TOUT PETIT PEU, IL Y A DES CHANCES POUR QUE JE COMMANDE À EMPORTER.)

J'entends, juste devant mon bureau, une voix de dessin animé crier : Fesses ! suivie de gloussements aigus. On frappe à ma porte.

– Entrez !

Ruby avance en souriant.

– D'accord.

Mon cœur bat plus fort : il me suffit de la voir…

– D'accord ?

Elle ferme la porte derrière elle.

– D'accord, je viendrai dîner chez toi puisque tu insistes si lourdement.

Alors, je réalise que le bruit que je viens d'entendre, c'est la sonnerie de son téléphone.

– Est-ce que… (je lui souris en me détendant sur mon fauteuil) ta sonnerie de textos dit bien « fesses » ?

Elle hausse les épaules. Ses joues ont retrouvé leur couleur normale depuis que nous sommes seuls.

– Pour être exact, c'est la sonnerie de *tes* textos. Il s'agit des Minions, dans *Moi, moche, et méchant.* Le film, tu ne connais pas ? (Elle secoue la tête.) Il faut que je te sorte un peu plus. Mais ça te va bien. Tu as le plus beau cul de ce côté de l'Atlantique.

– Ce côté de l'Atlantique ? Ça signifie que tu as trouvé un plus beau cul que le mien à New York ?

Elle esquisse une moue pensive.

– Je n'ai pas eu le temps de faire une étude assez poussée mais l'ami de Max, Will, est pas mal musclé et…

Je grogne.

– Finissez cette phrase, Ruby Miller, et je vous mets sur mes genoux pour vous donner une *fessée.*

Elle renverse la tête en arrière, riant du rire que je préfère.

– C'est drôle que tu penses qu'une fessée serait une…

Deux coups à la porte, Tony fait irruption dans le bureau en souriant. Mais son sourire disparaît, il se raidit imperceptiblement en voyant Ruby appuyée contre mon bureau. Elle sursaute et fait mine de retirer une poussière de sa jupe.

– Bonjour Anthony.

– Ruby. (Il fronce les sourcils, me jette un coup d'œil puis la dévisage.) On en est où du calcul du coefficient de friction pour Barclay Industrial ?

Elle rougit en fixant le tapis.

– C'est fait. Il ne me reste qu'à les envoyer par mail. Désolée, je prenais simplement des nouvelles de Niall… (elle se reprend) de *M. Stella* après le voyage.

– Ruby, je suis sûr que tu dois être soulagée de savoir tes sentiments partagés, répond-il froidement. Mais Niall est le vice-président de cette entreprise, il a certainement beaucoup à faire.

Ruby écarquille les yeux, je serre les dents.

Que raconte-t-il, bon sang ?

Tony continue :

– Tu devrais peut-être laisser la porte de son bureau ouverte quand tu y entres et *prendre des nouvelles* en dehors des horaires de travail.

Elle acquiesce, marmonne des excuses et sort. Le sang bat dans mes oreilles. Je maugrée, en lui lançant un regard brûlant :

– Tony, était-ce vraiment nécessaire ? C'est sa pause déjeuner. Et elle n'est pas venue ici pour me *harceler*. Je suis aussi coupable qu'elle, même si nous ne faisons rien d'interdit. Elle n'a aucun compte à me rendre.

– Non. Elle a des comptes à *me* rendre. (Tony me fixe, la mâchoire serrée.) Je n'imaginais pas qu'il serait si difficile pour elle de rester professionnelle.

Mes yeux manquent sortir de leurs orbites. Je comprends soudain : Tony est *jaloux*.

– Dis-moi que tu plaisantes.

Je suis aussi nonchalant que possible. Mais la colère me prend à la gorge. Tony n'est pas mon supérieur, au contraire. Techniquement, je suis pressenti pour un poste qui fera de moi un jour son patron.

– *Toi*, le type qui m'a suggéré de m'encanailler, qui a dit que Ruby était jolie, qui a dit : « longues jambes, seins d'enfer », qui choisit toujours les plus jolies stagiaires d'Oxford. Tu *nous* fais une leçon de professionnalisme ?

Il cligne des yeux :

– Tout ce que je dis, c'est que je ne veux plus la voir ici.

Il hoche la tête et quitte mon bureau.

Il me faut dix bonnes minutes pour me calmer. Furieux, je marche de long en large, je réfléchis à en parler à Richard, pour que tout le monde soit au courant, pour l'informer de la manière inacceptable dont Tony vient de parler à Ruby.

Mais je suis trop en colère. J'ai une règle à ce propos : je ne parle à personne dans un état pareil. Hors de question de me laisser déborder par mes émotions. Mais le problème, c'est le comportement de Tony. Quel imbécile !

Pour la même raison, j'attends un quart d'heure pour envoyer un message à Ruby. Je ne veux pas qu'elle pense que l'opinion de Tony m'a assez touché pour m'énerver.

Je lui dis simplement :

Tony a déconné.

Je sais. Mais c'était quand même humiliant.

Désolé, mon cœur.

Elle ne répond pas pendant plusieurs minutes. Quand je lis son message, sa voix sereine résonne dans ma tête :

Ne t'inquiète pas. Pensons à ton appartement sans colocataire, à ton grand lit, aux plats à emporter qu'on commandera ce soir.

Je souris à mon téléphone :

J'ai hâte.

C'est le cas. Je dois me retenir de la prendre dans mes bras et de lui rappeler que notre relation excède de très loin les limites de ce bureau.

~

Pendant que Ruby rentre chez elle pour récupérer les affaires dont elle aura besoin pour travailler demain, j'en profite pour acheter à dîner chez mon Indien préféré.

Elle arrive, jette un coup d'œil à l'entrée et avance dans le salon.

Mon appartement est décoré avec simplicité, toujours parfaitement rangé – ce ne sera pas une surprise pour elle. Un canapé en cuir noir, des fauteuils assortis, une table basse en marbre et un tapis moelleux meublent le salon.

– Si j'avais dû dessiner ton salon, ç'aurait été exactement ça.

J'éclate de rire.

– Je suis heureux de ne jamais te surprendre.

Je la prends dans mes bras.

– Le fait que tu ne me surprennes jamais fait partie des raisons pour lesquelles je t'aime.

Nous nous figeons tous les deux.

– Je viens de le dire à haute voix ? demande-t-elle en fermant les yeux, l'air mortifié. Dis-moi que je ne l'ai pas dit à haute voix !

Je l'embrasse sur le front.

– Tu es un amour.

Je me sens soudain extrêmement mal. J'ai été incapable de lui dire ce qu'elle voulait entendre.

Je t'aime.

Tu es un amour.

Son aveu n'a rien de surprenant. Alors pourquoi n'ai-je pas préparé une réponse à l'avance ? C'est officiel : je suis le plus gros idiot du monde.

Ruby se raidit, tente de s'écarter, mais je la garde contre moi. Je l'embrasse dans le cou en cherchant la bonne chose à dire.

– Ruby...

– C'est bon.

Elle soupire, m'enlace et enfouit sa tête dans mon cou. Elle n'a pas l'air bien. Je voudrais la regarder dans les yeux, mais je suis incapable de bouger. Elle inspire profondément :

– Je sais que j'ai de l'avance dans le domaine des sentiments. Je suis désolée d'avoir lancé cette bombe comme ça.

– Je t'en prie, ce n'est pas...

Mais je suis incapable de terminer cette phrase, car je suis incapable de nommer le sentiment que j'éprouve pour elle.

Suis-je amoureux ?

Je n'ai aucune idée de ce à quoi ressemble l'amour, le vrai. Pour moi, c'est une langue étrangère. J'ai maudit Portia et sa froideur, parce qu'elle m'a obligé à retenir le moindre geste tendre, détruit les habitudes liées à une enfance pleine de déclarations exubérantes, de marques d'affection, de jeux avec mes frères et sœurs, de câlins de ma mère. Je m'en veux d'être aussi nul pour exprimer mes émotions.

Certes, aucun mot ne me vient, mais je sais que mes sentiments sont forts, profonds et *effrayants.* En quittant Portia, j'ai eu l'impression de me débarrasser de mes chaînes. L'idée de perdre Ruby, au contraire, me retourne l'estomac.

Je suis bouleversé : je la fais attendre alors qu'elle vient de m'avouer ses sentiments de manière tellement claire... Je veux lui offrir tout ce que j'ai, lui montrer que je suis totalement fou d'elle.

Je l'embrasse dans le cou, suçote, mordille. *Tu sens combien je tiens à toi ? Je vais te montrer ce que je n'arrive pas à te dire.*

Je fais glisser son manteau sur ses bras, le jette sur le côté et déboutonne lentement son chemisier en la cherchant du regard. Hésitante, elle lève les yeux. Elle scrute mon visage, discerne mon anxiété, mon espoir fou, et se défait d'une pression énorme en attirant mon visage contre le sien.

– Es-tu en train de suggérer qu'on pourrait retarder le dîner ?

J'acquiesce, la prends par la taille et marche jusqu'à l'un des fauteuils.

Mes mains tremblent d'impatience. J'ouvre sa jupe, fais glisser sa culotte sur ses cuisses, caresse avidement sa peau nue. Le corps de Ruby, sa peau pâle, sans défaut, m'émerveillent. Je lui embrasse l'épaule en prenant ses seins à pleines mains.

Avec beaucoup plus d'hésitation, elle déboutonne ma chemise, jaugeant ma réaction à chaque seconde.

– Nous ne sommes pas obligés de…

Je l'interromps d'un baiser.

Nous laisser aller.

Elle retire ma chemise, défait ma ceinture et descend lentement mon pantalon. Je dégage mes pieds.

Elle me prend par la main, s'agenouille devant moi.

Je secoue la tête, la relève et l'embrasse, écarte ses lèvres, la goûte. Sa langue est petite, sucrée, elle étreint la mienne avec un désespoir soudain. Tout en me caressant le torse, elle me repousse dans le fauteuil. Puis elle monte sur moi, plonge les mains dans mes cheveux, m'embrasse avec passion. Me mord, gémit. Je la caresse, descends vers ses jambes, effleure sa peau la plus douce, la plus vulnérable.

– Tu veux qu'on y aille ? demande-t-elle, les lèvres trempées, les yeux lourds de désir.

Tu veux qu'on s'envoie en l'air ?

– Je… oui.

Elle m'embrasse encore avant de murmurer :

– Je voulais dire, tu veux qu'on aille dans ton lit ?

Je ferme les yeux. Je n'entends pas les bonnes choses, c'est presque inquiétant. Se lever et marcher jusqu'à la chambre briserait l'instant. Je n'ai pas envie de bouger d'un centimètre. Je réfléchirais trop à ce que ça signifierait, à mes sentiments, au fait que je n'ai jamais couché avec personne dans ce lit, que je connais Ruby depuis seulement un mois.

J'ai besoin d'être sûr.

Stop.

Non.

Non.

– Non. (Je l'embrasse dans le cou, lui étreins les fesses, en la faisant coulisser, chaude et mouillée, sur mon sexe.) Je n'ai pas envie de bouger.

Ses hanches sont juste au-dessus de mon sexe. Un coup de bassin et je serai en elle.

– *Seigneur…*

J'ai oublié – ou peut-être jamais ressenti un tel désir – à quel point les choses pouvaient être hors de contrôle. Je ne suis plus moi-même. Je suis un homme libre pour la première fois de ma vie, qui veut libérer son plaisir, qui veut *baiser*.

– Merde. Préservatif.

– Je prends la pilule.

Nos regards se croisent.

– Viens sur moi, mon cœur.

Avec un grognement, je lève le bassin, elle s'empale lentement sur moi avec des petits gémissements de plaisir et de douleur qui me donnent envie de la pénétrer plus fort.

– Attends… murmure-t-elle.

Sa voix est si faible que je dois regarder son visage pour m'assurer qu'elle vient de parler. Elle fixe ma bouche, mes lèvres humides et ouvertes. Elle est *sublime.*

– Donne-moi une minute... pour... m'habituer...

Elle ferme les yeux et laisse échapper des petits cris rauques délicieux quand je la pénètre plus profondément.

Au prix d'un effort surhumain, je reste immobile, mes pensées brouillées par la sensation de son corps... contracté autour de moi... ses gémissements... ses mains qui guident mon visage sur sa poitrine.

Quand je suis en elle, elle commence à bouger. De petits cercles qui me rendent *fou*. Elle enfonce ses ongles dans mon cou, serre, appuie ses seins sur mon visage, murmure dans mon oreille :

Niall

Oh, Seigneur

Je ne

C'est tellement...

Elle éprouve tellement de plaisir à être sur moi, chaque fois elle remonte plus haut, descend plus fort sur ma verge. Elle agrippe mes cheveux, sa bouche brûlante ne quitte pas mon cou. Je suis totalement submergé : son odeur, son goût, la chaleur de ses cuisses, de ses seins, cette peau tout contre moi, le glissement, la succion sur ma queue. Je n'ai plus aucune envie, aucun besoin de respirer.

Et ses gémissements... Je n'ai jamais entendu de signes aussi évidents de plaisir, aigus, rauques, dans mon oreille. La sentir, l'entendre, la voir être si *heureuse* balaie mes notions brumeuses à propos du sexe, mes expériences ridicules de rendez-vous foireux. Le plaisir est mutuel. C'est ce que le sexe *devrait* être : une intimité partagée plutôt qu'imposée. Je me sens fiévreux, je me consume de désir.

Je n'ai jamais autant bandé, je n'ai jamais eu une telle envie de quelqu'un. À l'instant où j'ai l'impression qu'il n'est pas possible de la désirer plus intensément, elle se met à bouger d'avant en arrière, s'enfonce plus profondément, m'attire en elle. Je mordille l'un de ses seins, lèche et caresse l'autre.

Je veux qu'elle continue à me baiser avec cette violence, que son orgasme monte, avant de me laisser aller.

Parce que je sais qu'avec Ruby, je ne *pourrai pas* me retenir.

La tension monte dans mes cuisses, le besoin ravageur de redoubler de force, de prendre, de baiser. La bête en moi ne demande qu'à se déchaîner. Je vis le sexe comme jamais. Aucune inhibition, beaucoup de transpiration, de la *brutalité*.

Les mouvements de Ruby deviennent irréguliers, elle m'embrasse, continue à bouger sur moi. Ses gémissements, ses halètements me fascinent et m'excitent au plus haut point. Soudain, elle s'effondre sur moi, s'accroche à mes épaules et je la sens se resserrer. Elle se cambre et crie en jouissant. Sa chaleur, la sensation de son corps sur le mien et finalement, *putain*, sa frénésie quand l'orgasme monte, détruit ce qui restait de mon self-control. Je gémis contre sa poitrine.

Elle s'affale sur moi, je la soulève et l'allonge sur le tapis. Je la prends d'un grand coup de reins.

Ruby halète, sa chatte est tellement resserrée, comme un poing sur ma queue… Elle me regarde perdre la tête et le *cœur*. Je ne reconnais pas cet homme qui s'agenouille entre ses jambes, maintient ses hanches d'une main pour éviter de lui faire mal au dos, cet homme qui lui dit :

Regarde-moi

Regarde là où je te baise

Tu es trempée et douce, putain

Bordel, tu es si chaude et tellement parfaite

Le plaisir monte en moi, elle tend la main entre ses jambes pour me sentir aller et venir, me supplie du regard de m'abandonner, de lui montrer à quel point c'est bon.

Impossible de fermer les yeux. Jamais je ne fermerai les yeux, surtout pas la première fois où elle me voit jouir, sur elle, *en* elle. Je la prends plus fort en respirant avec difficulté, en gémissant. Mon rythme soutenu me rend fou.

Je n'ai jamais connu un plaisir aussi intense.

Le torse en sueur, je me fige. Ses seins ont rougi, ils brillent de transpiration. Elle tente de reprendre son souffle.

– Niall… dit-elle en passant une main tremblante sur mon torse.

Mon instinct reprend le dessus. La panique, le sens de l'obligation. Je me retire, me redresse sur mes jambes tremblantes et court dans la salle de bains pour prendre une serviette et la mouiller d'eau chaude.

Je reviens vers elle, me penche pour nettoyer entre ses jambes mon…

– Niall, dit-elle en me saisissant la main.

Je m'assieds à côté d'elle.

– Tu as mal ?

Elle fronce les sourcils.

– Non ! (Elle attrape la serviette et m'attire contre elle.) Tu n'as pas à me nettoyer. J'ai envie de quelques baisers post-coïtaux. J'ai *envie* d'être sale à cause de toi.

Embarrassé, je grimace. Je l'embrasse sur la joue.

– D'accord. Désolé.

– Ne sois pas désolé. Sérieusement. Chapeau, Monsieur ! (Elle m'entoure les hanches de ses jambes, je m'appuie sur les coudes.) Le missionnaire, c'est ton super-pouvoir. Noté.

Je souris.

– Ça peut l'être. Je n'ai fait que ça pendant onze ans. Honnêtement, quand tu étais dessus…

Je me fige en me rendant compte de ce que je viens de dire. Sous moi, Ruby est complètement immobile.

– Bordel, Ruby… C'est horrible à dire, au pire moment. Je suis un imbécile.

Elle passe les mains dans mon cou et m'embrasse, sûrement pour me faire taire.

– Ce n'est pas grave.

– Si.

– Non, insiste-t-elle d'une voix étrange. Je comprends que ça soit bizarre de faire l'amour avec quelqu'un d'autre pour la première fois.

– Ce n'est pas ça…

Je laisse ma phrase inachevée. Je dois réparer mon indélicatesse. J'ai déjà fait fort en restant silencieux après son aveu ; je ne peux pas continuer en accumulant les catastrophes.

– … Ruby, mon timing est affreux, je m'en excuse, mais j'ai besoin de t'expliquer pourquoi c'est différent pour moi.

Elle acquiesce et se détend sous moi. Je cherche mes mots, lutte pour retrouver la clarté que je ressentais il y a quelques minutes à peine, quand nous ne faisions plus qu'un. Elle m'a offert quelque chose de si rare - faire l'amour, pour de vrai - et je viens de tout foutre en l'air.

- Au début de notre relation, Portia a lu un article qui expliquait que les hommes avaient besoin de faire l'amour au moins une fois par semaine pour ne pas être infidèles. Des foutaises, mais elle n'a jamais voulu en démordre. Faire l'amour une fois par semaine. Pas plus, pas moins. Elle était très organisée, tu comprends. Réunion le lundi, sexe avec son mari le mardi. Sortir les poubelles le jeudi.

Elle me regarde avec compassion.

- Aïe.

- Ce n'était pas si mal. (Je hoche la tête en y repensant.) Ce n'était simplement pas très bien non plus. (Je la regarde dans les yeux en avalant ma salive.) Et tu vois... ça, ici. Il faut que tu comprennes que ne serait-ce qu'en parler me gêne, étant donné les circonstances. (Je désigne nos corps nus pour lui faire comprendre.) En règle générale, je ne parle jamais de ma vie personnelle. Mais maintenant, *c'est toi* ma vie personnelle. Et tu veux connaître toutes les facettes de ma personnalité, comprendre à quel point je suis différent avec toi. Malheureusement, ça implique de connaître certains détails de ma relation avec Portia. Avec elle, le sexe était à la fois une occasion spéciale et une corvée.

Ruby me caresse la lèvre inférieure.

- Et tu lui en as parlé ? Quand ça s'est terminé ?

– Elle ne m'en a pas laissé l'opportunité. Ou plus exactement, nous n'en pouvions tellement plus que nous avons préféré nous éloigner.

La question de Ruby réveille des réflexions écartées depuis longtemps. Pourquoi ne jamais en avoir parlé ? Si j'ai été malheureux, Portia aussi. J'ai peine à imaginer comment Ruby, qui réfléchit à tout, avec ses parents psychologues et son besoin de s'exprimer, aurait envisagé ma réaction après le divorce. Il n'y a eu aucune tentative pour se réconcilier, pour réparer ce qui n'allait pas, aucune conclusion véritable. J'ai récupéré mes affaires et je suis parti. La décision de quitter cette vie a été prise avec la même absence de passion qui caractérisait notre mariage.

Ruby me connaît, elle m'attrape le menton pour tourner mon visage vers elle.

– Je ne dis pas que tu aurais dû, chacun gère les choses à sa manière. Je t'ai vu avant le divorce, et après. Je sais que tu es heureux avec moi. Je ne te pose pas de questions parce que je suis jalouse. Et je déteste l'idée que tu as été privé de l'amour que tu méritais. Aussi horrible que ça puisse paraître, penser à tout ce que *je* pourrais te donner m'excite. (Elle me caresse le ventre et, sous sa main, je reviens à la vie.) Tu étais tellement différent... (Elle ferme les yeux, réfléchit en me masturbant.) Dominateur, brutal.

J'ouvre la bouche pour m'excuser, mais elle me fait taire d'un regard.

– J'ai adoré ça.

Sans répondre, je l'embrasse en me collant contre elle.

Elle m'attrape le sexe, me guide en elle et nous voilà en train de bouger l'un contre l'autre en gémissant avec frénésie. Je tente de me retenir, de rester doux, mais j'ai la poitrine serrée, je me sens soudain possessif, exigeant, prêt à tout pour la mériter.

Chapitre 15

Ruby

J'ouvre les yeux et m'étonne de voir ces murs, ce plafond, ces draps foncés dans lesquels je me suis endormie. Tout me semble complètement étranger. Pendant un instant, je suis désorientée. Je ne suis pas dans la chambre d'hôtel de New York. Je ne suis pas chez moi.

Oh !

Je suis chez Niall, *nue*, dans son lit. Son bras est lourdement posé sur ma hanche.

Un coup d'œil au réveil m'apprend qu'il est sept heures moins une. Le temps que les chiffres changent, je me souviens : Niall Stella m'a baisée jusqu'à l'épuisement hier soir.

Je suis à deux doigts de hurler de bonheur.

Je ferme les yeux et savoure chaque souvenir : Niall sous moi, dur, infatigable, cambré, prêt à tout pour me prendre plus profondément. Après m'avoir fait jouir, Niall me retourne sur le tapis. Il devient si brutal, si fou, il me prend par les hanches, me pénètre encore et encore…

J'écarquille les yeux. Je me souviens aussi du *reste* de la soirée – ce qui s'est passé avant le sexe parfait et sublime. Plus particulièrement, de la manière dont je lui ai avoué mon amour et de sa réaction gênée. Il a cligné les paupières à peu près mille fois, ses longs cils palpitaient, ses lèvres bougeaient pour dire quelque chose, puis il m'a embrassée sur le front et a lâché : « Tu es un amour. »

Tu es. Un amour.

C'est le moment le plus humiliant de toute ma vie. Ensuite, il me baise *et* il me parle de Portia.

Nombre de Fois où J'ai Dit à Niall Stella Que Je l'Aimais, où Il N'a Pas Répondu et où Il M'a Fait l'Amour pour Me Distraire : une.

Nombre de Fois où Niall Stella A Gâché le Bonheur Post-Coïtal en Parlant de Son Ex-Femme : une également.

Enfin, techniquement, il m'a fait l'amour deux fois.

Je m'extirpe du lit avec précaution. Je suis épuisée, tous mes membres sont courbaturés, mes seins lourds. À chaque pas vers la salle de bains, la douleur dans mes muscles et entre mes jambes me rappelle *exactement* à quel point c'était bon. Le désir contenu et la frustration que Niall a déchaînés. Max a raison, New York pourrait réellement envisager d'avoir une source d'énergie alternative.

Mais les sentiments ensuite ? Pas top. En réalité, quand il a commencé à parler de son ex, mon premier instinct a été de lui donner un coup de pied dans les couilles. Son mariage a sérieusement dénaturé l'idée qu'il a des relations amoureuses, il commence à peine à le comprendre. Ce qui fonctionne pour un couple n'est pas forcément applicable à un autre. Heureusement, il semble s'être fait à l'idée.

Mon corps… Mon corps est à bout de forces. Je n'ai jamais vécu un moment aussi érotique, aussi intense de ma vie. Mon *corps* sait que ç'a été aussi bon pour lui que pour moi.

Mais mon cœur balance. Je ne peux m'empêcher d'être rongée par l'idée que si je ne lui avais pas avoué mes sentiments hier, nous nous serions embrassés, fait un câlin, fait mutuellement jouir, puis nous nous serions endormis, heureux. Niall est mon géant courtois, précautionneux, et je sais qu'il a mis de côté son désir d'attendre pour me prouver qu'il pouvait faire un pas vers moi.

Il me faut quelques minutes pour faire une toilette rapide. Le savon, les serviettes, la salle de bains tout entière sent Niall. Si je pouvais me sentir, je distinguerais son odeur sur moi, j'en suis persuadée.

Je sors de la salle de bains sur la pointe des pieds, récupère mes vêtements éparpillés dans le couloir et dans le salon. Le fauteuil est toujours au milieu de la pièce, comme pour me rappeler qu'il ne m'a pas portée dans son lit, qu'il m'a baisée au milieu du salon. Deux fois. Je m'efforce de ne pas trop y penser. Il en a peut-être eu envie sur le coup. Ou le lit est peut-être une nouvelle barrière psychologique effrayante.

Sur l'un des accoudoirs, mon soutien-gorge. Ma jupe est en boule sur le tapis. Je rassemble mes affaires, et mes souvenirs en même temps.

Son regard quand il a déboutonné mon chemisier.

Sa bouche sur mes seins.

Son expression quand j'ai défait sa ceinture.

Mes sensations quand il est enfin, *enfin*, entré en moi.

La bouffée de peur sur son visage quand je lui ai dit que je l'aimais.

J'enfile mes vêtements, je l'entends s'étirer dans le lit. J'aurais préféré m'éclipser avant qu'il se réveille. Je me sens gênée. Mais je sais que *lui* ne parlera jamais spontanément de ce qui s'est passé hier soir, du fait qu'on ait couché ensemble à un moment où nous ne nous y attendions ni l'un ni l'autre. Je n'aurai donc pas à aborder le sujet.

Même moi, la bavarde compulsive, je n'ai aucune envie d'avoir la conversation que nous devrons forcément avoir.

Au fait, à propos d'hier soir... T'ai-je manipulé inconsciemment ? Forcé à coucher avec moi ? Ou manques-tu à ce point de confiance dans tes propres instincts que tu as fait ce que tu pensais que je désirais ?

– Ruby ?

Sa voix est grave, pleine de sommeil.

Je retourne dans le couloir, pieds nus sur le parquet. Il s'assied dans le lit, les draps glissent sur son corps, et ses yeux vont de mon visage à mes vêtements et mes chaussures.

Il lance :

– Salut...

On dirait une question. Il a l'air encore endormi, mais je lis dans ses yeux une confusion inhabituelle. Je lutte entre culpabilité et irritation, et pose une main sur mon ventre pour me calmer.

– J'ai oublié quelque chose. (C'est un mensonge, il n'est pas dupe.) Je dois passer chez moi avant d'aller travailler.

– Maintenant ? (Il s'assied sur le bord du lit. Ses cheveux sont emmêlés, ses longues jambes pendent vers le sol. Waouh, il est trop mignon.) Je peux t'accompagner.

– Non, ça va, je…

– Ruby, arrête, dit-il d'une voix ferme et profonde. Laisse-moi le temps de m'habiller.

Il se lève, complètement nu, et par politesse, je regarde ailleurs – de manière un peu trop évidente. Je fixe le coin de sa chambre.

Bien sûr, il s'en rend compte. Je me comporte comme une folle furieuse.

– Ça va ? demande-t-il en enfilant son pantalon. Regarder ailleurs quand je suis nu n'est pas ton genre. En général, tu joues plutôt les perverses concupiscentes.

Il me taquine. Il *essaie* du moins.

Je hausse les épaules, mais je ne parviens à regarder que son visage.

– Je panique un peu.

Je réalise à peine que je t'ai dit je t'aime après quelques semaines seulement. Et ce qui est le plus fou, c'est que c'est la plus pure vérité.

Je réalise à peine que je panique pour rien, que je devrais partir maintenant, m'acheter un café, un petit déjeuner, avant de faire quelque chose de stupide comme te raconter ce que je ressens.

– Tu veux t'asseoir sur mon lit et me raconter pourquoi tu « paniques un peu » après notre nuit de folie ? J'aurais pensé que tu serais trop fatiguée pour t'éveiller à une heure pareille. C'est mon cas…

Je lève les yeux vers lui et souris faiblement à son ton taquin.

– Peut-être autour d'un dîner ce soir ?

Il acquiesce en me dévisageant. Je viens d'appuyer sur l'interrupteur. L'interrupteur « je pense trop ». L'interrupteur « bordel de merde, qu'est-il arrivé hier soir ».

– D'accord.

Putain.

J'enfile mes chaussures et passe une main dans mes cheveux pour les coiffer. Son téléphone sonne sur sa table de chevet.

Il regarde l'écran puis l'heure. Il murmure en hésitant :

– Je ferais mieux de le prendre. Tu peux… ?

Il lève un doigt pour me demander d'attendre et entre dans la salle de bains en refermant la porte derrière lui.

C'est plutôt gênant. Si c'était du travail, il aurait répondu devant moi.

Tout ce que j'entends, c'est sa voix douce murmurer :

– Portia ? Il est sept heures du matin. Qu'y a-t-il, chérie ?

J'attrape mon sac et sors de l'appartement.

~

L'une des choses les plus géniales à Londres, c'est qu'on n'est jamais obligé de prendre la voiture. Envie d'un café ? Une douzaine de coffee-shops dans chaque rue. Besoin de faire un tour chez Selfridges à l'heure du déjeuner ? La station d'Oxford Street est juste en face. À chaque coin de rue, les arrêts des fameux bus rouges, il y a même un River Bus pour se déplacer sur la Tamise. Nécessité d'éviter un trajet de voiture gênant avec quelqu'un que vous avez ou non forcé à coucher avec vous ? Dieu merci, seulement quelques stations de métro et j'arrive à Jubilee, à une centaine de mètres du bureau.

Je sors dans la rue, il pleut encore. Évidemment. J'ai pris une douche rapide chez moi, mais j'aurais pu m'en passer. En revanche, mes ballerines ne sont pas adaptées aux flaques et à l'averse perpétuelle. Trempées, elles font des bruits de succion à chaque pas. Je marche sur les trottoirs étroits, me fais arroser par des voitures – même mon parapluie ne me protège pas de l'averse. Heureusement, du côté des devantures, de nombreux auvents me permettent de m'abriter.

Quand je passe la porte d'entrée de Richardson-Corbett, je suis trempée. Je tords ma jupe et ma veste pour me débarrasser de l'excès d'eau. Mes cheveux sécheront comme tous les jours… Entre la douche chez moi et la marche rapide jusqu'au bureau, j'ai eu le temps de me calmer.

Le Je t'aime tu es un Amour, ce n'est rien. C'est nous tout craché : je plonge directement, il teste la température de l'eau du bout de l'orteil et réfléchit. Notre relation fonctionne ainsi, je l'ai compris avec le temps.

Je dois aussi me calmer : il a parlé de Portia et il est sorti de la chambre pour lui répondre au téléphone. Honnêtement, j'ai plus de mal avec le coup de téléphone. Je fouille avec agitation dans mon esprit pour essayer d'interpréter son geste. Il n'y a eu qu'une femme dans sa vie, il a été marié avec elle pendant dix ans. Bien sûr, ça laisse des traces.

Pippa arrive et me dévisage avant de dire :

– Tiens.

Elle me tend une tasse de café.

– J'ai si mauvaise mine que ça ?

– Tu t'es regardée dans le miroir ?

– À vrai dire, non… (Je pose le café sur mon bureau.) Merci en tout cas.

Pippa hoche la tête et s'assied en face de moi.

– Ça va ?

J'acquiesce en retirant mon manteau.

– Ouais, ça va.

Le voyant de la messagerie de mon téléphone clignote. Je décroche, compose mon code et couvre le combiné :

– Il n'est pas encore neuf heures du matin et je passe déjà une journée *affreuse*. Je viens de craquer comme dans une mauvaise émission de téléréalité. (J'écoute les messages et raccroche.) Anthony veut me voir à la première heure. *Bordel*. Pourquoi est-il arrivé si tôt ?

– Ça ne peut pas être mauvais, j'ai lu le mail félicitant l'équipe de New York. Et les plans de la rénovation du pont sur lesquels tu as bossé ont été acceptés sans aucune hésitation. Il doit se dire qu'il pleut et qu'il ne t'a jamais vue habillée comme ça. (Elle sourit et roule des yeux.) T-shirt mouillé, si tu vois ce que je veux dire.

– Dégueulasse. (Je me lève, attrape ma trousse de toilette et mon gilet d'urgence.) D'accord, je vais un peu m'arranger et j'irai le voir.

– Bon courage.

~

–Vous vouliez me voir ? je demande sur le pas de la porte d'Anthony.

Il range quelque chose dans la bibliothèque et se tourne pour me regarder.

–Mlle Miller, oui. Entrez.

Mlle Miller ?

Je fais un pas dans le bureau. Il ajoute :

–Fermez la porte, s'il vous plaît.

Mon ventre se serre.

Je m'exécute et traverse son bureau pour m'asseoir en face de lui.

–Oui, Monsieur ?

Un frisson remonte dans mon dos.

–J'ai bien peur de devoir vous parler d'un sujet très important. (Il pousse un gros volume relié en cuir sur le bureau.) Vous allez devoir faire un choix.

Je n'ai jamais vu Anthony aussi sérieux et évasif. Jusque-là, je n'ai jamais eu à lui tirer les vers du nez.

Je lui souris.

–Qu'y a-t-il, Anthony ?

Il plisse les yeux.

–M. Smith serait probablement plus approprié.

Je butte sur les mots que je choisirais. *Mon premier jour ici, tu as maté mes seins et tu m'as demandé de t'appeler Anthony.*

À la place, je lance :

–Désolée. Hum… M. Smith.

Anthony déboutonne sa veste de costume, s'installe sur son fauteuil en poussant une pile de documents devant lui. Des contrats avec des Post-it rouges et jaunes qu'il doit signer.

– Étant donné votre comportement très peu professionnel à New York et depuis… commence-t-il. (Je manque m'évanouir.) Ou plutôt, en raison de votre fascination déplacée pour un vice-président de l'entreprise et du harcèlement…

– *Harcèlement* ?

Il parcourt des documents sans prendre la peine de lever les yeux.

– Je me vois obligé de vous demander de faire en sorte que votre relation avec Niall Stella en reste au professionnel strict ou de démissionner de votre stage chez Richardson-Corbett.

– Quoi ? je halète, le corps tremblant. *Pourquoi* ?

– Pour les membres de l'équipe dirigeante, il est clair que vous avez agi en oubliant tout professionnalisme. (Il saisit un stylo.) Vous avez été distraite, votre travail est tout juste médiocre. Je crois que je n'ai pas besoin d'en dire plus.

– Mais ce n'est pas j…

J'allais dire *juste*, mais je ferme la bouche. Je n'ajouterai pas *me comporter comme une adolescente* dans la liste de mes transgressions.

Je me reprends :

– Pouvez-vous m'expliquer pourquoi diable nous parlons de quelque chose qui ne concerne que M. Stella et moi ? Nous n'avons enfreint aucune règle !

– Mlle Miller, j'apprécierais que vous ne remettiez pas en question mes décisions concernant cette entreprise et ses employés. (Il signe un contrat, la plume crisse sur la feuille.) En tant que stagiaire et travailleur temporaire en Angleterre, je n'ai aucune obligation à votre égard. Mais comme vous êtes jeune… (Voilà, typique d'Anthony, insulter quelqu'un, l'air de rien.) J'espère que vous profiterez de cette opportunité pour grandir. Votre conduite, ces derniers temps, a manqué de maturité. Cette… indiscrétion avec le vice-président de l'entreprise n'a fait qu'attirer mon attention sur ce fait.

– Je n'ai rien fait de mal. Ce n'est pas la meilleure idée du monde, je dois l'avouer. Mais je n'enfreins aucune règle ! Je n'ai aucun compte à rendre à Niall !

– *Niall*, répète-t-il en souriant. Oui. Eh bien, quoi qu'il en soit, c'est le genre de situation qui a tendance à dégénérer. L'équipe dirigeante vous laisse le choix : mettre fin à cette relation ou à votre stage.

Des larmes de rage me montent aux yeux. Seules les gamines pleurent. Je ne veux pas lui donner raison. Je cligne plusieurs fois des yeux, déterminée à ne pas lui faire ce plaisir. Il ne saura pas à quel point ça m'affecte.

Je demande avec douceur :

– Puis-je parler à M. Corbett ? J'ai besoin que quelqu'un m'explique ce qui se passe.

– Richard m'a donné tout pouvoir concernant mon département.

Mon sang se met à bouillir dans mes veines. Je ne peux pas me retenir :

– Donc, pour être claire, vous avez incité Niall à *m'encanailler* et maintenant vous me licenciez parce que vous pensez qu'il l'a fait.

Furieux, Anthony lève la tête.

– Vous pouvez répéter ?

–Sans hésitation. Je choisis de mettre fin à ce stage. C'est l'une des conversations les plus *hallucinantes* de ma vie.

– Dans ce cas, déclare-t-il, absent, j'ajouterai à votre dossier une lettre informant de votre comportement.. Je vous en ferai passer un exemplaire avant votre départ.

~

La pluie s'est arrêtée, je sors me promener pour m'éclaircir les idées. J'entends au loin le carillon de Big Ben. Machinalement, je plonge la main dans ma poche pour attraper mon téléphone. Il n'est pas là. Je l'ai laissé sur mon bureau avant d'aller voir Anthony en pensant que j'en aurais pour une minute. Je me demande si Niall est arrivé, s'il m'a cherchée, s'il m'a appelée.

Je comprends à cet instant seulement à quel point tout a dégénéré. Il y a peut-être un fond de vérité dans les propos d'Anthony. La première chose à laquelle j'ai pensé, ce n'était ni mon job ni les milliers de kilomètres qui me séparent de chez moi. Je n'ai pas réfléchi à l'endroit où je vivrai, à comment payer mes factures d'électricité ou à manger, tout simplement. Je n'ai même pas pensé à ma place dans le programme d'Oxford, putain. À tout le travail que j'ai accumulé, à tout ce que j'ai sacrifié…

Je n'ai pensé qu'à Niall Stella.

~

À mon retour, l'objet de toutes mes attentions marche de long en large dans son bureau. Il sursaute en me voyant, m'attrape par le bras pour me faire entrer.

– Où étais-tu ?

Il ferme la porte derrière lui. Je dois avoir l'air dans un sale état parce que ses yeux vont et viennent de mes cheveux mouillés à mon teint pâle, de mes vêtements trempés à mon air désespéré.

– Quand ? Ce matin, j'ai marché jusqu'au bureau sous la pluie parce que j'ai pensé que je t'avais forcé à coucher avec moi sans que tu le veuilles vraiment.

Incrédule, il écarquille les yeux et ouvre la bouche pour parler.

Je lève une main pour l'empêcher de répondre.

– Et puis je me suis fait engueuler dans le bureau d'Anthony. Ensuite, je suis sortie me promener.

– On parlera plus tard d'hier soir. *Franchement,* Ruby. (Il soupire, s'approche de moi.) C'est quoi cette histoire d'Anthony qui t'engueule ?

– Rien dont j'aie envie de parler ici. Je veux rentrer chez moi, boire un verre, faire une sieste et dîner avec mon copain.

Il grimace.

– À propos de ça... (Il passe une main nerveuse sur son visage.) On va devoir reporter, j'en ai peur.

Je me laisse tomber dans l'un des fauteuils près de la fenêtre. Je n'ai pas envie de lui parler ici de ma décision de quitter l'entreprise et des *raisons* qui m'y ont poussée. J'ai encore moins envie d'être seule avec tout ça en tête.

– Vraiment ? Tu ne peux pas annuler ? Je vais paniquer, j'ai besoin de toi.

Il s'assied en face de moi, avec l'air... si je dois être honnête ? *Pétrifié.*

– Qu'y a-t-il ?

Il avale sa salive.

– Tu es partie ce matin quand Portia a appelé.

– Ouais, je fais en grimaçant. Ça fait partie des raisons de ma crise d'angoisse.

– Et je comprends tout à fait, mon cœur. Mais… tu as peut-être bien fait de partir. La conversation a duré un petit bout de temps.

– Et tout va bien ?

Il ne répond pas tout de suite. Mon cœur se serre douloureusement. J'ai commencé par être en colère parce qu'il ne lui a pas dit qu'il la rappellerait. Il a dû entendre la porte claquer, et il n'a pas pris la peine de me suivre. Mais qui sait, quelque chose d'horrible est peut-être arrivé pendant notre séjour à New York. Portia est-elle malade ?

Il se lèche les lèvres et dit très calmement :

– Elle m'a appelé parce qu'elle veut se remettre avec moi.

Il a l'air désespéré… j'ai presque envie de le plaindre.

Mon monde s'arrête de tourner, se brise en deux puis en un million de morceaux.

Je cligne plusieurs fois des yeux.

– Elle quoi ?

– Elle veut qu'on reprenne notre histoire tous les deux, répète-t-il en soupirant lourdement. Je suis aussi surpris que toi, crois-moi. Elle m'a dit qu'elle avait eu une révélation, qu'elle voulait me parler.

– Et… ? je commence en sentant mon cœur au bord des lèvres. Tu as *accepté* ?

– Pas de me remettre avec elle. Mais onze ans de mariage, ce n'est pas rien. Nous sommes ensemble depuis l'adolescence. Après ma conversation avec toi hier soir… Tu m'as demandé si nous avions un jour discuté de tout ça. Je me sens obligé d'écouter ce qu'elle a à me dire.

Il se tait pour me donner le temps de répondre, mais aucun mot ne me vient. Aucun.

– Étant donné notre relation, je devais te dire que je dîne avec elle ce soir, continue-t-il avec précaution. Et t'informer que Portia pense mériter une autre chance.

– Et quel pourcentage de réussite ? Cinquante cinquante ?

Mal à l'aise, il éclate de rire. Ce ton brutal ne me ressemble pas. Mais je n'y peux rien.

– Mon Dieu, Ruby. Non.

– Mais tu y *vas*, je lâche, horrifiée. On est bien d'accord qu'il n'y a aucune chance que tu te réconcilies avec ton ex-femme, n'est-ce pas ?

Son visage se crispe, comme s'il n'y avait pas pensé sous cet angle. Il n'a clairement accepté que par politesse. Mais s'il s'agit seulement de politesse et qu'il n'y aucune chance pour qu'il se remette avec elle, pourquoi ne pas lui avoir dit que c'était trop tard ? Pourquoi ne pas lui avoir dit que sa copine venait de quitter son appartement, hystérique, et qu'il lui parlerait plus tard ? *Au téléphone*.

– Eh bien, je ne peux plus imaginer être avec elle…

– Donc tu le fais comme un geste.

Il ferme les yeux et soupire.

– Ça a l'air terrible, dit comme ça.

– Donc ce *n'est pas* seulement un geste ?

– Je ne…

Je m'écrie :

– Dis-moi ! Parce que là, tout de suite, j'ai l'impression qu'après avoir couché avec moi hier soir, tu vas te remettre avec ton ex-femme !

Les larmes me brouillent la vue, je suis trop fatiguée pour m'empêcher de les laisser couler, putain.

– Ruby, je ne dîne pas avec elle pour me remettre avec elle.

– Mais tu *pourrais*.

Il ferme les yeux.

– Je ne peux pas l'envisager, non. Mais Ruby, tu es jeune, tu n'as jamais…

– Je t'arrête tout de suite. (Ma voix m'effraie moi-même. Inconsciemment, j'ai serré les poings. Je suis à bout de patience.) Ça n'a rien à voir avec mon âge. Je n'ai *jamais* agi comme une gamine avec toi. J'ai tenté de te comprendre, de te laisser gérer tout ce… *bagage*.

L'air contrit, il s'éclaircit la gorge et acquiesce.

– Tu as raison, je suis désolé. Mais il me semble cruel de ne pas lui offrir l'opportunité d'avoir la conversation que nous aurions dû avoir depuis des années. Toi qui es si douée pour exprimer tes sentiments, tu dois le comprendre. Poser les choses nous fera du bien à tous les deux.

J'ai tellement mal au cœur que je n'arrive plus à respirer.

Il se penche, me prend les mains, mais je m'éloigne. La douleur dans ses yeux est insupportable. *Que fait-il ?* Tout allait si bien entre nous. *Lui ai-je fait si peur ?*

– Mon cœur, dit-il calmement (je lutte pour ne pas y voir de la condescendance) j'ai envie d'apaiser tes angoisses, mais je ne veux pas prendre ça à la légère. Je vais voir mon ex-femme pour écouter ce qu'elle a à me dire. Je réalise maintenant que ce serait malhonnête de te dire que ça n'a aucun sens pour moi. Je l'écouterai l'esprit ouvert.

– *Tu* as l'esprit ouvert ?

Sa réponse me brise le cœur.

– J'essaierai, du moins. Je le lui dois.

J'acquiesce en silence. Il est perturbé, c'est évident. J'ai mal au cœur pour lui, mais encore plus pour moi. Il veut lui parler pour apaiser quelque chose entre eux, arriver à une conclusion plus satisfaisante. Mais je sais qu'une minuscule part de lui-même, celle qui n'a simplement pas voulu en discuter par téléphone, se demande si elle *a* changé… S'ils pourraient faire revivre leur relation.

– Je te vois demain, alors ? me demande-t-il. On pourrait déjeuner ensemble.

Je suis à deux doigts d'éclater de rire. Déjeuner, comme avec un client. Je viens de quitter mon job pour rester avec lui et il dîne avec son ex-femme pour discuter de leur potentielle réconciliation.

Que se passe-t-il ?

Les dents serrées, incapable de le regarder, je hoche la tête.

– Bien sûr.

– Tu peux me dire ce qui s'est passé avec Tony ? Nous avons eu des mots hier. Il a parlé à Richard de ce qui s'est passé à New York et a décidé de me mettre un blâme. Avec un peu de chance, je serai le seul à en pâtir.

New York. Pâtir.

Pas hier soir. Pas la nuit où je t'ai poussé à reconsidérer l'idée de revenir avec la femme qui t'a rendu malheureux, qui t'a contraint à rentrer dans ta carapace pour ne jamais plus en sortir.

–Ah ouais. (Absente, je sombre dans une étrange apathie. Je me lève et marche vers la porte.) Il m'a mis un blâme, à moi aussi.

Chapitre 16

Niall

J'ai proposé à Portia de dîner dans un endroit neutre, mais elle a insisté pour que je vienne chez elle – dans notre ancien appartement. Je me sens mal à l'aise depuis que j'ai parlé à Ruby, je regrette de ne pas avoir été plus clair. Je lui ai envoyé un message en partant du bureau pour lui dire que je l'appellerai après, que je viendrai la voir si elle en a envie, mais elle ne m'a pas répondu. Elle m'en veut certainement d'avoir accepté de parler avec Portia et je ne peux pas lui en tenir rigueur. Mais j'espère qu'elle comprend pourquoi je le fais. Je ne compte pas me réconcilier avec mon ex, je suis avec *Ruby* maintenant. Il y a un *nous*.

Cependant, Ruby a raison : pourquoi suis-je sur le point de dîner avec Portia ? Puis-je honnêtement affirmer que j'ai accepté de discuter avec elle seulement pour passer à autre chose ? Y a-t-il une part de moi, même minuscule, qui se demande si nous ne pourrions pas donner un nouveau souffle à notre relation, en communiquant mieux ? Nous nous connaissons si bien. Il serait si facile de replonger.

Mais cette pensée me rend malade, la culpabilité me prend à la gorge. Je *suis* passé à autre chose. Je repense à mon mariage sans souffrance ni le moindre regret. Je me sentais tellement incompris, dans une histoire dépourvue de passion. Je n'avais même pas l'impression d'être marié à ma meilleure amie. Plutôt de cohabiter avec une collègue.

Que pourrait-elle dire pour changer cette impression ? Vais-je dîner avec mon ex-femme parce que je suis tellement heureux que je me *sens mal* pour elle ?

J'ai envie d'appeler Ruby avant d'y aller, pour lui dire que Portia n'a aucune chance, que j'ai eu tort de lui laisser penser que c'était le cas. Je suis simplement *curieux* : Portia n'a *jamais* semblé être aussi troublée que ce matin au téléphone.

Ça m'a bouleversé au point de me faire oublier que Ruby m'attendait dans la pièce à côté. Quand je suis sorti de la salle de bains, le combiné en main, elle avait disparu.

Dans l'escalier, je reconnais l'odeur de mon plat préféré – des pâtes aux saucisses, poivron et thym. Je reconnais aussi mon CD préféré de Brahms, un enregistrement de l'orchestre philarmonique de Vienne. La porte d'entrée n'est pas verrouillée, comme à l'époque, elle s'ouvre facilement d'un coup d'épaule.

Vêtue d'un pantalon de coton, d'un T-shirt et un tablier autour de la taille, Portia est pieds nus, dans la cuisine. Bouche bée, je la dévisage. Je l'ai rarement vue habillée aussi décontractée.

Souriante, elle se tourne vers moi. Immédiatement je me sens nerveux.

– Salut, dit-elle en me tendant un verre de vin rouge. Elle m'embrasse sur la joue. Bienvenue à la maison.

Je crève d'envie de partir tout de suite. Je ne devrais pas être ici. Tout mon corps me démange, je me sens très mal. C'est déloyal, je le savais. Ruby le savait.

– *Ta* maison, je lui rappelle en reposant le verre. J'habite à quelques stations de métro d'ici.

Elle esquisse un geste vague de la main, retourne vers le comptoir et sert les pâtes dans deux assiettes.

– Je n'ai toujours pas vu ton appartement.

– Il n'y a pas grand-chose à voir.

Je hausse les épaules, Portia fait un signe de tête vers la salle à manger et je sursaute légèrement. Je suis arrivé depuis moins de deux minutes et elle me guide vers la table comme si je venais travailler. Pas de discussion préalable. Certainement pas de badinage.

Ébahi, je la suis. La table, avec les fleurs, les bougies et les sets de table que les Wynn nous ont offerts pour notre mariage, me paraît surréaliste. Le candélabre que ses parents nous ont acheté pour notre cinquième anniversaire de mariage trône au centre. Pendant notre vie commune, Portia cuisinait parfois, en soulignant toujours à quel point elle *faisait des efforts quotidiens* pour notre mariage.

Mon téléphone pèse dans ma poche, je regrette de ne pas avoir appelé Ruby avant de venir.

Nous nous asseyons, Portia me passe le poivre et déplie sa serviette sur ses genoux. Dehors, les pneus des voitures crissent sous la pluie. À l'intérieur, le silence règne autour de la table.

– Tu as passé une bonne journée ? demande-t-elle finalement en regardant ses pâtes avec gourmandise.

Ma *journée* ? Et mon mois ? Ou plutôt, les onze dernière années de ma vie ?

– C'était…

Je n'arrive pas à continuer. Soudain, je réalise qu'il n'y a aucun mystère à démêler ici. Aucun secret expliquant l'échec de notre mariage. C'était et ce sera toujours la même chose entre nous.

Portia se sent seule, elle a du mal à trouver ses marques dans sa nouvelle vie. Ça a été vrai pour moi aussi. Je me suis concentré sur les tâches quotidiennes, j'ai passé tout mon temps libre à faire du sport. Je n'ai même pas levé les yeux pour voir Ruby, qui me regardait amoureusement depuis des mois.

Maintenant, c'est Portia qui me dévisage. Elle attend que je termine ma phrase.

– C'était une journée bizarre.

Pas la meilleure chose à dire, j'en ai peur. Elle risque de me demander de développer. Mais le calme revient, et je commence à manger. Le bruit qu'elle fait en mâchant m'est aussi familier que l'odeur du bois des poutres de la salle à manger ou de la pierre du sol de notre cuisine.

Je lance, histoire de revenir à une conversation normale :

– Et *ta* journée ?

Mais c'est impossible. La bouchée que j'ai prise pèse une tonne dans mon ventre, je ne pense qu'à Ruby :

– Portia, je ne peux pas…

Elle ouvre la bouche. Et me surprend :

– On n'allait pas du tout ensemble, n'est-ce pas ?

Finalement, un petit éclat de rire brise mon malaise.

– Pas du tout, non.

– Je pensais qu'on pourrait... (Pour la première fois, je distingue un soupçon de vulnérabilité en elle. Elle passe une main sur son visage.) Honnêtement, je ne sais pas à quoi je pensais, Niall. Je voulais te voir. Tu me manques, tu sais. Je ne suis pas certaine d'avoir mesuré la chance que j'avais avant.

Je porte mon verre de vin à mes lèvres sans répondre. Je voudrais lui dire que je comprends, que je suis aussi heureux de la voir.

Une chose est sûre, je n'ai jamais su mentir. Je ferme les yeux en repensant à hier soir. Et dans cette salle à manger, *mon* ancienne salle à manger, avec *mon* ex-femme, je sais que l'unique raison pour laquelle je me sens si mal ici, c'est que j'aime Ruby.

Je l'aime.

– C'est seulement que... continue Portia en repoussant la nourriture dans son assiette. Maintenant que tu es ici, je ne sais plus quoi dire. Par où commencer. C'est trop, n'est-ce pas ? (Elle lève les yeux vers moi.) On s'est trop habitués à ne pas se dire ce qu'on pense.

Encore une fois, l'image de Ruby s'impose à moi. Elle parle de ses sentiments, de ses peurs, de ses rêves et de ses aventures. Elle veut connaître les miens. Elle m'a forcé à sortir de mon mutisme, je lui en suis reconnaissant. Je lui ai dit que j'appréciais son honnêteté.

Je l'apprécie, mais elle me terrifie. Tout à l'heure, elle m'a dit qu'elle voulait discuter de quelque chose avec moi, qu'elle avait *besoin* de moi. J'ai été incapable d'oublier mes préoccupations et d'être là pour elle.

– Je n'ai même pas besoin de te demander à quoi tu penses pour savoir que tu es ailleurs, dit calmement Portia, me tirant de mes réflexions. Tu es ici par politesse.

Je ne réponds pas, mais mon silence est éloquent.

– Je t'en remercie, vraiment. Je n'ai pas été une bonne épouse, Niall, je m'en rends compte. Et j'ai eu tort de penser que nous pouvions revenir en arrière. J'avais envie de croire que nous pourrions repartir sur de nouvelles bases, mais en te voyant ici, sur tes gardes… je comprends. C'est fini entre nous.

– Je suis désolé, Portia… Je voulais écouter ce que tu avais à dire. Je te le devais. Je me le devais aussi. J'avais envie de savoir ce que tu avais pensé pendant toutes ces années. Mais c'est vrai : je suis préoccupé, ce soir.

– Je comprends… Te voir tellement… bouleversé… c'est presque choquant.

Je m'excuse encore.

– Ce n'est pas juste de ma part…

Elle m'interrompt :

– Tu sais, quand tu es parti, tu étais impassible. La dernière chose que tu m'aies dite, c'est « merci ». Je t'ai tendu le dossier avec ton passeport et tous les documents importants, tu as souri et tu m'as dit « merci ». Impressionnant, n'est-ce pas ?

– Je n'étais pas triste en te quittant, Portia, je ressentais bien *quelque chose.* Mais je ne sais pas comment qualifier mes émotions. Sentiment d'échec, peut-être. Des regrets. (Je lève les yeux vers elle.) Du soulagement, aussi.

– Oh… soupire-t-elle. Moi aussi. Puis de la culpabilité, parce que j'étais tellement soulagée. J'hésite entre les deux depuis des mois. Comment ai-je pu passer tant d'années avec quelqu'un qui m'a *soulagée* en me quittant ? Aurais-je pu mieux faire ?

Je souris tristement en acquiesçant. Elle plie sa serviette et la pose sur la table.

– Eh bien, si on pouvait...

– Portia, je suis amoureux.

Les mots sont sortis tout seuls, et je les regrette instantanément. Je grimace. Les minutes s'écoulent avant qu'elle parle enfin.

– Chéri ? (Elle tente de reprendre son souffle.) J'espère qu'elle ne t'a pas fait de mal.

– Au contraire. Je crois que *c'est moi* qui lui en ai fait.

– Oh, Niall...

Je fixe le plafond.

– Je suis désolé. Je ne voulais pas dire les choses aussi crûment.

– Tu sais, ça me fait du bien de savoir que tu es passé à autre chose même si ce n'est pas très facile à entendre. (Elle respire un bon coup.) Je l'entends dans ta voix, je le lis dans tes yeux. L'angoisse, le désir. Je ne t'ai jamais vu dans un tel état. J'ai été exécrable avec toi, je le sais. Mais tu as toujours tout encaissé avec un tel stoïcisme. C'est étrange de te voir réagir aussi violemment, tu comprends.

Je regarde la femme que j'ai maltraitée, qui m'a maltraité.

– Je suis désolé, Portia.

Elle sourit faiblement.

– Ne le sois pas. Ce n'était pas ta faute.

– Et toi, tu vas bien ?

– La plupart du temps, oui. Il y a eu des hauts et des bas. Les premiers mois après le divorce, j'ai fait un peu n'importe quoi. Dépensé beaucoup d'argent, couché à droite à gauche.

Rien. Je ne ressens rien.

– Récemment, j'ai commencé à voir quelqu'un plus sérieusement. (Elle tripote son rond de serviette.) J'ai l'impression que c'est ce qui m'a affolée ces derniers jours. Difficile de débuter une relation, j'ai peur de répéter les mêmes erreurs. On est restés ensemble si longtemps, Niall, qu'être avec quelqu'un d'autre me donne l'impression de te trahir.

Je la dévisage. Personnellement, je n'ai jamais eu ce sentiment, mais je comprends ce qu'elle veut dire en parlant de la difficulté à s'accoutumer à une autre personne. D'avoir peur. De devoir s'habituer à un nouveau quotidien. De s'inquiéter constamment.

– C'est un homme que je connais depuis longtemps. (Elle hésite.) On travaillait ensemble.

Je comprends :

– Stephen ?

Portia a l'air coupable en m'avouant :

– C'est lui, Stephen.

Je me souviens des regards qu'il lui lançait lors des dîners d'affaires, des réceptions, ou quand je passais la voir pour déjeuner avec elle ou lui apporter quelque chose qu'elle avait oublié. Ça ne me faisait pourtant pas grand-chose. Stephen ne quittait jamais Portia des yeux, du moins en ma présence.

Si quelqu'un regardait Ruby comme Stephen regardait Portia, j'aurais des envies de meurtre.

– Rien n'est arrivé avant notre séparation. Je te le promets.

– Je te crois. Et je ne suis pas surpris, Porsh. J'ai remarqué les regards qu'il te lançait.

Elle éclate de rire.

– Oui. Comme la fille de ton bureau, quand j'ai apporté les papiers du divorce. Elle te regardait avec des cœurs dans les yeux.

Mon cœur se serre. *Seigneur,* même Portia l'avait vue.

– Ruby ?

Prononcer son nom me rend fou.

– Grande, belle. Américaine ?

J'ai besoin d'un verre. J'acquiesce en buvant une gorgée de vin.

– C'est elle.

Portia écarquille les yeux.

– C'est la fille avec qui tu es ? Celle que tu aimes ?

J'acquiesce encore, sans l'ombre d'un doute.

– Elle t'a aimé en secret pendant des mois et vous êtes finalement ensemble ?

Portia a l'air d'une écolière. Nous sentons tous les deux que nous n'avons plus rien à faire ensemble : elle m'a invité ici pour me reprendre et en a laissé tomber l'idée avec une facilité déconcertante…

– Niall, c'est tellement romantique.

– Comme Stephen et toi.

– Je ne sais pas si nous sommes toujours ensemble, mais oui.

Elle hoche la tête et demande :

– Raconte-moi comment c'est arrivé.

La tête entre les mains, le cœur battant, j'avoue tout à Portia.

Je lui raconte New York, l'empêchement de Tony, la présence de Ruby. Je lui explique que Ruby avait des sentiments pour moi depuis des mois, que je n'en avais aucune idée. Je lui parle de sa beauté, de son humour, de sa manière de me mettre à l'aise. Je lui décris mes peurs, mon désir, mon hésitation. Je n'ai pas vraiment besoin de le préciser, mais je lui raconte qu'elle en veut toujours plus, plus de d'échanges, plus d'intimité, et que j'essaie de toutes mes forces.

J'avoue :

– Quand j'ai décidé de venir dîner ici, je ne pouvais pas lui dire que ça ne signifiait rien sans mentir. Je voulais entendre ton point de vue, Portia. Mais je ne voulais pas qu'elle croie que je revenais avec toi. Elle a eu l'air *bouleversée.* (Je me rappelle son air désespéré, sa démarche en sortant.) J'ai fait n'importe quoi.

– Niall, me coupe-t-elle d'une voix douce. Tu sais que tu dois réparer ça.

Mal à l'aise, j'acquiesce. Ce n'est pas facile. J'ai vraiment déconné.

– Je t'aime, tu sais ?

Dans sa voix, il y a une émotion que je n'ai jamais entendue jusque-là. Elle n'a prononcé ces mots que de rares fois pendant notre mariage, par obligation plus qu'autre chose.

Je lui souris.

– Je t'aime aussi, Porsh.

Et puis, son ton autoritaire revient :

– Maintenant, va réparer ce que tu as fait.

~

Je cours dans les escaliers en composant le numéro de Ruby.

Ça sonne et sonne.

Je n'ai jamais entendu sa messagerie avant, sa voix me fait frémir. Je suis soudain terriblement angoissé.

« Salut, c'est Ruby ! Laissez-moi un message, je vous répondrai sûrement par texto parce que je déteste appeler les gens mais si vous appelez ce numéro, vous le savez probablement déjà et je suis pardonnée. » *Bip.*

– Ruby, c'est moi, Niall. J'ai... Je viens de partir de chez Portia. Ruby, je ne sais pas pourquoi j'y suis allé. Je n'aurais pas dû. Appelle-moi, s'il te plaît. Je veux te voir ce soir. Tout ça est absurde. Je *dois* te voir.

Mais les heures passent et elle ne m'appelle pas. Elle ne m'envoie pas non plus de texto.

~

D'accord, je suis arrivé très tôt au bureau, mais je suis quand même surpris de ne pas voir Ruby à sa place habituelle.

Son amie Pippa est là. Je m'approche d'elle – conscient que Pippa est au courant de tout –, elle détourne les yeux, l'air furieux.

Je demande calmement :

– Pippa... n'est-ce pas ?

Elle me jette un coup d'œil interrogateur.

– Oui.

– As-tu des nouvelles de Ruby, sais-tu à quelle heure elle va arriver ?

Son expression passe de la morosité à la surprise :

- Arriver ?

- Au bureau, je clarifie, même si ça ne me semble pas très utile.

- Êtes-vous stupide ?

Je bafouille avant de parvenir à lancer :

- Je ne crois pas...

Elle me dévisage en silence.

- Donc, vous n'êtes pas au courant ? (Elle se lève devant moi.) Ruby a été *virée*, espèce d'imbécile.

Je cligne des yeux.

- Pardon. Virée ?

- Virée.

- Elle a été virée ?

Pippa ricane et secoue la tête.

- On lui a demandé de choisir entre son stage et votre relation. Elle voulait vous le dire hier, mais je crois que vous aviez *autre chose* à faire.

Oh !

Oh !

Bordel... de... merde.

La panique me submerge, mon cœur se serre puis se met à battre la chamade.

- Elle...

Je halète en regardant autour de moi comme si elle allait apparaître par magie. Comme si c'était une plaisanterie.

Tony l'a obligée à choisir entre son job et moi.

Elle m'a choisi.

Et, selon elle, j'ai choisi Portia.

- Je suis *baisé*.

Pippa pouffe.

- Oh oui !

~

Des éclairs dans les yeux, je me rue dans le bureau de Tony.

– Tu te fous de ma gueule ?

Il sursaute, se lève d'un coup.

– Niall.

Une stagiaire que je n'avais pas remarquée quitte la chaise en face de lui, lisse sa jupe et murmure « excusez-moi » avant de quitter la pièce.

Nous la regardons partir. Elle est belle et jeune, j'ai envie d'exploser. J'attends qu'elle ferme la porte pour me tourner vers lui, furibond :

– Donne-moi une seule bonne raison de ne pas t'éclater la tête sur ton bureau.

Tony lève les mains.

– C'est la politique de mon département, Niall. Selon les règles que j'ai établies au début de son stage dans *mon* département, je ne peux pas accepter de rapprochement entre collègues.

– Depuis quand ? Cette règle a-t-elle été établie avant ou après que tu engages la fille qui vient de sortir ? Avant ou après que tu suggères que je baise Ruby ? Avant ou après que tu admires ses seins et ses jambes ?

Nerveux, il cligne des yeux et avale sa salive.

– Je ne vois pas de quoi tu parles, mais si tu peux trouver une trace écrite, je serai ravi d'en discuter avec toi.

Je ris sèchement.

– Donc, tu es allé aux Ressources humaines.

Tony ferme les yeux et répète :

– Selon les règles que j'ai établies au début de son stage dans *mon* département, je ne peux pas accepter de rapprochement entre collègues.

– C'est une blague. J'espère que Ruby te traînera en justice.

~

Si quelqu'un m'avait dit il y a un mois que je rencontrerais une femme au bureau, tomberais amoureux et la perdrais avant même le début du printemps, j'aurais crié au ridicule.

Ce matin, Ruby ne revient pas au bureau. Elle ne passe même pas récupérer ses affaires. Son absence laisse un affreux vide : plus d'écho de son rire moqueur, plus aucune paillette dans ses yeux verts joueurs. Même les stagiaires semblent démoralisés. À neuf heures et demie, à peine remis de la prise de bec avec Tony, je n'arrive pas à me concentrer.

Je lui écris.

POURQUOI NE ME RAPPELLES-TU PAS ? J'AI DÉCONNÉ. MAIS J'AI BESOIN DE TE PARLER.

Impossible de travailler. Je passe mon temps à jeter des coups d'œil à mon téléphone, toutes les dix secondes, je monte le son aussi haut que possible. Je suis normalement du genre à le laisser dans le tiroir de mon bureau pendant les réunions mais, aujourd'hui, je l'emporte partout avec moi. Comme je ne peux pas débarquer chez elle, je le garde tout près de moi.

Après le déjeuner, j'entends la sonnerie de mes textos et sursaute comme un fou furieux, en renversant un pot de stylos sur mon bureau. Je suis soudain plein d'espoir, j'ai du mal à respirer. Mais ce n'est pas un long message, mon cœur vole en éclats. Elle écrit simplement :

EN TRAIN DE CHERCHER UN JOB.

Je lui réponds tout de suite :

MON CŒUR, APPELLE-MOI. POURQUOI NE M'AS-TU PAS RACONTÉ CE QUI S'EST PASSÉ AVEC TONY ?

Une heure passe. Deux, trois, cinq. Elle ne répond pas.

J'essaie de me comporter avec détachement, j'éteins mon téléphone pour éviter toute tentation et pour ne pas lui envoyer de messages. Incapable de travailler, hagard, j'erre dans les couloirs, en ignorant les coups d'œil coupables de Tony dans ma direction et les regards étonnés de Richard.

À l'instant où je passe la porte de chez moi, je compose son numéro. Une sonnerie – j'ai le cœur serré –, une autre, une troisième. Elle répond finalement.

– Salut, fait-elle d'une toute petite voix.

Je soupire et parviens à murmurer :

– Ruby. Mon cœur.

Je l'imagine grimacer quand elle réplique :

– Je t'en prie, ne m'appelle pas comme ça.

La poitrine douloureuse, je reprends ma respiration.

– Hélas, c'est la vérité.

Elle ne répond pas.

– Pourquoi ne m'as-tu pas dit pour Tony ? (Je plie une feuille de papier sur mon bureau.) Mon cœur, je n'avais aucune idée de ce qui s'était passé.

– Je ne voulais pas te le dire au bureau pour ne pas fondre en larmes là-bas.

Elle renifle, s'éclaircit la gorge mais ne continue pas. Alors qu'elle ne cesse habituellement pas de parler, son silence me perturbe. Je ne distingue que sa respiration saccadée à l'autre bout du fil. Est-elle en train de pleurer?

– Ça va, Ruby?

– Oui, chuchote-t-elle. Je parcours des formulaires de candidats.

– Ah!

Donc, soit j'accepte de lui parler pendant qu'elle fait autre chose, soit je perds tout lien avec la femme que j'aime.

Je lui raconte le dîner sans intérêt avec Portia et lui répète que c'est bel et bien fini. Je l'ai su à l'instant où j'ai posé le pied chez elle.

– Je comprends que tu l'aies mal vécu. (Je me frappe le front.) Je ne peux pas parler de tout ça au téléphone, j'ai tant de choses à te dire. (*Je t'aime, j'ai été un con.*) Ruby, viens dîner avec moi, je t'en prie.

– Impossible.

Pour éviter qu'elle raccroche, je lui parle jusqu'à ne plus avoir aucun sujet de conversation. Pour la première fois, je me sens perdu avec elle. Je lui parle de ma conversation avec Max un peu plus tôt aujourd'hui. Sara est à nouveau enceinte. Je continue à parler jusqu'à ne plus rien avoir à dire, je bavarde, je meuble: la Bourse, les travaux sur Euston Road, la pluie et le beau temps.

J'ai envie de l'entendre se plaindre, pester contre moi. J'ai besoin qu'elle me dise à quel point je l'ai déçue. Son silence me terrifie parce qu'il ne lui ressemble pas. Je préférerais qu'elle m'insulte, mais elle persiste à m'ignorer.

Même après un mois à peine, son opinion, son estime sont fondamentales pour moi. La vérité, c'est que je ne me suis jamais senti aussi bien avec quelqu'un. Et aussi désespéré en son absence. Elle ne ressemble à *personne*.

Mais finalement, écrasé par son silence, je rends les armes et la laisse aller en la suppliant de m'appeler quand elle se sentira prête.

Deux jours passent sans nouvelles d'elle, je suis incapable de sortir de chez moi, je ne mange rien, dors pendant des heures et des heures. Je suis désespéré. En me séparant de Portia, mon aptitude à prendre de la distance m'avait évité de tels moments d'accablement.

Ruby est la seule femme que je désire. La perspective de la perdre me rend totalement fou.

~

Le premier week-end après avoir détruit la confiance de Ruby et l'avoir forcée à mettre silencieusement fin à notre relation, je décide d'aller jusqu'au bureau pour récupérer des plans et des rapports. Je veux au moins faire semblant de travailler de chez moi. Je ne me suis pas rasé depuis des jours, je porte le même jean élimé, le même T-shirt depuis trente-six heures. Je ne me suis pas regardé dans un miroir depuis un moment.

Il fait toujours sombre dehors. Si tôt le matin, les rues sont complètement désertes. Un calme profond m'envahit, je respire enfin. Les voitures sont immobiles le long des trottoirs, les boutiques n'ont pas encore ouvert. La réception de l'immeuble est silencieuse, on dirait un caveau.

Je sors les clés de ma poche. Curieux, je repère une fenêtre éclairée.

Au fond, à droite. À côté de l'ancien bureau de Ruby.

J'ouvre la porte comme un robot. J'entends un bruissement de papier, des cadres que l'on retire des murs. Des livres que l'on range dans une boîte.

– Il y a quelqu'un ?

J'entre dans l'open-space et me fige en la voyant devant son ancien bureau.

Elle a eu la même idée que moi : venir très tôt un week-end pour éviter de croiser quelqu'un. Mais, au lieu de récupérer des dossiers à feuilleter dans l'intimité d'un salon, Ruby range ses affaires.

Mon ventre se serre. L'émotion m'étreint.

– Ruby ? Tu es là.

Elle ferme les yeux puis se concentre à nouveau sur ses cartons.

– J'ai presque fini.

– Ne t'en va pas si vite. Je... je veux te parler. Te parler pour de bon, pas comme la dernière fois au téléphone.

Elle acquiesce, mais ne répond rien. Je la regarde comme une âme en peine, sans savoir que faire.

Ses joues sont roses, elle se mordille les lèvres.

– Ruby...

– Je t'en prie, gémit-elle. Ne dis rien, d'accord ?

Elle a pris un ton interrogateur comme si elle n'était même pas sûre d'elle. Je n'ai jamais eu le cœur brisé *jusqu'ici.* J'ai passé la majeure partie de ma vie d'adulte avec la même femme, et le poids de cette certitude m'écrase.

J'ai envie de marcher vers elle, de l'attirer à moi et de l'embrasser. Simplement de l'*embrasser* et de lui dire qu'elle est la seule femme de ma vie. Si elle me laissait faire, je pourrais peut-être la supplier de me reprendre. Je pourrais mettre des mots sur mes sentiments.

Dévotion, culpabilité. Adoration, désespoir et peur.

Surtout : amour.

Au contraire, mon instinct me dicte de lui laisser de l'espace.

Je marche jusqu'à mon bureau. Derrière moi, je l'entends qui se hâte de ranger ses affaires. Je grimace. Pourquoi les choses sont-elles soudain si compliquées ? Ai-je tort de la laisser partir ? Je prends ma tête dans mes mains, je n'arrive pas à savoir comment me comporter.

Absent, j'attrape quelques dossiers sur mon bureau. Savoir Ruby si proche de moi m'empêche de me concentrer sur quoi que ce soit.

Je sors de mon bureau, soupire en la regardant scotcher ses cartons. Ses cheveux sont plus emmêlés que d'habitude, elle n'a pas dû se coiffer depuis des jours. Elle porte des vêtements larges et mornes : une jupe beige, un pull à capuche marron. Elle n'a pas l'air en forme.

Elle me manque. Elle me manque tellement que j'en ai des cicatrices dans la poitrine, à des endroits que je ne peux pas atteindre. J'ai du mal à respirer, mon cœur bat au ralenti. Le temps où ma raison me guidait n'est plus qu'un souvenir. Je n'ai jamais eu de tendance au mélodrame, mais depuis Ruby, je n'arrive pas à cesser de m'apitoyer sur mon sort. Par le passé, je n'ai jamais dû me battre pour quelqu'un, du moins pas consciemment. Je ne suis pas prêt pour ce qui m'attend.

– Je sais que tu veux que je te laisse tranquille, je commence en tentant d'ignorer sa moue réprobative quand j'ouvre la bouche. Je sais que je t'ai fait du mal, je ne pourrai jamais revenir là-dessus. Mais, mon cœur, je suis tellement désolé. Si ça a le moindre sens…

– Je risque de perdre ma place à Oxford, murmure-t-elle.

Je me fige.

– Quoi ?

– J'ai été licenciée, mais Tony a aussi pris la peine d'écrire une lettre de blâme pour mon dossier. Il me l'a envoyée. Après l'avoir lue, je me suis demandé pourquoi je m'étais donné tant de peine. En substance, il explique que je suis une employée médiocre dont les sentiments amoureux inappropriés ont affecté la qualité du travail.

Étourdi, j'avance d'un pas.

– D'un, c'est totalement ridicule. Je l'ai entendu s'extasier plus d'une fois sur tes qualités. De deux, il n'avait aucune idée de tes sentiments avant le voyage !

– Je sais. Merci d'avoir fait passer le message, dit-elle sèchement en reposant le rouleau de scotch sur la table.

– Ruby. Je l'ai mentionné spontanément, comme un idiot, parce que j'étais…

– Niall, m'interrompt-elle, les larmes aux yeux. Arrête. J'ai compris. Tu ne voulais pas lui dire ou, du moins, tu ne voulais pas que ça sorte ainsi. Je me fiche de savoir comment Tony a su que j'avais des sentiments pour toi avant New York. Ce n'est pas l'important. Tout tend à prouver que Tony est un gros connard. Mon problème avec ça, c'est qu'il n'a pas tort. *J'étais* distraite. *J'étais* préoccupée par ma vie personnelle. Je t'ai délibérément choisi et… tu es retourné avec elle.

– *Non.* Je savais avant même de la voir que je n'avais aucune intention de…

– Quand tu es parti la semaine dernière… (Sa voix tremble, je sens qu'elle retient ses larmes.) J'ai cru que tu allais lui offrir une autre chance.

– Ruby…

– Je t'ai tout *donné*. J'étais tellement amoureuse de toi, je l'ai été pendant *si longtemps* que j'ai ignoré tous les signes indiquant que tu n'étais pas prêt. Je t'ai avoué mon amour au bout de quelques semaines et tu n'étais pas réellement convaincu de vouloir coucher avec moi, mais tu l'as fait…

– Ruby, s'il te plaît, arrête.

Je me sens mal. Elle continue à parler, comme pour accentuer mon malaise.

– Et le lendemain, tu es allé chez Portia pour discuter *réconciliation* en supposant que j'étais tellement accro à toi que, quoi qu'il arrive, je serais toujours là si tu te décidais finalement à me choisir. (Les larmes coulent sur ses joues.) Tu as dû penser que dans la mesure où j'aime parler de tout, je comprendrais pourquoi tu voulais écouter ce qu'elle avait à dire, que je ne le prendrais pas mal.

J'ouvre la bouche et la referme.

– Tu as dû penser que ce serait une super idée parce que hourra, Portia n'est pas un robot, elle *a* des sentiments qu'elle veut finalement partager avec toi. (Elle s'essuie la joue.) Mais *non*. Je *voulais* que tu lui répondes qu'elle avait eu onze années, quand elle était ta femme, pour te dire tout ça et que maintenant, tu avais une petite copine avec qui tu pouvais discuter de ce qui te préoccupe.

Elle soupire et continue.

– Seigneur ! J'avais tellement envie de discuter de tout avec toi, même si ça signifiait entendre parler de ta vie sexuelle avec Portia juste après notre première fois. Bordel. (Elle éclate d'un rire amer. Je ne l'ai jamais vue aussi bouleversée, Ruby ne dissimule rien.) Tu aurais pu lui dire que tu étais libre pour le déjeuner si elle avait des choses à te dire ou qu'elle pouvait t'écrire un *mail*, putain. Mais aller la voir le premier soir après m'avoir fait l'amour ? Être incapable d'être aussi ferme que tu l'es maintenant ? (Elle secoue la tête.) Notre relation était parfois bizarre, elle a eu ses hauts et ses bas. Parfois, il y avait de la gêne entre nous, mais c'était bien. C'était *réel*, et tu le sais.

– Oui. C'était le cas. *C'est* le cas.

Je pose les mains sur ses hanches. À mon grand soulagement, elle ne s'écarte pas. Je l'embrasse dans le cou.

– Ruby, je suis tellement désolé.

Elle hoche la tête, les bras raides.

– Tu m'as fait du mal.

– J'ai été un imbécile.

Elle s'éloigne et ferme les yeux. À mon grand désespoir, elle récupère son carton et marche dans la direction opposée, referme la porte derrière elle avant que j'aie eu le temps de trouver les mots qui pourraient l'arrêter.

~

Récupérer les dossiers, un bel effort. Je suis toujours aussi incapable le reste de la semaine.

Dormir. Manger. Boire comme un trou. Regarder le plafond.

Mon téléphone reste désespérément silencieux. Je suis reconnaissant envers Tony de ne pas m'appeler, ma famille ne me donne aucune nouvelle, ni Portia. Mais chaque fois que je regarde l'écran et que je réalise que Ruby ne veut pas me parler, je suis dévasté.

Quand il se met à vibrer sous l'oreiller où je l'ai laissé il y a quelques heures, je sursaute. Il me faut quelques instants pour sortir de ma transe et répondre.

Je jure en regardant l'écran mais décroche quand même.

– Max.

– J'ai parlé à Rebecca, dit-il en matière de salutation.

– Ah oui ?

– Maman est au courant. Rebecca lui a déjà dit qu'elle pense que Ruby sera la bonne.

Ma sœur.

– Elle n'a jamais *rencontré* Ruby, putain.

– Ça n'a apparemment pas d'importance.

Je regarde ma bouteille de gin.

– L'impulsivité, c'est de famille.

– Tu as l'air énervé.

Je fixe mon verre.

– Ouais. Et malheureux.

– Alors, raconte-moi ce qui s'est passé.

– Ruby m'a quitté.

Max reste silencieux.

– Non ?

– Si. Notre liaison à New York lui a coûté son travail, alors que l'on m'a seulement donné une tape sur les doigts. Elle risque en plus, de ne pas intégrer le programme de Maggie.

Il soupire!

– Bordel de merde.

– Et je suis allé dîner chez Portia le lendemain de ma première fois avec Ruby, sans savoir que Tony l'avait placée devant un ultimatum: son job ou moi.

– Et elle t'a choisi, devine mon frère.

Je ricane.

– Ouais.

– *Imbécile.*

– Exactement. (Je termine mon verre, il tombe par terre.) Donc, autant te dire qu'elle m'a quitté assez soudainement.

– Donc tu bois et tu t'apitoies sur ton sort, affalé sur ton canapé.

– Tu sais à quoi ressemblait ma vie avec Portia. Et avec Ruby... Je n'avais jamais réellement pensé à avoir des enfants auparavant, à vivre une passion aussi forte que celle qui existe entre Sara et toi, jusqu'à ce que je la rencontre. (Je regarde par la fenêtre, les feuilles volent dans la brise du printemps.) Mais je ne m'en remettrai jamais. Elle m'a transformé et je... je n'ai pas envie de revenir en arrière. (Je profite d'un instant de silence pour remplir mon verre.) Donc, je bois pour oublier ce que j'ai perdu. C'est tout ce que je peux faire.

– Ou, suggère-t-il avec un rire qui signifie *grosse merde,* tu pourrais aller discuter avec Maggie. Pour l'amour de Dieu, Niall, on dirait que tu n'as aucune ressource. Fais en sorte de réparer cette injustice. C'est ta spécialité, mec.

~

Finalement redevenu sobre, j'ai tout le temps de réfléchir à ce que je vais lui dire, dans le train qui relie Londres à Oxford. Margaret Sheffield est un héros pour moi, elle faisait partie de mon jury de thèse, elle a été le mentor officieux que mon mentor alcoolique ne pouvait pas être. Même si la spécialité de Maggie est le génie civil, elle a le bras long. Peu de bâtiments sont érigés à Londres sans qu'elle ait son mot à dire. Sa carrière est à la frontière entre le génie civil, l'architecture et l'urbanisme en général. J'ai cru mourir de fierté quand l'un de mes collègues m'a présenté à une conférence comme « le Margaret Sheffield de notre génération. » C'est dire l'admiration que je lui porte.

Mais je ne suis jamais allée la voir pour des motifs personnels. En réalité, en dehors du moment où je me suis rué dans le bureau de Tony la semaine dernière, je ne suis jamais allé voir aucun collaborateur, aucun confrère dans un but personnel. Donc, même si le vent glacial me rafraîchit les idées sur Parks Road jusqu'au Thim Building, je suis une boule de nerfs.

Maggie bénéficie d'une renommée suffisante pour mériter un bureau dans l'un des bâtiments les plus prestigieux de l'université, mais elle préfère rester proche de l'action, comme elle dit. Son bâtiment, une étrange structure hexagonale, dispose d'une vue imprenable sur University Park, à l'Est. Nous sommes tout proches des bâtiments de la section d'Urbanisme et de la bibliothèque, je ressens une bouffée de nostalgie. J'ai vécu ici jeune marié, ce qui me différenciait de mes pairs qui bossaient dur la journée et faisaient la fête avec encore plus d'énergie le soir.

Je frappe à sa porte ouverte, soulagé de la voir me sourire avec chaleur.

– Niall !

Elle se lève, avance vers moi et m'enlace. Maggie n'a jamais été du genre à serrer la main. Au fil des années, elle m'a obligé à m'habituer à ses démonstrations d'affection.

– J'espérais que vous auriez un instant à m'accorder.

– Bien sûr. (Elle sourit.) Ton email a aiguisé ma curiosité par son absence totale de détails.

– Et… je pensais… pourrait-on prendre un café ?

Les yeux pétillants d'intérêt, elle lève les sourcils.

– On dirait que ce n'est pas strictement professionnel.

– Non. Mais… en partie. (Je soupire.) Je me sentirais plus à l'aise.

Elle éclate de rire et récupère sa veste.

– Eh bien, je ne m'y attendais pas. Une discussion personnelle avec Niall Stella. Je peux certainement dégager un peu de temps pour ça.

Nous marchons vers un petit café sur Pembroke Street en discutant de ces deux dernières années. Le sujet de l'avenir de Ruby m'obsède, et malgré les efforts de Maggie pour aller sur le terrain personnel, mes réponses restent brèves. Je suis soulagée quand nous commandons du thé et des croissants, et nous installons à une petite table dans le coin.

– Donc… commence-t-elle en me souriant. (Sa tasse fume.) Assez discuté de tout et de rien. Que me vaut cette visite ?

– Il s'agit d'une élève inscrite à votre programme qui était stagiaire chez Richardson-Corbett.

Elle acquiesce.

– Ruby Miller, n'est-ce pas ?

– Oui, je fais, surpris qu'elle sache immédiatement de qui je veux parler. (Ensuite, je réalise que j'ai utilisé l'imparfait. Maggie a dû lire la lettre de Tony.) Je ne travaille pas directement avec elle. Vous devez le savoir, elle travaillait sous la férule de Tony.

– J'ai eu connaissance du blâme de Tony, confirme-t-elle en fronçant les sourcils. Il ne semblait pas content de son travail.

Mon sang se réchauffe, je me penche et serre les poings instinctivement. Mon mouvement n'échappe pas à Margaret.

– Eh bien, c'est justement le problème. Je pense qu'il a été *un peu trop* content d'elle.

– Maudit Tony, s'exclame Maggie. Tu étais la distraction qu'il a mentionnée ?

– Il faut que vous compreniez que je ne vous en parlerais jamais si je ne pensais pas qu'il s'agissait d'une injustice. Tony a eu une réaction disproportionnée. J'ai ma part de responsabilité. Mais, dans ce cas précis, vous pourriez être privée d'une élève géniale. Ruby est brillante, elle sait ce qu'elle veut.

Maggie m'examine en sirotant son thé.

– Puis-je te poser une question personnelle ?

J'avale ma salive et acquiesce.

– J'ai pris sur votre temps en vous demandant de venir ici. Vous pouvez me demander n'importe quoi.

– Es-tu venu ici parce que tu penses que Ruby mérite sa place dans mon programme ou parce que tu es amoureux d'elle ?

Je m'efforce de soutenir son regard en avouant:

-Les deux.

-Donc les sentiments n'étaient pas à sens unique.

-Au départ oui, puis non. Je ne savais pas qu'elle m'aimait, elle ne m'en a rien dit avant que je lui avoue mon attachement.

Elle hoche la tête en regardant au loin.

-Je n'aurais jamais imaginé que tu puisses venir me parler de ta petite copine. Je ne sais pas si je suis surprise ou ravie pour toi.

-Ce n'est plus le cas. (Maggie me lance un regard confus.) Ce n'est plus ma petite copine. Elle a perdu son job, sa place dans votre programme, et comme je suis incapable de gérer mes émotions... elle a revu ses priorités.

-Revu ses priorités? Perdu sa place dans mon programme? De quoi parles-tu?

-Tony a trouvé intelligent de transmettre à Ruby une copie de la lettre qu'il vous a envoyée. Tony est l'un de vos anciens élèves, le stage dans une entreprise de génie civil un prérequis, elle a donc pensé qu'elle ne pourrait jamais intégrer votre programme...

-Niall, dit Maggie en posant sa tasse. Excuse-moi d'être directe, mais ne m'insulte pas en suggérant que je pourrais écarter une bonne élève parce qu'elle a eu un béguin au travail.

-Pas du tout Maggie, je...

-Ou pour être jeune et ne pas avoir su distinguer le professionnel du personnel. J'apprécie l'effort que tu as fait en venant ici, mais surtout parce que je suis heureuse de te savoir amoureux. Le dossier de Ruby est brillant.

Ses autres lettres de recommandation, dithyrambiques. Ses notes, parfaites, ainsi que ses scores aux tests, qui la placent en tête de la future promotion, parlent d'eux-mêmes. Sa lettre de motivation est l'une des meilleures de ces dernières années. (Maggie secoue la tête.) Tu comprends, sa place n'a jamais été mise en danger par la lettre de Tony. Penses-tu que j'ignore qui il est ? C'est un ingénieur brillant, mais aussi un sot.

Je ferme les yeux en riant.

– Touché.

– Puis-je laisser tomber *complètement* le professionnel un instant ?

– Bien sûr, je réplique, désireux de profiter de ses lumières. Je vous en prie.

– Tu me connais en tant que professeur, presque mentor, et maintenant nous sommes confrères. Mais je suis avant tout une femme, Niall. Je me suis mariée à vingt ans, ça a duré cinq ans, puis j'ai divorcé. Je me suis remariée à trente ans et quelques. Avec la distance de l'âge, et la sagesse, je peux te dire que la raison de ta visite est présomptueuse. Ruby n'a pas besoin que tu parles pour elle. En plus des louanges que j'ai parcourues à son égard, je l'ai vue en personne. (Maggie sourit.) Impressionnante, cette jeune fille.

Je lève les sourcils.

– Oh oui…

– Ruby n'a pas besoin d'un chevalier servant mais d'un partenaire. Elle a besoin de savoir qu'elle existe. Qu'elle est aimée. Et parfois, *comment* elle est aimée. C'est un ingénieur. Montre-lui comment tu fonctionnes. Montre-lui les boulons, les câbles, le plan de tes pensées.

~

Après ma conversation avec Maggie, je ne prends pas la peine de rentrer chez moi. L'heure de train qui me sépare de Londres est une torture. Si seulement j'avais pu me téléporter... Maggie a raison, c'est évident : je dois dire à Ruby ce que je ressens.

Je monte quatre à quatre l'escalier qui mène à son appartement, hésite devant sa porte pendant quelques instants, retiens ma respiration et frappe.

Elle ouvre, vêtue d'une petite jupe et d'un pull ajusté qui dévoile le haut de ses seins. Je n'imagine pas l'expression de mon visage quand je la contemple, mais dans ses yeux, je lis une tendresse qui me surprend et me ravit.

– Ruby.

– Ça va ? demande-t-elle.

Incapable de me calmer, je soupire.

– Non.

– Ça n'a pas l'air en effet.

J'acquiesce et laisse échapper un éclat de rire bizarre.

– Tu dois avoir raison.

Nerveuse, elle regarde par-dessus mon épaule.

– Pourquoi es-tu là ?

– J'avais besoin de te voir.

Elle me dévisage.

– Si je m'écoute sans résister, une part de moi-même rêve de t'attirer à l'intérieur et de t'embrasser follement. Tu me manques, et je ne vais pas prétendre dire le contraire et te mentir.

– Alors ne me repousse pas. Ruby, j'aurais dû te le dire la nuit où nous avons fait l'amour. Je le *savais*. Je ne savais simplement pas comment l'exprimer ni si je me faisais assez confiance pour y croire.

Les yeux pleins de larmes, elle secoue la tête. Elle ne veut pas l'entendre, mais je ne peux pas m'empêcher de le lui avouer enfin.

Je murmure d'une voix cassée :

– Je t'aime. Je suis désespérément amoureux de toi.

– Niall…

– Je l'ai su avec certitude en arrivant chez Portia. Je me suis senti mal à l'aise là-bas. Je ne sais pas pourquoi j'y suis allé, mais tout s'est éclairci soudain.

Ruby ricane.

– Tout s'est éclairci de mon côté aussi.

Je maugrée.

– Ruby, je t'en prie, pardonne-moi.

– J'en ai envie. Vraiment. Mais je ne sais pas comment me remettre de toute cette humiliation, de la frustration terrible que j'ai ressentie. J'essaie de te donner tout ce que tu veux, j'essaie d'être tout pour toi à chaque instant. Mais je t'ai dit « je t'aime », tu m'as répondu « je suis un amour ». Je perds mon job et pour couronner le tout, tu m'annonces que tu vas dîner avec Portia pour discuter de votre mariage… C'était trop.

– J'avais besoin de refermer cette porte pour toujours. Ou peut-être, c'était simplement de la curiosité morbide, parce que je n'avais jamais entendu Portia aussi bouleversée. Mais je n'ai pas compris le mal que je te faisais avant d'arriver là-bas. J'ai été nul. Avec elle, j'ai compris qu'il n'y avait aucune conversation à avoir, aucune vérité cachée. J'ai eu l'impression de t'être infidèle.

– C'était le cas.

Je ferme les yeux. La voir dans cet état me bouleverse.

– Je suis tellement désolé.

– Je sais. Et je pense que je comprends. Mais je ne peux pas m'empêcher d'être en colère contre toi.

Je me gratte la joue.

– Je t'en prie, laisse-moi entrer.

Elle me dévisage et dit très calmement :

– Comprends-tu que je ressente le besoin de refuser ? Parce que je ne suis pas sûre de *pouvoir* ? Je t'ai laissé le temps de dépasser chacune de tes hésitations. J'ai essayé d'être patiente et compréhensive, mais quand tu en as eu l'occasion, tu n'as pas prêté à mes sentiments la même considération. Je me suis perdue ces six derniers mois. Je t'ai dit de me faire confiance quand je t'indiquerais mes limites. Voilà une limite. Tu m'as méprisée, donc *évidemment*, j'ai pensé que tu ne tenais pas à moi tant que ça.

J'ai l'impression qu'elle vient de me plonger un poignard dans le ventre. Bouleversé, je recule. Même si ses lèvres et ses mains tremblent, même si je lis l'émotion dans son regard comme la semaine dernière.

Je pourrais passer outre. N'importe quel homme – plus agressif – aurait profité de la douleur qui se lit dans ses yeux. Si je l'embrassais maintenant, elle se laisserait faire. Je le sens à la manière dont elle observe ma bouche, dont elle vacille.

Ruby m'aime toujours, comme je l'aime.

Je pourrais entrer, caresser son corps, la déshabiller et lui donner du plaisir, lécher sa transpiration. Je pourrais la convaincre, avec mes mains, mes paroles, ma bouche, que je l'aime vraiment.

Mais elle a l'air de tellement souffrir… Je n'ai pas le droit de la manipuler.

Désespéré, j'empoigne mes cheveux.

– Dis-moi quoi faire. Si je pars, tu auras l'impression que je ne t'aime pas. Si je reste, je ne respecte pas ce que tu me demandes.

– Niall… murmure-t-elle. Je ne peux pas être si proche de toi sans être à deux doigts de tout foutre en l'air. Nous ne savons ni l'un ni l'autre quoi faire. C'est à ton tour d'être patient.

J'avale ma salive avec difficulté et m'éloigne sans la quitter des yeux.

– Viens à moi. Quand tu seras prête, je t'attendrai. Laisse-moi te désirer comme tu m'as désiré. La distance n'atténuera pas les sentiments que j'ai pour toi.

Les yeux mouillés, elle acquiesce.

– Promets-moi de venir quand tu seras prête. Même pour me dire que c'est fini.

Ruby hoche la tête.

– Je te le promets.

Chapitre 17

Ruby

Le mois d'avril, c'était l'horreur. Mai a été encore pire. En avril, je pouvais au moins me repasser en boucle le souvenir de Niall devant chez moi, l'air désespéré et anxieux. Je pouvais encore entendre sa voix rauque, grave, désespérée, me murmurer qu'il m'aimait.

En mai, cela fait un mois que je ne l'ai pas vu. J'ai un mal fou à me convaincre qu'il pense encore à moi.

Nombre de Jours Sans Niall Stella pour Me Retrouver : Inconnu.

J'ai été la fille amoureuse, prête à tout, qui le laisse dîner avec son ex et décider dans quel sens penche son cœur. J'attendais désespérément qu'il m'appelle après son dîner, et il l'a fait. Mais… je n'ai pas répondu. Non seulement il a compris ce que je savais depuis le début – que Portia n'était pas la femme qui lui fallait, alors que *moi oui* –, il a aussi réalisé que j'étais… très très en *colère.*

Je peux accepter beaucoup de choses sans sourciller. Niall en était lui-même surpris. Ça a toujours étonné mon entourage. Mais ça ne signifie pas pour autant que je ne puisse pas être blessée, énervée ou me sentir trahie.

Même si j'ai le cœur brisé, j'ai réussi à remettre en place certains aspects de mon existence. Déterminée à conserver toutes mes chances d'entrer dans le programme de Margaret Sheffield, début avril, après des jours de prostration, je me suis reprise et j'ai pris le train pour Oxford. À vrai dire, je commençais à en avoir assez des sandwichs pain-rassis-fromage-dur, assez de dormir dans les mêmes vêtements depuis des jours.

Le professeur Sheffield m'a assuré que la lettre d'Anthony n'aurait aucune incidence sur sa décision, que seul mon dossier de San Diego, excellent en tous points, serait jugé. Elle ne m'a pas dit que la *distraction* mentionnée me coûterait ma place dans son programme, mais elle ne m'a pas non plus informée que j'en ferais partie.

En attendant les résultats, je reste à Londres. J'ai eu la chance qu'une entreprise ait eu besoin de remplacer une ingénieure partie en congé maternité anticipé. C'est une solution temporaire, facile, et je suis bien payée. Le premier jour, je décide de rentrer à pied plutôt que de prendre le métro et je passe à deux blocs de l'appartement de Niall…

Coup au cœur.

Donc, bien sûr, je n'ai plus jamais réussi à prendre le métro. Tous les jours, je me sens attirée vers chez lui, comme par un aimant géant. Quand je continue tout droit au lieu de tourner à gauche, je frissonne. Chaque jour, je souffre atrocement.

Sa distance, sa réserve ont été impossibles à supporter. Tout est logique pour lui, Portia est prête à parler, donc il devrait l'écouter. Je l'ai toujours encouragé à communiquer, donc bien sûr, ça s'applique aussi à Portia.

Je me sens obligé d'entendre ce qu'elle a à dire.

J'essaie de garder l'esprit ouvert. Je lui dois ça.

Niall n'a pas eu l'air de ressentir la moindre émotion, jusqu'à ce qu'il soit trop tard. De mon côté, la douleur ne me quittait pas.

Même quand il m'a trouvée dans le bureau, en train de ranger mes affaires, quand il m'a suppliée de lui pardonner. Même quand il est venu chez moi pour me dire qu'il m'aimait.

J'ai été idiote de lui dire de s'en aller. Je le savais. Mais je savais aussi que si je craquais ce jour-là, une partie de ma fierté, de mon amour-propre disparaîtrait pour toujours.

Mais le silence est sans fin.

Nombre de Jours Sans Parler à Niall Stella.

~~Un~~

~~Sept~~

~~Quinze~~

~~Trente-deux.~~

Cinquante neuf.

~

En juin, j'ai appris que j'intégrerais le programme de Maggie à Oxford.

L'enveloppe totalement anonyme m'attendait à mon retour du travail. Certains jours, il m'est plus difficile de résister à la tentation d'aller chez Niall que d'autres… Parfois, je fais semblant d'être absorbée par une chanson ou de lire quelque chose sur mon iPhone. Savoir que si je voulais, je pourrais le voir fait un peu moins mal. Aujourd'hui, ç'a été une torture. Me suis-je remise de ma colère ? Si c'est le cas, si je vais chez lui, ouvrira-t-il la porte pour s'excuser, mal à l'aise, et me dire que j'ai eu raison de rompre ? Que sa décision de se mettre avec moi a été terriblement impulsive ? Que sa vie est tellement plus ordonnée sans une fille aussi émotive et folle dingue que moi ?

Le problème, c'est que je l'imagine me rejeter aussi facilement que je l'imagine me prendre dans ses bras. Je connais les horaires de Niall, ses petites habitudes, ses goûts en matière de nourriture, de café, de vêtements. Mais je ne suis pas sûre de connaître les secrets de son cœur.

Les mains tremblantes, je déchire l'enveloppe et je lis trois fois la lettre. Je m'agrippe au papier. Pendant de longues minutes, je suis incapable de cligner des yeux, de respirer parce que *ça y est*. Je vais à Oxford, j'étudie avec Maggie. Cet enculé d'Anthony n'a rien gâché.

Je lis la lettre plusieurs fois pour retenir les dates et établir un planning mental. Le premier semestre commence en septembre. Ce qui signifie que je peux travailler en juin, juillet et début août, trouver un appartement à Oxford en quinze jours.

Bien sûr, mon premier instinct est d'appeler Niall.

À la place, j'appelle mon amie London.

– Ruby !

– Tu ne devineras jamais ce qui vient d'arriver ! je lance, en souriant pour la première fois depuis cinquante-neuf jours.

–Harry Styles est ton nouveau colocataire et tu m'as acheté un billet d'avion pour te rendre visite ?

–Très drôle. Essaie encore.

–Tu as l'air aux anges, donc j'imagine que tu as finalement appelé Niall Stella, qu'il t'a accueillie à bras ouverts et que tu baignes dans le bonheur post-coïtal. Quand je dis « baigner », je…

Ma poitrine se contracte instantanément, je la coupe, incapable de la laisser continuer.

–Non.

Sa voix s'adoucit.

–Mais ça ne semble pas une si mauvaise idée que ça, non ?

C'est vrai. Mais la perspective de voir Niall reste moins agréable que ce que j'ai en tête.

N'est-ce pas ?

Pourtant, depuis qu'elle a abordé le sujet, je sais que revoir Niall serait *aussi agréable*. Je veux être avec Niall autant que je veux travailler avec Maggie. Pour la première fois depuis mon licenciement, je n'en ai plus honte. L'impression d'avoir trahi la féministe qui sommeille en moi en avouant la profondeur de mes sentiments a disparu. Si je reviens vers Niall, certains jours, il occupera toute ma vie. D'autres, ce sera Oxford. Certains autres jours encore, je ne pourrai pas décider entre les deux. Savoir que je *peux* trouver un équilibre, que je *devrais* peut-être après tout séparer mon cœur de mon cerveau m'aide à relâcher la tension lancinante qui s'est installée dans ma poitrine.

–J'ai intégré le programme de Maggie ! Je viens de recevoir la lettre !

London hurle, applaudit, elle danse à l'autre bout du fil, fait tomber son téléphone puis récupère le combiné.

– Tu vas à Oxford !

– Oui !

– Tu étudies avec le professeur de tes rêves !

– Je sais !

Elle soupire profondément, comme si elle s'était jetée sur le canapé.

– Ruby, je vais te poser une question. Tu n'es pas obligée de répondre. Pour être franche, j'ai supporté tes gémissements pendant des mois, donc je mérite une réponse.

Je marmonne en devinant là où elle veut en venir.

– On ne peut pas continuer à parler d'Oxford ?

Elle m'ignore et demande :

– Suis-je la première personne que tu appelles depuis que tu as reçu cette lettre ?

Je ne réponds pas. Il y a un cheveu sur mon pull.

– Pourquoi ne l'appelles-tu pas ? Il sera ravi pour toi.

– Il ne se souvient peut-être même pas de moi.

Elle rit et grogne :

– Tu me rends *folle*.

J'avance jusqu'au canapé et m'assieds.

– Je suis nerveuse. Que dire ? « Salut, je ne t'en veux plus, on reprend là où on s'est arrêtés ? »

– « Salut, je vais travailler avec Maggie, tu as des conseils à me donner ? » semblerait plus approprié.

Je ferme les yeux.

– J'ai beau très bien le connaître, je n'ai aucune idée de sa réaction si je l'appelais…

– Tu ne l'*appelles* pas, Rubes. Tu vas chez lui comme tu en crèves d'envie tous les jours en rentrant chez toi, tu t'assieds sous son porche et tu l'attends. Il te voit, il se met à bander et tu lui dis que tu intègres le programme de Maggie. Et que tu l'aimes, que tu veux faire des bébés géants avec lui.

– Et si Portia ouvre la porte ?

– Impossible.

– Ou, je n'en sais rien, s'il a bien réfléchi à tout ce que je lui ai dit et décidé que, logiquement, j'avais raison. Bim bam boum, problème résolu.

– Tu m'écoutes ou pas ?

Je sens la frustration dans sa voix, je connais assez London pour savoir qu'elle est à deux doigts de crier. Elle ne s'énerve pas facilement, mais une fois qu'elle a perdu patience, c'est fini.

– *Oui*, mais…

London appuie sur tous les boutons de son téléphone et me fait mal aux oreilles jusqu'à ce que je sois forcée de me taire et de l'écouter.

– C'est bon ?

– Oui.

– Alors écoute-moi. C'est la vie, Ruby. Ce n'est pas un film où deux personnes entament une relation et rient des mauvaises expériences qui les ont rendus plus forts. Dans la vraie vie, chaque histoire a son pesant d'ex-femme, d'ex-mari, de beaux-enfants, d'animaux de compagnie que l'autre déteste. Parfois, certains sont blessés, ils n'ont pas deux parents psys qui s'assurent qu'ils s'en sortiront sans une cicatrice. Une ex-femme – surtout si elle a miné sa confiance en lui –, c'est du lourd.

Je déglutis.

– Je sais. Bon Dieu, je suis au courant.

– Alors pardonne-lui. Il avait le droit de vouloir clore un chapitre de sa vie. Tu sais que je te soutiens, je suis la *cheerleader*[2] en chef de l'équipe Ruby à 99,4% du temps, mais je pense qu'il est temps d'aller le voir, de savoir si vous avez un avenir ensemble ou si vous devez passer à autre chose. Tu es amoureuse de lui. C'est *toi* qui as choisi de le quitter.

– Je sais, je sais.

– Il t'a dit qu'il t'aimait aussi, me rappelle-t-elle parce que je lui ai raconté environ sept cents fois comment les choses se sont passées. Je n'ai jamais rencontré Niall Stella, mais je ne pense pas que ce soit le genre de mec qui dirait ça et changerait d'avis deux mois plus tard.

Je suis sans voix. Elle a raison.

~

Marcher jusqu'à chez lui et l'attendre devant sa porte n'est pas si simple après tout. L'idée de le revoir m'étourdit et me terrifie.

Heureusement – ou pas –, le travail a pris la décision pour moi lundi et mardi : un architecte était là, ils avaient besoin de moi pour récupérer des cafés, acheter ses repas et autres extras. Le travail d'un employé temporaire.

La tension monte en moi, j'ignore l'appel de London lundi soir et mardi matin. Mercredi après-midi, elle me crie dessus par textos interposés :

ES-TU ALLÉE VOIR NIALL ? POUR L'AMOUR DE DIEU, ENTOURE LA BONNE RÉPONSE, RUBY : OUI/NON.

2 *Cheerleader*, en anglais la meneuse, la pop pom girl. (NdT)

Je soupire.

J'Y VAIS EN SORTANT DU TRAVAIL AUJOURD'HUI. JE N'AI PAS EU LE TEMPS AVANT.

Sa réponse arrive immédiatement :

TU PORTES QUOI ?

Je réponds en riant :

JE N'Y AI PAS RÉFLÉCHI.

HAHAHAHAHA. SÉRIEUSEMENT ?

Je regarde ma tenue et prends un selfie bizarre de ma jupe courte bleu marine et de mon haut préféré à pois rouges. L'angle est bizarre, j'ai l'air d'avoir des seins énormes mais je l'envoie quand même. De toute façon, London connaît ma garde-robe par cœur.

BORDEL, CHATON. TU PORTES LES TALONS ROUGES ?

OUI.

SEIGNEUR, IL VA BANDER COMME UN TAUREAU.

Je souris à mon écran et tape J'ESPÈRE puis je glisse mon téléphone dans mon sac. Je ne m'autorise pas à imaginer faire l'amour avec lui. Un sourire, un baiser sur la joue, l'assurance qu'il a toujours envie d'essayer me suffiraient. Je me convaincs que je n'attends rien d'autre de lui.

Cette journée de travail… mon Dieu. Vous voyez le genre. Les secondes ressemblent à des minutes, les minutes s'apparentent à des heures, la journée met dix ans à s'écouler. À la nuit tombée, j'ai tellement imaginé notre soirée que j'ai l'impression que Niall Stella est un pur produit de mon esprit.

Finalement, il est dix-sept heures trente, le bureau se vide lentement. Je file aux toilettes pour vérifier mon maquillage et mes vêtements. La panique m'envahit.

Mon top en soie est froissé. Seigneur, à quoi pensais-je ce matin ? Ma jupe me semble soudain beaucoup trop *courte*. Une jupe de traînée. De call-girl. Je rage et me penche vers le miroir. Mon mascara a coulé… sur tout mon visage. Je n'ai plus de blush.

Je fais ce que je peux pour réparer ce désastre, mais je suis tellement nerveuse que j'ai peur de vomir les crackers que je suis parvenue à avaler au déjeuner. *Devrais-je rester encore un peu dans les toilettes au cas où j'aie envie de vomir ? Devrais-je prendre un sac supplémentaire avec moi* ? Pourquoi ai-je attendu si longtemps pour le voir ? Et si je n'arrive pas à prononcer un seul mot ?

Soudain, une chose bizarre se produit : j'éclate de rire. Je panique à l'idée de voir Niall Stella. Je me remaquille, j'imagine que je vais vomir, je m'inquiète de réussir à parler. J'ai peur de raconter n'importe quoi.

C'est normal. Ça me ressemble.

Sans un autre coup d'œil au miroir, j'attrape mon sac à main et sors des toilettes.

Couloir, ascenseur, rue. Dix-sept blocs, un pont et j'y suis. Au coin de la rue, je dois prendre une décision.

Mon cœur est sur le point d'exploser, mon sang s'évapore, je perds tout contrôle sur mon cerveau.

Il ne sait pas que je viens. Je ne l'ai pas vu, je ne lui ai pas parlé depuis deux mois. Je lui ai demandé de me laisser du temps, il m'a écoutée… je lui en suis reconnaissante et je lui en veux. Et s'il est passé à autre chose ? Ça me briserait, encore plus que de rester dans l'ignorance. Je peux continuer à avancer et rentrer chez moi tranquillement. Je peux manger des céréales et regarder *Community* jusqu'à tomber de sommeil puis me réveiller le matin et recommencer. Je peux continuer à travailler dans cette entreprise ennuyeuse jusqu'à ce qu'il soit temps d'emménager à Oxford et disparaître de Londres sans avoir à me confronter à Niall Stella. Je m'en remettrai un jour.

Ou je peux tourner à gauche, marcher deux blocs et l'attendre. Je peux lui dire que j'ai toujours envie d'essayer, écouter sa réponse. S'il dit non, je rentrerai, mangerai mes céréales en regardant ma série et engagerai le processus de réparation de mon cœur. Mais s'il me dit qu'il est d'accord…

Alors là…

Je fixe le trottoir en avançant, maladroitement juchée sur mes talons rouges qui tranchent sur le béton gris. Plus facile d'avancer quand on regarde quelque chose. Je compte le Nombre de Lézardes entre le Virage de la Décision et l'Appartement de Niall (vingt-quatre) et le Nombre de Fois où J'ai Pensé Faire Demi-Tour et Rentrer Chez moi (à peu près quatre-vingts). Je réfléchis à ce que je veux dire.

Salut. Je suis sûre que tu trouves ça très bizarre de me trouver ici, je suis désolée de ne pas t'avoir appelé mais j'avais envie de te voir. Tu me manques. Je t'aime.

La simplicité. Tout dire et le laisser décider.

Il ne doit pas encore être rentré, mais je sonne pour m'en assurer. Aucune réponse. Je fixe les marches avant de m'asseoir, préparée à attendre, en répétant dans ma tête ce que je veux lui dire :

Salut. Je suis sûre que tu dois être étonné de me trouver ici, je suis désolée de ne pas t'avoir appelé mais j'avais envie de te voir. Tu me manques. Je t'aime.

Le soleil se couche lentement. Les voitures passent à côté de moi, se garent, les voisins montent l'escalier en me dévisageant avec curiosité pendant le bref instant autorisé par la politesse britannique. La vague des retours du travail s'arrête soudain, les lumières s'allument. Des odeurs de dîner envahissent la rue. Toujours pas de Niall.

Plusieurs fois, je suis tentée de partir – *et s'il était sorti avec ses amis ?* – mais je pense *et s'il arrive une minute après mon départ ?*

Je ne l'attends pas une demi-heure comme je l'imaginais mais une, deux, trois heures puis enfin quatre. Aucun signe de lui. Tout à coup, je réalise : *Niall pourrait être en train de dîner avec une femme.*

Cette seule pensée me déchire, je gémis imperceptiblement. Je pose mes bras sur mes genoux et appuie mon front contre mes cuisses, en me concentrant sur ma respiration. Inspirer, expirer.

J'ai dû rester là encore une demi-heure ou trois heures, je ne sais plus. Soudain, je perçois un changement dans l'atmosphère et lève les yeux. Un bruit me tire de mes pensées : le claquement de chaussures de ville sur le trottoir. Les grandes enjambées de Niall Stella.

Nombre de Fois Où J'ai Écouté Niall Stella Marcher : infini.

Je tourne la tête et contemple sa longue silhouette. Les mouvements qui ont lieu dans mon corps doivent être décrits dans tous les ouvrages médicaux comme symptômes de la « maladie d'amour » : mon cœur rétrécit puis gonfle dans ma poitrine, bat beaucoup trop vite, beaucoup trop fort. Mon corps fourmille. J'ai un vertige, je dois plisser les yeux pour le voir plus nettement. Je suis à deux doigts de m'évanouir.

Il porte son costume bleu foncé – je le reconnais de loin, sous la lumière des lampadaires. Il est... magnifique. Sûr de lui, fort, il marche avec fierté : les épaules en arrière, les bras sur le côté, la tête haute.

Jusqu'à m'apercevoir sur ses marches.

Il se fige, se balance légèrement en arrière. Il se gratte le cou.

Les jambes tremblantes, je me lève, m'essuie les mains sur ma jupe. Si mes vêtements étaient froissés après une journée de travail, je n'imagine même pas l'état dans lequel ils doivent être après quatre heures dans l'air humide du mois de juin.

Hésitant, il avance, ce qui me donne envie de faire un pas vers lui. Je l'aime tant que j'en ai *mal* partout. J'aime ses traits réguliers, ses longues jambes. J'aime son large torse, ses yeux d'un brun profond, ses lèvres si rebondies qu'on a envie de les couvrir de baisers. J'aime ses mains, plus grandes que ma tête, ses bras qui peuvent m'entourer complètement. J'aime son air frais et dispos à dix heures du soir, j'aime sa démarche cadencée.

J'ai envie de courir dans ses bras pour lui dire que j'en ai assez d'attendre. Que je le veux.

Salut. Je suis sûre que tu dois être étonné de me trouver ici, je suis désolée de ne pas t'avoir appelé mais j'avais envie de te voir. Tu me manques. Je t'aime.

Il avance lentement, j'avance lentement. La distance entre nous se réduit. Mon cœur bat si fort que je ne sais pas comment mes côtes tiennent encore le coup.

– Ruby ?

–Salut.

–Salut.

Il avale sa salive et à cette distance, je vois qu'il a minci, que ses traits se sont creusés. Sa mâchoire saille, des cercles bruns entourent ses yeux. Ai-je une mine aussi défaite, moi aussi ? Peut-il lire dans mes yeux qu'il m'a tellement manqué que j'en suis malade depuis deux mois ?

Salut. Je suis sûre que tu dois être étonné de me trouver ici, je suis désolée de ne pas t'avoir appelé mais j'avais envie de te voir. Tu me manques. Je t'aime.

Mais avant que je puisse ouvrir la bouche, il demande :

–Pourquoi es-tu ici ?

Je n'arrive pas à déchiffrer le ton de sa voix.

C'est une introduction froide, il *contrôle* son émotion. Je tressaille nerveusement avant de répondre.

–Je… Je suis sûre que tu dois être étonné de me trouver ici.

C'est quoi la suite, déjà ?

Il me jette un coup d'œil.

–Tu es là depuis combien de temps ?

Je laisse échapper, comme un robot :

–Je suis désolée de ne pas t'avoir appelé…

Il m'ignore, avance d'un pas et me demande, cette fois plus doucement :

–Tu es là depuis combien de temps, Ruby ?

Je hausse les épaules.

–Un moment.

–Depuis que tu es partie de chez Anderson ?

Il sait où je travaille. Il sait à quelle heure je pars.

Je cligne des yeux, je le regarde, mais c'est une erreur. C'est le plus beau garçon que j'aie jamais vu, je *connais* son visage. C'est le visage que je vois quand je ferme les yeux, quand j'ai besoin d'être réconfortée, quand j'ai envie de rire ou de faire l'amour. Le visage de Niall Stella, c'est tout pour moi.

– Oui, depuis que je suis partie du travail.

– Ça fait… *des heures.* (Il secoue la tête.) Je ne savais pas… je veux dire, je rentre souvent tard en ce moment. Il n'y a aucune…

Avant qu'il me demande de partir ou m'explique que je ne devrais pas être ici, ou me rejette de l'une des centaines de façons possibles, j'ouvre la bouche :

– Écoute, je… (Je jette un coup d'œil sur le côté en oubliant totalement ce que j'allais dire. Que je voulais le voir ?) Tu vois, le truc c'est… (Je le regarde en face et me laisse aller.) Je… je t'aime *vraiment.*

Il y a une minute, il se trouvait à un mètre de moi. À la suivante, je suis contre un mur, blottie dans ses bras. Il me porte presque. Je halète en le dévisageant. Niall me regarde avec une telle intensité que ma poitrine se contracte douloureusement.

– Répète-le.

Ma gorge se serre, je murmure :

– Je t'aime. Tu m'as manqué.

Le visage tendu, il me scrute encore puis se penche, enfouit son visage dans mon cou. Sa bouche… *oh, Seigneur…* avec un gémissement langoureux, la bouche que j'aime le plus au monde se retrouve dans mon cou, sur mes joues, et je n'arrive plus à reprendre mon souffle.

– Niall…

Il parle dans mon cou.

– Mon cœur, répète-le. Je ne suis pas sûr de pouvoir y croire.

Ravalant un sanglot, je chuchote :

– Je t'aime.

Dans un mouvement de panique, je me demande si c'est la réalité ou si je me suis endormie dans l'escalier. C'est le meilleur rêve de l'univers. Ses lèvres douces et impérieuses me parcourent puis s'appuient sur les miennes. Je sursaute en sentant sa langue entrer dans ma bouche, et ses gémissements vibrer en moi.

Désespéré, il répète mon prénom, me dit que je lui ai tellement manqué, que sa vie a été un enfer, qu'il pensait ne jamais me revoir. Il prend mon visage entre ses mains, m'embrasse passionnément puis, avec douceur, suce et lèche. Je pleure, mais je m'en fiche éperdument.

– Entre, murmure-t-il en m'embrassant dans l'oreille. Reste avec moi.

– Oui.

– Ce soir. Et toutes les nuits suivantes.

J'acquiesce en souriant, le visage enfoui dans son cou.

– Jusqu'à ce que je parte pour Oxford.

Il s'écarte et me dévisage intensément :

– Ah ouais ? Tu as eu des nouvelles de Maggie alors ?

– La semaine dernière. Je voulais t'appeler.

Il sourit faiblement, ne me quitte pas une seconde des yeux.

– Tu aurais dû.

– Je préférais te voir en personne, donc me voilà.

Il acquiesce, me prend la main.

– Il est tard, tu es restée longtemps comme ça. Tu as faim ?

–Pas vraiment. Je veux juste…

–Sauter dans mon lit ?

–Ouais. À moins que *tu* aies faim.

–Non. Jamais de la vie.

Tout est tellement simple, il n'y a aucune hésitation. J'ai besoin de le sentir contre moi. J'ai besoin qu'il me serre dans ses bras.

Il me prend la main pour me guider à l'intérieur. Je le suis jusqu'à sa porte d'entrée. Il m'embrasse, dos à la porte.

–On parlera plus tard, d'accord ?

–D'accord.

Il me mordille le cou.

–Bien, parce que je sais que nous avons des choses à nous dire. Mais là, tout de suite, j'ai envie de t'embrasser entre les jambes en chantant « God Save the Queen ».

Finalement, j'éclate de rire. Quel soulagement ! Je suis à deux doigts de me remettre à pleurer.

–Tu pourrais perdre ta citoyenneté pour ça.

–Ça vaudrait le coup. T'embrasser entre les jambes, c'est comme t'embrasser sur la bouche. Encore plus sensuel.

Mon corps fourmille des orteils à ma bouche. Comment est-il possible que les choses soient si simples ?

–Bonus : je jouis quand tu m'embrasses là.

Niall s'écarte et me jette un regard faussement scandalisé :

–Quoi, tu ne jouis pas quand je t'embrasse sur la bouche ?

–Hum, je ne sais plus. On devrait peut-être essayer.

L'air d'un prédateur, il me sourit et je retrouve le type sexy dont je suis tombée amoureuse. Ce versant de sa personnalité que je suis la seule à connaître. Le monde entier connaît son enveloppe calme et réservée. J'ai la chance de profiter du Niall Stella qui plonge la main dans sa poche pour trouver ses clés tout en m'embrassant. Il triture la serrure et nous rions, collés l'un à l'autre.

La porte s'ouvre, il gémit de soulagement en me mordillant la lèvre inférieure.

– Ne me quitte plus jamais, putain. J'étais tellement malheureux, Ruby.

– Je ne t'ai pas quitté. (Je le regarde dans les yeux.) C'est toi. Donc si nous… (Je secoue la tête.) Ne retourne jamais voir Portia.

Je devais le dire. Même si c'est absurde, même si je ne le crains même plus, je devais le dire.

– Je ne ferai *jamais*… (Il ferme les yeux.) Tu dois me croire quand je te dis que je suis tout à toi. C'était une terrible erreur.

Je l'attrape par la cravate et l'attire tout contre moi en l'embrassant.

– D'accord.

Il passe un bras autour de ma taille et me tient pour éviter que je tombe à la renverse quand la porte s'ouvre en grand.

Je ne tombe pas, mais je me retrouve par terre à la minute où nous sommes dans l'appartement. Niall sur moi, il remonte ma jupe sur mes hanches et avant que je puisse lui rappeler qu'il devait m'embrasser sur la bouche, il écarte impatiemment ma culotte pour me lécher le clitoris.

Oh ! Le sentir ici… Sa bouche mouillée, la vibration de ses gémissements et des mots incompréhensibles qu'il prononce. Ses baisers très doux, la chaleur de son souffle. J'ai encore l'impression de rêver. Je plonge les mains dans ses cheveux pour m'assurer que c'est réel. Ce qu'il fait avec sa langue, ses lèvres et bordel, ses dents… tout est tellement réel.

La porte de son appartement n'est même pas fermée, je le réalise à l'instant où il donne un coup de pied dedans en grognant contre ma peau. Il a les yeux fermés, il s'agrippe à mes hanches en me suçant, en parlant à mon sexe. Je m'appuie sur les coudes pour le regarder. Ç'aurait été un crime de ne pas le contempler comme ça. La seule chose encore plus agréable qu'être léchée par lui, c'est le regarder me lécher, comme si chaque mouvement de sa langue, chaque gémissement délivrait quelque chose en lui. J'ai envie de lui dire *tu vois, à cet instant, je sais que tu m'appartiens. Tu ne penses à rien. Je ne suis même pas sûre que tu prennes mon plaisir en considération.*

Mais je suis incapable de prononcer le moindre mot, encore moins une suite cohérente. Je laisse échapper des gémissements, des plaintes, des *comme ça, oui, ici* et

Oh

Merde

Je

Jouis

Son grognement me fait sursauter. Il murmure :

– J'ai tant rêvé de ton goût.

Je perds tout contrôle. Le corps tendu à se rompre, je retombe en arrière, les bras au-dessus de la tête, en collant mes hanches à sa bouche. L'orgasme me consume, j'écarte les jambes, je frémis de la tête aux pieds.

Je m'accroche à sa veste qu'il n'a même pas pris la peine d'enlever, en tentant de l'attirer sur moi. J'ai envie de le sentir en moi, nu. Son poids qui m'écrase, la sensation de ses hanches minces entre mes cuisses.

Il s'assied sans même s'essuyer le visage, retire sa veste, sa cravate puis sa chemise. De là où je me trouve sur le sol, ma poitrine ondule au rythme de sa respiration, mais le mouvement que je distingue est en périphérie de mon champ de vision. Je ne quitterai plus jamais son visage des yeux, à moins que quelqu'un me force à m'éloigner de cet homme.

Je suis épuisée. Ma peau vibre, mes muscles sont totalement mous, je ne réfléchis plus à rien, je suis heureuse. Niall retire ma culotte, puis ma jupe, prend le temps de me déshabiller plus posément, en embrassant chaque pouce de peau révélé. Je m'attends à ce qu'il me monte dessus et me prenne tout de suite – je sens à quel point il est dur quand il m'embrasse dans le cou et se colle à mes cuisses. Mais il me surprend en me soulevant et en me portant dans le couloir.

– Où allons-nous ?

– Je n'ai pas envie de te faire à nouveau l'amour par terre.

Je l'embrasse dans le cou.

– C'est ce qu'on va faire ?

Il acquiesce.

– Toute la nuit et demain, jusqu'à l'épuisement.

M'étant enfuie avant le lever du soleil la dernière fois, je n'ai pas pris le temps d'observer sa chambre. De grandes fenêtres, des murs blancs, sans décoration, à l'exception de quelques encadrements de photos d'Ansel Adams. *Signées.* J'écarquille les yeux avant de regarder le reste. Son lit énorme est fait au carré, recouvert de draps de couleur foncée. Au fond de la chambre, une porte mène à une petite salle de bains. Niall a allumé une lampe de chevet. C'est une chambre masculine.

Il arrive derrière moi, me caresse les épaules, puis descend sur mes hanches en collant son torse nu contre mon dos.

– Sur le lit…

Son ordre est adouci par un baiser dans mon cou.

Je monte sur le lit, il me suit et s'installe entre mes cuisses.

– Embrasse-moi !

– Bientôt.

Il glisse la langue entre mes jambes, lentement, délicatement. Son expression est plus tendre.

– Soit tu adores ça, soit tu sens que tu as quelque chose à te faire pardonner.

– C'est très excitant, avoue-t-il en m'embrassant la cuisse. Regarder tes seins m'excite, te regarder te masturber est encore plus excitant, enfoncer mes doigts en toi encore, encore plus excitant, mais te lécher… c'est sublimement excitant.

– Tu veux dire que ça te rend possessif.

– Ça aussi. J'aime l'idée que ton corps m'appartienne.

– Techniquement, il m'appartient.

– Tout ce que tu voudras, mon amour.

– Attention, je le taquine. Mon amour ? Déjà ?

Sait-il à quel point j'ai besoin d'entendre ces mots ?

– Oui, déjà. (Il me contemple.) Tu ne m'as pas entendu dire je t'aime chaque fois que ma bouche touchait ta peau ?

Je souris, m'apprête à plaisanter avant de réaliser qu'il dit la vérité. Il a vraiment murmuré *je t'aime* à chaque instant, en me léchant, en m'embrassant.

–Oh!

Son sourire me transporte.

–As-tu besoin de l'entendre directement dans ton oreille?

Je me mords les lèvres en haussant les épaules.

–J'aime l'endroit où se trouve ta bouche à l'instant, mais je dois avouer que je ne détesterais pas t'entendre le dire un peu plus près…

Les lèvres trempées de désir, il me couvre de baisers, m'étreint, me mordille. À chaque caresse, les mots font écho.

Il est si grand, si imposant à côté de moi. Le sentiment de sécurité que je ressens avec Niall est surréaliste. Il m'a vu dans les états les plus fous, les plus irascibles, à cause de mes sentiments pour lui. Pendant des mois, je l'ai aimé de loin, puis pendant quatre courtes semaines, de très près. Il est devenu plus que mon amoureux, il est devenu mon nouveau meilleur ami.

–J'ai toujours eu l'impression, depuis ma naissance, d'être la seule personne, de tout mon entourage, à ignorer ce qui me constitue. Mes frères et sœurs ont toujours su exactement qui ils étaient. Pas moi. Mais avec toi, je sais. J'ai envie d'y croire. *Besoin,* en réalité. Donc oui, ça a seulement pris un mois depuis notre rencontre dans l'ascenseur… (Il me sourit.) Et j'ai tout foutu en l'air, tu as pris la fuite et tu as sûrement eu raison… mais nous revoilà. Et je t'aime.

Ma peau se hérisse.

–Je t'aime, répète-t-il en m'embrassant le lobe de l'oreille. Je *t'adore.*

Je défais sa ceinture, il m'aide à faire descendre son pantalon sur ses hanches et à le retirer totalement. Je n'ai plus envie d'attendre. J'ai un besoin terrible d'être tout contre lui, pleine de lui. Partout où il me touche, ma peau est douce et chaude, les poils de ses jambes m'effleurent, son torse se colle à ma poitrine, il vient sur moi.

–C'est tellement bon.

–Je sais. C'est… (Il secoue la tête.) J'ai l'impression de ne pas avoir assez apprécié le moment la première fois. J'étais trop concentré pour ne pas paniquer. Aujourd'hui, je veux apprécier chaque seconde.

Je tends la main entre nous, le masturbe en le contemplant. La bouche ouverte, les yeux pleins de désir.

–Tu prends toujours la pilule ? demande-t-il en m'embrassant dans le cou.

–Oui.

–Et tu n'as pas… (Il s'arrête et retient son souffle.) Tu n'as pas…

Mon cœur cesse de battre.

–J'ai à peine quitté mon appartement à part pour travailler. C'était une question sérieuse ?

–Non, avoue-t-il. Je voulais simplement te l'entendre dire. J'ai fait n'importe quoi, Ruby. Penser que tu pouvais être avec quelqu'un d'autre pendant que nous étions loin l'un de l'autre… j'ai tellement souffert.

Il est sur moi, la seule chose que je vois ou sens, c'est sa peau.

–J'ai pensé que tu pourrais faire l'amour à Portia l'autre nuit. (Pourquoi cette conversation est-elle beaucoup plus facile quand je sens son sexe long et chaud sur moi, alors qu'il peut me pénétrer à tout instant ?) Quand j'ai quitté ton bureau, je n'arrivais pas à penser à autre chose. Je n'ai jamais autant pleuré de ma vie.

– Ruby…

– J'ai mis longtemps à extirper cette pensée de mon esprit. À ne plus être en colère ou à me sentir trahie. Ne pas m'inquiéter, avoir besoin que tu me rassures en permanence.

Il ouvre la bouche, mais je pose un doigt sur ses lèvres.

– Je n'ai pas besoin que tu me rassures. Tu as vécu beaucoup de choses avec elle, pratiquement rien avec moi. J'ai envie de passer à autre chose.

Il réplique faiblement :

– Je regrette tellement d'y être allé.

– Moi aussi.

Il grimace et se blottit dans mon cou.

– Ruby, putain, je suis désolé… Je sais que nous sommes en train de parler… mais je vais jouir si tu n'arrêtes pas de me branler.

Je le lâche immédiatement en éclatant de rire.

– Mon Dieu ! Niall ! Je suis sérieuse, je m'attends à ce que tu m'écoutes alors que je te branle et…

Il m'interrompt en m'embrassant profondément, passionnément. Le mouvement de ses hanches qui fait coulisser sa queue sur mon clitoris m'apprend que la conversation est terminée.

Je caresse son ventre, son torse, sens les muscles fermes et fins de son corps se tendre. Il se frotte contre moi, plus vite, plus fort, jusqu'à ce qu'une mince couche de transpiration apparaisse sur sa poitrine.

–Je suis tout près… murmure-t-il en fermant les yeux.

–Moi aussi.

Il me regarde en me prenant lentement.

–Oh, Seigneur. Oh, *putain*.

Il est complètement entré en moi.

J'avais oublié la sensation, je l'agrippe par la taille en lui demandant silencieusement de laisser à mon corps une seconde pour s'habituer à la taille de son sexe.

–Ça va ? murmure-t-il, les bras tremblants.

–Oui…

Je l'embrasse dans le cou et ondule des hanches sous lui. Mon cœur bat plus fort, il commence à aller et venir. Doucement au début, puis, quand je lui dis qu'il peut aller plus fort, il accélère et gémit. *Oh*… il gémit, grogne et laisse échapper des mots entrecoupés de soupirs qui m'excitent de plus en plus.

Ses yeux vont de mon visage à ma poitrine, dont il suit le mouvement à chaque à-coup de ses hanches.

–Ah, bordel, mon amour.

Il m'embrasse, mais ce n'est pas un vrai baiser. Sa bouche est ouverte, distraitement, collée à la mienne. Je sens son souffle chaud sur mes lèvres et ma langue.

–Je t'aime.

Je l'aime si fort. J'ai l'impression d'être née pour aimer Niall Stella.

Il me caresse les seins, les griffe doucement et les suce tout en me caressant les hanches, les fesses, les cuisses. Il fait remonter ma jambe sur sa taille. Il est impatient, perdu dans la sensation, les yeux ouverts, mais tellement emporté par le plaisir que mon excitation monte autant que la sienne.

Je le serre contre moi, il ferme les yeux, un grognement lui échappe.

– Dis-moi… halète-t-il. Dis-moi quoi faire.

– Plus vite.

Il me prend plus vite, plus fort, m'agrippe le genou d'une main.

– Je veux te voir.

Niall bat des paupières, ses longs cils caressent ses joues, puis il lève les yeux vers moi en comprenant ce que je lui demande. Il s'écarte.

Il est trempé, bande si fort que sa queue a l'air faite de marbre. Je le touche, j'attire son gland sur mon clitoris et dessine des cercles. Je n'ai pas envie de ses doigts ni de sa bouche. Je veux cette barre de chair rigide.

La sensation monte entre mes jambes, prête à déferler, à me faire perdre la tête. Je le glisse en moi, il devient tout de suite frénétique. Ses hanches rencontrent les miennes, il me baise exactement comme je l'espérais – *fort*.

Il me faut quelques secondes pour réaliser que le cri que j'entends vient de *moi*, que la peau que je griffe profondément est la *sienne* et qu'il me pénètre si fort que la tête de lit frappe contre le mur.

Son dos est trempé de transpiration, il me mord l'épaule, le plaisir me submerge, pulse en moi. C'est à cet instant qu'il jouit, en m'agrippant les cuisses. Son cri rauque de soulagement me surprend par son intensité. J'aimerais passer toutes les nuits à l'entendre.

Lentement, il reprend sa respiration et glisse paresseusement en moi tout en m'embrassant.

– C'était tellement bon, putain.

J'acquiesce en marmonnant des paroles inintelligibles.

– Ça t'appartient, tu sais ?

Je cligne des yeux.

– Quoi ?

– Mon cœur bien sûr, mais aussi mon corps. (Il lutte pour reprendre son souffle.) Mes mains, mes lèvres, mon sexe. Je t'offre tout.

Ma poitrine se contracte, je respire plus difficilement. C'est encore plus intime que de l'entendre jouir. Il parle si directement, ses mots sont si crus.

– J'aime que tu te serves de moi. Que tu frottes ma queue à ton clitoris pour jouir.

– Ah oui ?

– Bordel, j'adore ça. J'ai adoré te sentir me désirer. J'ai envie que tu me pousses à être un peu plus coquin.

– Juste un peu ?

Il me regarde droit dans les yeux, et je sens que j'ai touché un point sensible. J'ai conscience qu'il n'est pas habitué à ce genre de conversation.

Je l'embrasse pour qu'il comprenne que je le taquinais.

– Que veux-tu essayer ?

– Tout, murmure-t-il. Mais je pense surtout que je ne sais pas comment me comporter en étant amoureux de toi. Je ne veux plus le cacher. C'est tellement nouveau pour moi et c'est si différent. Je n'en reviens pas.

– Tu veux dire physiquement ?

– Non, en général. Parler ouvertement en faisant l'amour. De ce que je *ressens* en te faisant l'amour.

Il est toujours en moi, contre moi, j'ai du mal à respirer normalement. Nous y sommes. Il fait tout ce que je lui demande. Nous sommes dans son lit, dans sa chambre et il m'a dit *oui*.

–À quoi penses-tu ? demande-t-il en m'embrassant dans le cou.

–Je suis… tellement heureuse qu'on soit à nouveau ensemble. Mon cœur va exploser.

–Je ne préférerais pas… Je veux te garder ici, entière, nue, sous moi. Trempée comme un lac.

Je l'enlace.

–Alors je vais devoir te garder sur moi toute la nuit.

Il rit et m'embrasse.

–Je t'aime, Ruby.

Nombre de fois où Niall Stella M'A Appelée Ruby en Me Disant Qu'il M'Aime : Une.

Et ce n'est pas fini.

Remerciements

Certains romans nous coulent des doigts facilement, alors que d'autres semblent requérir la combinaison de ce qui suit : 1. s'asseoir dans un rocking-chair, 2. gâteaux, 3. s'attacher devant l'ordinateur, 4. pleurer, 5. tuer des gens, 6. alcool fort, 7. faire l'étoile de mer par terre, 8. Ryan Gosling et/ou 9. le sacrifice d'une vierge.

Nous ne sommes pas en train de dire que nous avons usé de ces stratagèmes pendant l'écriture de *Beautiful Secret*, mais nous ne le nions pas complètement non plus.

Donc, nous remercions avant tout notre éditeur, Adam Wilson, et notre agent, Holly Root, qui nous ont aidées à construire ce roman. Sans vous, il n'y aurait pas de CLo, et nous ne passons pas un jour sans vous en être reconnaissantes.

À la précieuse Kristin, notre roc. Merci de nous écouter, de nous dérider avec *Honest Trailers* et de nous aider à mettre tous ces livres dans les bonnes mains. Tu es géniale.

Merci, Erin, *de toujours toujours toujours* t'assurer que nos romans soient cohérents. Merci, Tonya, de nous lire avec honnêteté, de nous faire les remarques utiles et de nous envoyer des GIFs porno à gogo.

Merci, Sarah J. Maas, pour cet enthousiasme qui nous a portées et les détails qui donnent toute sa substance au roman. Merci à nos Capitaines Hookers – Alice Clayton et Nina Bocci – de nous rendre folles, nous envoyer des selfies horribles et des messages si drôles qu'ils nous tirent de n'importe quelle forme de dépression. Merci, Drew, de t'occuper des devoirs de l'équipe CLo tous les jours ; Jen, pour les meilleures rencontres littéraires de la Terre ; Helen, de nous avoir aidées avec les dialogues britanniques et la géographie londonienne et Heather Dawn, la Déesse du Graphisme.

À la famille Gallery : merci à Jen Bergstrom, Louise Burke et Carolyn Reidy d'être les Meilleures Défenseuses Du Monde Des Auteurs de Romans Sexy. Merci, Jen Robinson, Liz Psaltis, Diana Velasquez, Trey WASSUP Bidinger, John Vairos, Lisa Litwack, Ed Schlesinger, Abby Zidle, Jean Anne Rose, Lauren McKenna, Stephanie DeLuca, et – même si vous nous avez quittés – Jules Horbachevsky et Mary McCue : nous espérons que vous savez que nous vous aimons toujours. Vraiment, il faut beaucoup d'efforts pour être aussi géniaux, mais vous le valez tous bien.

Blogueurs, critiques, lecteurs et écrivains : vous faites de la communauté littéraire le meilleur bac à sable de l'univers. Merci de nous laisser jouer avec vous.

Pour finir, merci à nos maris toujours aussi patients, à nos trois enfants les plus beaux du monde qui savent qu'il ne faut pas prononcer les titres de nos livres à l'école, et à ce Duo de Meilleures Amies qui fait de l'écriture de ces livres le meilleur job du monde. Nous étions à une séance de massage en couple, hors mariage, nous ne pouvons même plus le dire maintenant…

HOT. —EW.com • Intelligent, sexy, and modern . . . utter perfection. —Katy Evans, author of *Real* • Wonderful, scorching sex. Play-hooky-from-work sex. Let's-hide-over-here-and-hurry-so-we-don't-get-caught sex. Very well done. —*Heroes and Heartbreakers* • Smart, sexy, and satisfying . . . destined to become a romance classic. —Tara Sue Me, author of *The Submissive* • For us fetish-friendly fiends to feast on! —PerezHilton.com • The perfect mix of passionate romance and naughty eroticism. —*Twilightish* • A steamy battle of wills that will get your blood pumping! —S.C. Stephens, author of *Thoughtless* • A total must-read. —*The Stir* • Deliciously steamy. —EW.com • Filled with plenty of hot sex and sizzling tension. —*RT Book Reviews* • Heart, heat, and a healthy dose of snark. . . . An amazingly sexy treat! —Myra McEntire, author of *Hourglass*

THE *NEW YORK TIMES* AND #1 INTERNATIONAL BESTSELLING BEAUTIFUL BASTARD SERIES AUTHOR CHRISTINA LAUREN

Humor . . . hot steamy moments and some of the sweetest I love you's. —*BooksSheReads* • Walking hotness. —*Bookalicious* • Some of the steamiest, sexiest panty-dropping scenes and dialogue of any book I've ever read. —*Live Love Laugh & Read* • You can keep your billionaires with their torturous red rooms any day. I want to hang out with the riotously hot characters in the Beautiful series. —*Goodereader* • You could toast marshmallows on the pages of this book. —*Emily-Jane's Book Corne*
Saucy flare. . . . PERFECT CHEMISTRY. —*Once Upon a Twilight* • Hot as hell. —Love Between the Sheets • Buy this book. Buy this book. Buy this book. Buy this book. Buy this book. —*Read-Love-Blog* • The Christina Lauren duo are goddesses. —*Booklovers for Life* • Incredibly fun —*Fic Central* • Sexy and explosive. —*Polished Readers* • I love thi series!!! —*Sugar and Spice Book Reviews* • THE SEX WAS OFF TH CHARTS. —*The Novel Tease* • A mixture of hot, clandestine, and thrillin smexy times. —*Book Nerds Anonymous*

POUR CEUX QUI SERAIENT PASSÉS À CÔTÉ DU ROMAN
PAR LEQUEL TOUT A COMMENCÉ,
OU POUR CEUX QUI VOUDRAIENT LE RELIRE...

Beautiful BASTARD

LE PHÉNOMÈNE QUI A ENTHOUSIASMÉ PLUS DE DEUX MILLIONS DE LECTEURS AUX ÉTATS-UNIS !

Un boss perfectionniste
Une collaboratrice ambitieuse
Un duel amoureux et torride dans l'univers de l'entreprise

Brillante et déterminée, Chloé, sur le point d'obtenir son MBA, n'a qu'un seul problème : son boss, Bennett. Trentenaire séduisant, arrogant et égocentrique, il est aussi odieux que magnétique. Un *Beau Salaud*.

Après plusieurs années passées en France, Bennett revient à Chicago pour occuper un poste important au sein de l'entreprise familiale – un grand groupe de communication. Comment imaginer que sa collaboratrice, Chloé, serait cette ravissante et exaspérante créature de 26 ans, au charme certain et à l'esprit affûté, qui n'entend rien sacrifier de sa carrière ?

Si Bennett et Chloé se détestent, leur attirance mutuelle, inexorable et obsédante, les conduit à tester leurs propres limites et à enfreindre, une à une, toutes les règles qu'ils s'étaient jusque-là imposées. À une seule fin : se posséder. Au bureau, dans l'ascenseur, dans un parking. Partout...

Arrivés à un point de non-retour, fous de désir, Bennett et Chloé parviendront-ils à mettre leur ego de côté pour décider enfin de ce qu'ils acceptent de perdre ou de gagner ?

« Un parfait mélange de sexe, d'audace et de sentiment. »
S. C. Stephens

CHRISTINA LAUREN est le nom de plume d'un duo d'écrivains, de meilleures amies, d'âmes sœurs – de jumelles de toujours ! Christina Hobbs et Lauren Billings sont les auteurs de *Beautiful Bastard* et des séries *Beautiful* et *Wild Seasons*, en tête des listes de best-sellers du *New York Times*, de *USA Today* et à travers le monde. Dans la plupart de leurs romans, aussi romantiques qu'empreints d'une sensualité torride, on s'embrasse. On s'embrasse beaucoup. On les retrouve sur le web – christinalaurenbooks.com – ou sur Twitter – @seeCwrite et @lolashoes –.

Retrouvez toute l'actualité de la série *Beautiful* de Christina Lauren sur notre page Facebook :
www.facebook.com/SagaBeautiful

www.hugoetcie.fr

LA PRESSE EN PARLE...

BEAUTIFUL BASTARD

« Attention, sex-seller encore plus chaud que *50 Shades.* » *ELLE*

« Un style fun et punchy, des galipettes dignes de *Sex & the City.* » *Public*

« Un duel amoureux à dévorer d'urgence ! » *BIBA*

« Le nouveau phénomène populaire et sexy, un thriller érotique et déjà best-seller annoncé. » *Voici*

« On est assez fan de cette alternative amour vache. » *Grazia*

« Le très chaud *Beautiful Bastard*, ce torride duel amoureux mêlant désir et ambition dans l'univers de l'entreprise. » *Livres Hebdo*

« Du sexe pas cucul. » *L'Express Style*

« Lorsque le sexe s'installe entre les protagonistes, objectifs professionnels et hiérarchie se trouvent emportés dans un maelström d'élans torrides. » *Dandy*

« Une romance très canaille. » *Lire*

« Pas niais et cru à point, *Beautiful Bastard* tient d'un vade-mecum pour déshabillage sauvage. » *L'Express*

« Vivement le deuxième tome ! » *Télé 2 semaines*

« *Beautiful Bastard*, il va vous faire lire de plaisir. » Aufeminin.com

« La machine à fantasmes fonctionne aussi bien que la machine à café. » Elle.fr

« *Beautiful Bastard*, le roman érotique qui vous prend aux tripes ! » Maviedefemme.com

« C'est le livre de l'été ! » « Le Grand Journal » de CANAL+

« On a tous croisé un homme comme ça. Intimidant. Beau. Magnétique. Et de surcroît odieux. On a envie de le punir d'être si beau et si insupportable à la fois. On rêve de le coller au mur ou de le plaquer sur le premier bureau venu. » *Huffington Post*

« *Beautiful Bastard* est très érotique, mais il se veut aussi tendre, drôle et imaginatif. » *USA Today*

« Un parfait mélange de sexe, d'audace et de sentiment. » SC Stephens, auteur de *Thoughtless*

The Office, par TBY789

Au top 10 des fanfictions classiques de *Twific Reviews*
Remanié et disponible en version « livre » :
BEAUTIFUL BASTARD

« *The Office* a ouvert la voie à *Fifty Shades* et à des milliers d'imitateurs. »
Anne Jamison, Université de l'Utah

« Beaucoup de fans considèrent que *The Office* est la meilleure fanfiction de *Twilight*. » *The Hollywood Reporter*

« Attention ! *The Office* vous rendra accro… » *Robstenation*

« *The Office* m'a passionnée ; j'étais *totalement captivée*. »
Jennifer Grant, *PattisonFilms*

« Et en plus des merveilleuses scènes érotiques, *The Office* est vraiment très bien écrit. *Vraiment très bien*. » *Twidiculous*

~

Beautiful Stranger

« Ce que j'adore dans la série des *Beautiful* de Christina Lauren, c'est leur humour. En plus des moments torrides et des je t'aime les plus touchants qu'on puisse imaginer. »
Books She Reads

« Encore plus torride, encore plus sensuel, *Beautiful Stranger* sort en France le 10 octobre. » *Biba*

« Le plus sexy et glamour des romans de cette fin d'année. »
Le Journal des Femmes

« *Beautiful Stranger*, encore plus hot que le premier tome. » *Public*

« Une histoire tout aussi sexy et démesurée que *Beautiful Bastard*, exactement comme on les aime ! » maviedefemme.com

« Un seul mot : lisez-le ! » www.zapside.fr

« Un second tome encore mieux réussi que le premier, qui passe avec fluidité d'une série de fantasmes à un amour profond et réciproque. »
www.blue-moon.fr

CHRISTINA LAUREN

Littérature Young Adults

Sublime

Hugo New Romance

Coffret : La Trilogie beautiful

Nouvelle série : « Wild Seasons »

Sweet Filthy Boy

Dirty Rowdy Thing
Sortie : juillet 2015

Hugo Roman

DÉCOUVREZ LES SÉRIES NEW ROMANCE

PARUES ET À PARAÎTRE CHEZ HUGO ROMAN

AFTER
"LE PHÉNOMÈNE LITTÉRAIRE
DE SA GÉNÉRATION"
ENFIN DISPONIBLE EN FRANCE
AFTER
AFTER
ANNA TODD
SAISON 1
AFTER
ANNA TODD
AFTER
AFTER
AFTER
ANNA TODD
Hugo Roman
MAI 2015
SAISON 5

Colleen Hoover
Maybye Someday :
août 2015

K.A. Tucker
Ten Tiny Breaths – 3 tomes :
février, avril, juin 2015

Cecilia Tan
Endless Love - 3 tomes :
janvier, mars, mai 2015

Laura Trompette
Ladies' Taste - 3 tomes :
avril, juillet, septembre 2015

ROMANS À PARAÎTRE
DANS LA COLLECTION
HUGO NEW ROMANCE

De Maya Banks
Slow Burn - 3 tomes : mai, août, novembre 2015

De Jay Crownover
Marked Men - 2 tomes : août, octobre 2015

De Laurelin Paige
Fixed - 2 tomes : septembre, novembre 2015

De Kay Bromberg
Driven - 2 tomes : octobre, novembre 2015

De Colleen Hoover
Ugly Love : 2015

Hugo Roman

Romans parus et à paraître
dans la collection « Hugo New Romance » :

Du même auteur, Christina Lauren :
The Beautiful Series
Beautiful Bastard
Beautiful Stranger
Beautiful Bitch
Beautiful Sex Bomb
Beautiful Player
Beautiful Beginning
Beautiful Beloved
Beautiful Secret

Série Wild Seasons
Wild Seasons - tome 1 *Sweet Filthy Boy*
Wild Seasons - tome 2 *Dirty Rowdy Thing* : mai 2015
Wild Seasons - tome 3 *Dark Wild Night* : septembre 2015

De Anna Todd :
After - saison 1
After we collided - saison 2
After we fell - saison 3
After we rise - saison 4
After ever happy - saison 5 : mai 2015

De Lexi Ryan :
Unbreak Me - tome 1
Unbreak Me - tome 2, *Si seulement…*
Unbreak Me - tome 3, *Rêves volés*

De Emma Chase :
Love Game - tome 1 [*Tangled*]
Love Game - tome 2 [*Twisted*]
Love Game - tome 3 [*Tamed*]
Love Game - tome 4 [*Holy Frigging Matrimony*] : avril 2015

De C.S. Stephens :
Thoughtless - tome 1 *Indécise*
Thoughtless - tome 2 *Insatiable*
Thoughtless - tome 3 *Intrépide*

De Katy Evans :
Fight for Love - tome 1 Real
Fight for Love - tome 2 *Mine*
Fight for Love - tome 3 *Remy*
Fight for Love - tome 4 *Rogue* : mai 2015
Fight for Love - tome 5 *Ripped* : juillet 2015

De Maya Banks :
Slow Burn - 3 tomes : mai, août, novembre 2015

De Laura Trompette :
Ladies' Taste - 3 tomes : avril, juillet, septembre 2015

De Jay Crownover :
Marked Men - 2 tomes : août, octobre 2015

De Laurelin Paige :
Fixed - 2 tomes : septembre, novembre 2015

De Kay Bromberg :
Driven - 2 tomes : octobre, novembre 2015

De Colleen Hoover :
Maybe Someday : 2015
Ugly Love : 2015